魑魅魍魎檔案

魂歸大稻埕

Catharsis: Alias

九色夫 著

顧及當事人隱私，故事裡出現的人名與地名都經過修改。

_Chapter 1

如果一個月前有人說我會去沙漠做心理諮商，肯定會笑破肚皮。

但我人現在就站在沙漠裡，極目一片黃海，熱風吹得本就亂糟糟的鬍子更加猖狂。沙海道道波浪，每秒都在成長、變化、消逝，幾隻爬蟲在沙裡鑽進鑽出，無需移步也知道鞋裡的沙子多到搭機會超重，回家刮鬍子臉也會是半紅半白，背包裡沒水沒食物，也沒有羅盤帳篷，就腰際一把短刀充面子。

但如果現在有人說我死定了，我也會笑破肚皮。

壓了壓帽子輕步滑下深比峽谷的沙丘，丘陵的影子有效地阻擋了烈陽，短時間眼前一片黑暗，等眼睛適應反差後已經到了谷底，繼續爬上對面的沙丘眼睛又被閃白佔領，重複了好幾次才隱約看見目標的小鎮，與空中的海市蜃樓形成上下兩個城市。

這是大陸最乾燥的地帶，各類危險地形及兇猛的野獸充溢其中，人跡罕至，唯一的例外是眼前這個沙漠邊緣的小鎮，藉著丁點綠洲維持文明與野蠻的平衡。這兒可見各色商旅，也有軍隊假藉慈善名義巡邏，滿足他們暗地侵佔中立城鎮的計劃，絕大多數人與政治無緣，只想在蠻荒之地求個溫飽，對來來回回的軍人視而不見。

城鎮廣場正中央立了個公佈欄，幾個灰衣人用鐵鎚將新的通告釘在板上，廣場邊的三層樓旅社「臨終一杯」，是沙漠裡難得的休息場所，提供了在潮濕悶熱的野地旅人所需要的陰涼。盛陽之下，有比冰啤酒更吸引人的飲品麼？

然而旅社如此破舊，裡頭人蛇混雜，遍地污物，暗示了各種人畜霉臭，猛烈挑戰我的想像力。我交代老闆後便踩了唧唧叫的樓梯上樓，不理會走廊裡其他好奇的眼光，來到走廊底端最豪華的一扇門前，敲三下，接著兩下，最後又是三下，裡頭才傳出一個冷峭的人聲，「等你很久了。」

推門進房，迎面而來的冷冽洗刷了疲勞，這樣的上房在蠻荒之地價格不菲，也有著相襯的舒適，二樓西邊巧妙的迴避了白天的陽光，讓房客能在進房後立刻清涼。除此之外，這房間還附有客廳與私人浴室，跟兩個獨立臥室，全家人來住都不會感到擁擠。

後頭兩個守衛在我進門後立刻關上鎖死，好在那阻止不了我離去。客廳圓桌邊坐了三個人，左邊的半暴露美女，右側的虬髯大漢，以及正中央一位相貌俊美的年輕男子，劍眉星目，長辮混以淡藍絲帶悠閒的垂在脖子邊，肌膚白得不像是在沙漠旅行的人，微微翹起的淡粉紅嘴角帶著狷狂。

「阿松啊，吾的宿敵，你終於來了！」那美男子圓睜雙眼散發出強烈意圖，「今天我們便做個了斷吧！」

我拉椅子在對面坐下，「能否等會晤結束後再打？」

「生死大事，豈能耽擱？」

我十指交叉，「總得先盡職責。」

右首的虬髯大漢哼聲說，「老大，這傢伙分明瞧不起你。」

左首的美女則嬌然嘆，「本以爲能交個朋友呢。」

同伴的言詞令美男子感到滿意，嘴巴更彎了，「阿松，我跟閣下也認識一段時間了，爲何仍是如此拘謹？人生苦短，應該更加恣意妄爲才是。」

我肚裡暗罵，臉上神情不變，「如果今天不方便，我可以改天再來。」

後方兩個守衛往我身後走近幾步，虬髯大漢也喀啦喀啦扳著長滿長毛的指節，美女連連驚嘆，不知是對我的大膽還是無禮感到訝異。這五位俠士加在一起稱作「敬天愛人」，是武林最強，萬人崇拜的武裝勁旅，但那份名氣地位此刻只有參考作用，毫無威脅性。「你意思如何？」

我緊咬不放，天若無情俠那對迷人的閃亮眼睛暗了下來，隨即抬起下巴，右手食、中指對準天空，四位同伴悻悻然出了房。

天若無情提酒壺說，「沙漠嚴苛，路上沒出亂子吧？」

優雅的儀態，忽邪忽正的態度，讓我想起了鄭少秋詮釋的「楚留香」，這類角色不管在哪個時代都令人著迷，也難以信任。「諮商時請不要喝酒。」

天若無情酒到唇邊放了下來，「醫生應該很清楚這酒是喝不醉的。」

「對我無效，對你如何我不清楚，還是小心點的好。」我頓了頓，「醫生與當事人盡可能保持清醒是對彼此的尊重。」

天若無情手一擺，「進房脫帽也是尊重。」

我知道他想中斷話題，順意脫下帽子，「還不大習慣角色扮演。」

「既然是扮演就該做得徹底一點，」天若無情指著我身上各部位，「為什麼鬍子這麼亂？綁馬尾太普通了，還有你怎麼總穿灰色衣服，走路見人，要不要我送你一匹馬？」

「我跟病人見面都用真面目。」

「所以陽世裡你也有馬尾跟啤酒肚？」

我不讓對方扯遠話題，「最近過得如何？」

「老樣子，打怪找寶，沒人能招架吾一招！」

「聽起來很愉快。」

「哪裡愉快了，根本是無聊好不好，一點挑戰性都沒有，」天若無情搔著胸口，「遊戲兩個星期後出新版本，應該會更有樂趣。」

「上次你提到對這世界感到鬱悶，讓你有了『輕生』的念頭，現在卻顯得無法割捨。」

「誰叫遊戲定期改版，讓人家想走都走不了。」

「你覺得被綁住了？」

「有一點，」天若無情撇嘴說，網路遊戲裡當然做不出「撇嘴」那麼細緻的動作，但心理醫生是個很會腦補的職業，從對方言詞裡多少能假設真實的行動跟聲調。「人家是不是中了網毒。」

「成癮代表心理上或生理上對某事物的依賴，但你情況特別，網路是你存在的世界，」

我舉起空酒杯，佩服它的精細，「如果我問某個活人是不是對『活著』感到上癮，他也絕不會那麼想。」

「但人家已經死了，」天若無情五指對他的酒杯一抓，酒杯便從桌面浮起，「難道還能死第二次？」

「離開熟悉的一切本身就是一種死亡，是成癮者難以擺脫習慣的原因之一，也意味著重生的開始。」

「不生不死的狀態，怎麼想都不正常。」

「但你還是留了下來。」

「所以才說像成癮啊，」天若無情聽了皺眉頭，食、中指一剪，凌空的酒杯喀嚓變成兩半，「如果我在遊戲裡死了，是否也會投胎？」

「玩家角色是死不了的，」我不禁好笑，「爲了找這城鎮我被盜賊殺死，被怪物吃掉，還有落下懸崖過，都能復活。」

「我不是一般玩家，」天若無情神色混了得意與苦惱，「我是競技場排行第一，所有關卡都能第一個破關的高手，死不了的。」

「眞有那意願，只要脫掉裝備請任何一位玩家下手即可。」

「不行！」天若無情低吼，「讓一個明明打不過我的傢伙取人頭到處炫耀，想到就不甘心！」

這傢伙在臉書肯定也是跟人辯到山窮水盡。「那到沙漠裡找隻怪物如何？」

「看到怪物，下意識就想打倒，」天若無情輕嘆一聲，「天下無敵，也是罪過啊……」

我接著便想說，那跳樓如何？但心理醫生勸病人自殺畢竟有虧醫德，「如果你讓哪個玩家還是怪物殺掉，不成功至少能知道這條路行不通，但你從沒去試過，給我的感覺似乎是還不想投胎。」

「我……當然想投胎，」天若無情支支吾吾，「但人家寶物收集了好幾年，離開等於全部報廢，不是很可惜嗎？我在港區還有三棟房子，政府那邊也有戶頭，至少得等我把它們送完爲止吧。還有我離開的話就變成親朋好友要跟我道別了，我可捨不得他們難過，得跟他們一一說再見才是，或許還該寫封遺書讓大家知道來龍去脈，這樣『天若無情俠』的傳說才能永遠維持下去，不是嗎？」

我靜靜聽完問，「你估計完成這些程序需要多久？」

「這個這個……」這遊戲沒有流汗的設定，光從語氣猜測天若無情正在狂冒汗。「其實還有一件事，我喜歡上一個女孩子。」

我聽了很意外，「什麼樣的女孩？」

「很古錐，會打扮，而且講話滿滿武俠腔，沒見過這麼王道的女孩。」

網路上說的王道不止是帝王之道，也用來形容穩賺不賠的人事物。「你喜歡的是某個玩家，還是那玩家的角色。」

「角色，沒見過本人。我們常一起農（收集遊戲獎勵），一起過關，還到各個城鎮去角色扮演，」天若無情電子繪成的臉亮了起來，「死這麼久還是頭次遇上想交往的女孩子。」

我說，「那女孩聽起來很有魅力，比起名譽財產更讓你捨不得。」天若無情猛點頭。

「她知道你是鬼嗎？」

天若無情沉默半晌，「還不知道，我是單戀，遠遠期盼而已，但童話不也是身分懸殊的兩人結爲連理？」

童話裡的王子公主可都是活人。「玩家扮演的角色跟現實身分是可以差很遠的，哪天她想見你本人你怎麼辦？」

「何必眞的見面？」天若無情舉起另只完好的酒杯敬了我，一口喝光，神采奕奕地說，「遊戲裡我喜歡扮演公主的她，她學著喜歡扮演王子的我，一輩子用遊戲身分相愛就夠了。」

「你一旦投胎轉世，就可能再也見不到那女孩了。」

他煩躁起來，「當鬼就不能喜歡人嗎？」

「沒這意思，」我數手指，「一方面你覺得遊戲世界十分枯燥鬱悶，想要離開投胎轉世，另一方面你卻覺得這遊戲有很多你捨不得的人事物。比起未知的終點，留下來能帶給你更多能掌握的愉悅。」

「這樣講雖然沒錯……」天若無情訕訕地說，「但人家是眞的想離開遊戲世界。」

「那女孩九成是個活人，你離開就是陰陽永隔，不希望你到時難過。」

天若無情別過頭朝窗外望去，這兒正好能俯瞰城鎮廣場，他的大本營，曾在這花費無數時光心血經營，可以理解他為何如此猶豫。

「不必馬上做決定，只請你將選擇放在一起做衡量。」

「我想離開。」他說這話時很堅決，不像在掩飾。

「既然如此，我們的療程繼續以投胎為目標，你……」

話未說完，房門嘩一聲開扇，那虯髯大漢踏步進門，「老大，我們該走了。」

天若無情的角色作驚訝狀，「是了，我跟人約好要打怪，」他抬起胸膛，「今天算閣下走運，待得他日清閒再一決雌雄！」

「沒問題，」病人有權自由離開諮商，「下次約個你比較空的時間，就不用中斷了。」

「哼哼，只怕你經受不起。」

他八成覺得話題沉重，私訊同伴要他們來打斷。反正療程本來就得順著病人的心境走，沒必要揭穿。

天若無情俠維持坐姿從椅子上竄起，翻身佇立於半空中，恍若神人。但他賣弄完後沒跟同伴出門，反而回身俯視我，私語說，『醫生，我們會唔本來還有多久？』

我回，『差不多二十分鐘。』

『我若在遊戲裡死了，說不定就能投胎，』他邪笑，『不如來證實看看吧。』

天若無情伸展右臂，掌緣閃爍，幻化出三把長短樣式都不同的半透明寶劍，晶體構造反映著午後的多種金橙色。

『如何，醫生？』他操作三把刀刃對準我眉心，『來超度我吧！』

——_Chapter 2

『你已經死了。』

「我操！」

伺服器外我氣得大罵，引來網咖裡無數年輕眼光，抑制了摔鍵盤的渴望，吁口長氣，數起網咖裡密密麻麻分佈如粉刺的黑色電腦群，調節呼吸，螢幕上的對手卻在我屍體前捧腹大笑。

天若無情俠私語，『醫生，您又敗了。』

＊天若無情俠在阿松屍體上跳舞＊

一時間我呼吸又氣得亂起來，趕緊收心回話：『了不起，不愧是遊戲第一高手。』

天若無情俠私語：『哪裡哪裡，不過是遇上菜鳥罷了，這種程度可是無法超度我的呀。』

阿松私語：『這菜鳥說不定永遠無法打敗你，要不要找別的方法？』

天若無情俠私語：『哎，這樣自暴自棄，究竟誰才是病人啊？』

天若無情俠私語：『改天再試試看吧。』

天若無情俠大吼：「邪不勝正，阿松你便有魔功加持也不是我的對手！」

＊夕陽朧朧，夜風茫茫，天若無情俠再次踏上勝利的歸途……＊

那行金體狂草讓我又忍不住多罵了幾句。我不是職業玩家，輸了也沒什麼好丟臉的，但天若無情俠每次贏了都會在那擺Pose，講中二到了極點的台詞，實在噁爛到不行。

遊戲系統有時間限制，不論怎麼玩都不可能點滿所有技能，想要天下無敵就得不睡覺一直玩，偏偏天若無情俠的確是個不需要睡覺的玩家。這祕密全世界只有我，心理諮商師魏松言，跟祕書劉早雲兩個活人知道。

幾個月前還過著平凡無奇的日子，診所面臨倒閉，女友差點走人，是連八點檔都不會播的無聊劇情，豈料某天突然發現自己能跟有緣的鬼魂溝通，而且都是因心病勉強留在陽世的孤魂。由於全台北好像只有我一個人是心理醫生兼靈媒，不大好意思拒絕，只好順其自然替這些鬼病人做心理治療，「超度」祂們離開陽世。天若無情俠正是我《魑魅魍魎檔案》的最新案例之一。

心理諮詢很私人，方便的話我寧可在辦公室裡做，但診所的電腦跑不動遊戲，只好上網咖玩，好在天若無情俠這個月來也沒有眞的講什麼私人祕密，只要求我陪他決鬥。在這個叫做《TRIAL》的網路角色扮演遊戲裡，玩家可以設計自己喜歡的外貌與能力，一同在虛擬世界裡冒險。網路外你可以是不同族群、文化、職業，進了遊戲就是同個世界的住民，強烈的歸屬感令人沉迷。

我一個鬍子大叔去網咖玩遊戲本來覺得彆扭，加入後發現人口混雜多元，「魏松言」的人格如同消失了。跟病人講話不想用假名假象，所以想說盡可能把角色設計得像我本人，但這遊戲的選項精細到令人害怕，光靈魂之窗就超過二十幾種，螢幕上那個身材走樣的鬍子大叔活生生就是我的翻版，每回「阿松」掉進陷阱，被壞蛋搶劫，或是在沙漠裡被巨大怪獸追著跑，心裡某處似乎也跟著死了。

「只是遊戲而已，只是遊戲而已。」我按著嘴說服自己，到櫃台結了帳。我三十有一，電子青春再便宜也不可能不工作一直玩下去，結了帳就搭捷運回西門町的診所。

「魏松言心理諮詢診所」位於一棟戰後初期的老騎樓裡，老舊失修，所在的巷子也十分荒涼，以前看一次眉頭就皺一次，現在卻感到十分清靜，因爲這兒是西門町最不受歡迎的角落，走路能到鬧區，鬧區的人卻不會來這，等同在自己的山谷裡漫步。常有人說老地區容易鬧鬼，經驗卻告訴我遇鬼要看緣分，不是陰地就一定會看到鬼。當然啦，診所裡實際上是有兩個鬼，比我住的公寓還熱鬧、親切。

開門推門，我那男裝祕書劉早雲如往常般坐在辦公桌後處理數據，看我進門就問，「松言，談得如何？」

「還可以。」我跟早雲歷經不少靈異事件，算是生死之交，彼此也不再先生小姐互稱，但聽她叫我本名還是有點不習慣。看窗簾是拉上的，想大白天幹嘛關窗簾，就去把它拉開，後面卻赫然出現三行手指畫成的血字。

救我！
我殺了我女兒！
求你救救我！

「今天早上出現的，看字跡是馮太太，」早雲邊擦拭眼鏡，邊對目瞪口呆的我解釋，「想說先用窗簾遮住，等你回來決定怎麼處理。」

鮮紅字跡還在流動，看來極可怖，但比起在我窗戶上留血字的鬼，萬年淡定的劉早雲更叫我啞口無言。「張爺爺難道沒告訴她要尊重界線嗎？」

「事事合乎規矩就不是心理病患了。」

還用妳說，但這些不是人類而是鬼魂，鬧起來比活人還兇。

早雲又問，「要不要收集那些血去醫院檢驗看看。」

「不了，那會侵犯隱私。」

我到廁所拿抹布，背對著早雲似乎仍能看到她在淺笑。我們說的張爺爺，是兩個月前我幫助過的「張麗華奶奶」已故世的丈夫，擅作主張替我介紹了很多想做諮商的野鬼，儼然成了我的陰世掮客，自己卻再也沒有出現過，留我一個應付這些鎖門都擋不住的鬼病人。

通靈能力聽起來很了不起，可別以為跟ＹＹ（意淫）小說一樣暢行無阻，這些鬼魂的療程往往驚險百出，有次還差點斃命診所，馮太太留血字已經算輕微了。維持診所要錢，健保當然不會替死人給付諮商費，所以我對來訪的鬼病人一律說，「必須付在陽世有實質用處的酬勞。」夠聰明吧？

才怪！立規後收到的酬勞五花八門，從狗狗啣來的罐頭冥紙、自己蘸墨寫字的匾額，還有鬼病人說替我定期打掃診所（立馬拒絕），馮太太更好笑，用她家道場不外傳的武功心法當報酬，這「無價之寶」連房租都付不了，只好轉送給習武的早雲。相比之下，天若無情俠的費用最棒，是能兌換現金的遊戲代幣。日語有「現充」與「網充」兩個詞，前者是指現實生活充實，後者是指網路生活充實，但在這個誰都能靠網路出名賺錢的現代，兩者之間的界線可真是愈來愈模糊。

擦完窗戶進廁所偷聞抹布，是真的血，不知馮太太是怎樣辦到的，說不定她家的武功心法可以超越陰陽界限。出廁所後早雲問，「今天也是跟天若無情決鬥嗎？」

「嗯，」我食拇指扣成圈比個ＯＫ的手勢，「八十七％，不能再低了。」

「比上次進步三％。」早雲頓一頓，「你沒睡好。」

她不講，我也感到眼袋跟鉛錘一樣沉重。「這個月拚命練功，花錢買遊戲幣跟最棒的武裝，還下載外掛……」空蕩蕩的戶頭令我痛苦抱頭，「但怎樣都打不贏，那傢伙根本是神級人物。」

「廠商發現用外掛會終止帳號。」

「妳也玩嗎？」

早雲淡然說，「這是常識。《TRIAL》我沒玩過，只上網查了攻略，純粹探討可玩性。」

眞的很好奇我祕書平時用什麼當娛樂的，只知道其中一項是讀維基百科，沒想到連自己不玩的遊戲也會查。「妳是電玩高手，要不要參一腳？」

「我擅長的是械鬥類型，對花超過一小時還不能過關的遊戲沒興趣。」

我瞄了傘桶裡的武士刀一眼，「平常多快破關？」

早雲無間斷打字，「射擊類遊戲第一次玩需三到五十元左右續關，玩三次後可以用一個代幣全破，之後以分數排行榜爲目標。」

我吹了聲長長的口哨，「眞的是高手，下次看我玩，說不定能找到那傢伙的弱點。」

早雲停下打字的手，揚眉說，「遊戲人物『死了』就會投胎，你確定嗎？」

「不知道，也不重要，陪他玩是爲了維持會晤的意願，就近觀察他眞心的行爲。」其實天若無情那麼欠揍，玩到現在除了想超度他，也想狠狠扁那張臭臉，「拿勝利寶劍斷開魂結」可謂一石二鳥。

會客室一角的鏡子突然說，「那遊戲我偷玩過。」

我好奇問鏡裡的女孩，「《TRIAL》未來也有？」

蘇瑪麗，一位只能出現在鏡子裡的少女鬼魂，生前是藝人，死於二〇四三年的未來。她是自殺，手腕保留了死前敞開的傷口，心情不佳時會猛出血。

至於一個尚未出生的人，爲何會以鬼魂的身分出現在二〇一三年的診所鏡子裡，我完全沒頭緒，只知道我唯有在鏡子位於視野內時才能聽到瑪麗的聲音，祕書早雲則是看不見也聽不到。瑪麗只聽得到我一個人的聲音，想知道別人在說什麼就得倚賴讀唇術。

「料不到妳也玩網路遊戲。」

「偷玩，」瑪麗強調，「政府說它違反社會倫理，被河蟹過，但玩家不喜歡河蟹版本，玩風低迷，所以廠商取消了在台灣的服務，政府就順手禁了，是用朋友的私人伺服器偷玩的。」

河蟹就是「和諧」，意指娛樂產品內容被政府修正到符合社會道德標準。但這遊戲正熱門，怎麼會突然被河蟹。「妳聽過天若無情俠這玩家嗎？」

「沒聽過，是男生還是女生？」

「綽號是男性，給人的感覺也是男性。」

瑪麗側了側頭，「你是他醫生，怎麼會不清楚？」

「網路上隱瞞身分很容易，我也不能逼病人講。」

「所以『天若無情俠』是藝名囉？」

好別緻的說法。「差不多，都是表演時用來掩飾身分的工具。」

「他身前是什麼樣的人？父母還在嗎？死因是？」

瑪麗問了串連珠砲，我聽了失笑，「問這麼多，想當心理醫生嗎？」

「想當祕書，」瑪麗點著自己酒窩，「看劉小姐辦事很有意思，也想試試看。」

雇用鬼魂當祕書，我很不爭氣的心動了。「拜託，又不是養小鬼。」

瑪麗不懂「養小鬼」的意思。「下次玩的時候讓我看看好不好？或許可以看出他的背景。」

瑪麗生前是藝人，眼光應該不差。但將委託人隱密洩露給第三者畢竟有虧醫德，不然早請病人叫張爺爺出面了。儘管瑪麗早看光了診所來去的客戶，能少講就盡量少講。

「事關隱私，不能讓妳看。」

瑪麗吐舌頭，「你就讓劉小姐看。」

「她是正式職員，妳是委託人。」

女孩不再央求，唱起了她的搖籃曲。這診所裡還有另隻名為「彼得潘」的隱形嬰靈，哭鬧起來就會砸診所的東西，全靠瑪麗唱歌安撫。診所只有瑪麗能看得見那嬰靈，也是透過她才知道小北鼻其實是個女嬰。

而網路世界的身分可比隱形人更加撲朔迷離，亦眞亦假，遊戲裡是後者居多。首次與天若無情俠在聊天室見面時他只這麼自我介紹：『生前是個御宅族，一天到晚除了睡覺吃飯外，就是上網玩電動，玩得順手可以二十四小時不睡玩通宵。』

松：『不用上學或上班嗎？』

天：『不用吧。』

松：『記不記得自己的死因，跟什麼時候過世？』

天：『不知道。』

松：『當時父母還健在嗎？』

天：『可能。』

松：『生前的本名？』

天：『天若無情俠。』

最後一個答案簡直逼人撞牆。從天若無情的言行推算，他可能是事業交友不順才會窩在家裡，也可能是個連房間都離不開的「繭居族」——不成熟的舉止，欠缺人際手段，自信心低，用完美容貌呈現潛在願望，能窩在家裡的經濟能力，與家人關係冷淡，說不定還是猝死在桌前。

別人是宅男宅女，天若無情是個「宅鬼」，嚴格說起來他的角色、性別與年紀都可能是裝出來的，眞人還可以當面觀察，網路只看得到設計好的面具，若非他一開始就說是張爺爺介紹的，我也會以爲是哪個中二年輕人在「角色扮演」。（當掮客卻又不解釋病人身分，實在偷懶）

「遊戲廠商應該知道玩家的眞實身分。」早雲指出。

「他們不會透露，」我繞著會客室兩張沙發踱步，「也沒辦法請天若無情簽字讓我跟他們交談。」

「但玩家本人可以透過帳戶看到私人資料。」

早雲突破盲腸，我高興說，「那倒也是，」隨即想想不好，「這也要天若無情有那個意願才成。」

「你不是一向要病人面對現實。」

「網路上虛構的身分有讓人短暫逃避現實的功用在，」我大剌剌地躺在會客室的沙發上，滿足身爲主人的特權，早雲帶來的兩隻貓咪——「飛鴻踏雪泥」與「成嶺側成峰」，馬上跳到身上提醒我只是個坐墊。「心理諮詢的首要任務是讓病人感到安心，如果連心理醫生都威迫病人，對方又怎麼可能想談話？」

早雲排好一疊檔案。「需要依靠虛幻標籤才能安心，本身就是個問題。」

早雲的話乍聽下近乎佛學，卻有種莫名的嚴峻。「這年代刺激太多，人不夠突出是很難被注意的，網路可以裝飾自己，比本人來得有優勢，」我撫摸肚子上兩隻新主人。「這樣講或許很勢利，但人都看外表，沒接觸連話夾子都打不開。」

「換句話說，」她兩指夾起釘書機，喀嚓一聲，洞穿三疊檔案。「製造分身公開行為與思想，為的是尋求認同者掩蓋自己的不安，被討厭時就可以刪掉分身躲起來。」

「哎，何必講得這麼絕。」難怪我喜歡妳。

早雲緩緩說，「自信不足才需要別人的認同，演戲過頭連自己都會信以為眞。」

她的話讓我想起尼采的名言，「與怪物戰鬥的人，應當小心自己不要成為怪物。當你遠遠凝視深淵時，深淵也在凝視你。」早雲的意思應該是，「小心別成為你扮演的對象」吧。

「咱們活人是這樣，天若無情可是死人，遊戲裡的角色就是他自己。」

「你打算讓他繼續扮演那角色？」

早雲堅持說天若無情是在演戲，實在無法反駁，畢竟我跟他的確為了隱藏醫療關係上演「死對頭」的戲碼，誰知道幕後還有多少謊言。「至少得等他願意更深一步討論為止。」

早雲一會沒吭聲，「那你是要殺人了。」

我愣住。「殺人？」

「遊戲裡打倒對手是將生命值弄到零，那時角色就會死亡，一般玩家只要將靈魂引導回屍體就能復活。」

妳眞有下功夫研究。「沒錯。」

「所以你打倒天若無情的角色等於殺害本人，下得了手嗎？」

我開始不安。「沒想過這點。」

「殺人是爲了幫他投胎」，這種話遊戲裡講跟在陽世講意義完全不同，一個月前我跟天若無情討論這可能性時，也不敢勸他跳崖自殺，那時就是把他當成活人看待，現在答應決鬥又是另一樁難題。眞可笑，我在遊戲裡不曉得殺了多少人，若不是天若無情，我說不定永遠不會去考慮電子人物的感受。

瑪麗忽問，「醫生，你如果打破這枚鏡子，我是不是也會投胎？」

這問題讓我臉平常沒用的地方都捲起來了。「妳要我……殺了妳？」

瑪麗笑，「我已經死了。」

她這麼輕鬆只讓我更囧。「別開玩笑。」

「不是玩笑，」瑪麗順勢撤去笑容，「試試看？如果打破鏡子後我能投胎，那位天若無情的假設就準多了。」

茶几上的青石菸灰缸在眼裡放大了不少，那種硬度用一點點力就能粉碎瑪麗的鏡子，但我怎能拿別人的靈魂做實驗？有那種惡膽就不會當心理諮商師了。早雲剛才的問題已透過遲疑回答。

瑪麗說未來不存在天若無情這玩家，究竟是我打贏了他使他成功轉世，還是因爲政府禁了遊戲才被迫投胎？罷了，我只顧得了當前的問題，先想辦法打開天若無情的心房吧。

早雲猜到我主意已定，就沒再多說了，懂得尊重我的職位與決定也是她的優點之一。

「我們把去網咖的錢算在診所開銷上，報稅時可以省些錢。」

我喔一聲，「看不見的病人要怎樣報稅？」

「可以說是用來研究病例。」

「還有這招？」

「會投機取巧的不止你一個，」早雲刺我一刀，「看得見的病人，洪小姐似乎給你介紹了不少。」

洪小姐就是我女友洪玉玫，是自家醫院的紅牌，比我成功多了。「她每次都給我介紹死要面子的天龍人，很難進行療程。」

「當作劫富濟貧不就得了？」

「心理醫生不是正義使者。」這是我的堅持。

「那當水蛭吸血也行，」早雲從層層檔案下抽出張便條紙。「洪小姐找你吃晚飯。」

「都說可以打手機了。」

「她或許認爲我可以提早告訴她有沒有空。」早雲稍微停頓，「你跟她結婚的話就能到醫院工作，不用再擔心吃住。」

「我寧可管自己的診所。」

傍晚我要早雲早點下班，自己回房換了便服離開診所，前腳剛踏出大門，後腳就卡在原地。

早雲沒聽到下樓聲立即問，「怎麼了？」

這麼問並非「是不是遇到了鬼」，而是「遇到了什麼樣的鬼」，但眼前的事情實在荒謬，還是遲了會才能回答，「淹水了。」

樓梯間有了幾秒死寂。「什麼？」

「樓下淹水了，」能讓早雲錯愕，可見事情也超乎她意料。「黑黑黃黃的，還有股腥味。」

早雲繞過我往樓下望去，「我看不見，」走下幾階彎腰看到騎樓入口，「街道是乾的，水是淹到哪？」

我失聲，「妳腳已經在水裡了。」

她小腿略一抽搐，似乎想立刻退回樓上，最後卻是緩緩轉身上樓，站定後問，「腳濕了嗎？」

腳剛涉水當然是濕的，西裝褲頭與楔型黑鞋顏色都浸深了，還沾了好多不知名的白蘚，幾個月前瑪麗出現在鏡子裡時早雲也看不見，這多半又是專屬於我的靈異經驗。

早雲的動作弄皺了污水，戳破水面時一圈圈漣漪擴散了出去，眞的是靈異現象怎麼還會受到物理世界的影響？水能淹滿一樓，意味著整個台北都泡在水裡，可能嗎？好笑的是我急的不是爲什麼會淹水，而是該如何出門赴約。

這時早雲忽然往樓下望去，我也順著視線往下看，只見水裡捲起團團污物，波動暗示了有什麼東西正從水底往上爬，早雲看得到是什麼，我卻只看到渦流，實在恐怖，隨著那團詭異事物愈來愈近，愈來愈大，我心跳也愈來愈快。

那團污物來到水面正下方，稍稍停頓後猛地隆起，污水薄膜包裹的橢圓體事物昂首站在眼前，我忍不住發出一聲呻吟，那層水膜才轟隆一聲爆開，唏哩嘩啦地將我的怪叫沖得一乾二淨。

那濕淋淋的怪物隱約有張人臉，瞪我一會後伸出平攤的手掌。

「收房租。」

房東張先生手掌濕漉漉，地中海亮晶晶，眉毛落腮鬍全在滴水，本人卻好似完全沒感覺，掌上一灘水映著我扭曲的表情。「你，呃……要不要毛巾？」
「要毛巾幹嘛？」
張先生抹抹臉不覺有異，我卻看得到他手上滿是污泥，不知道是水裡的東西還是臉上的泥塵，總之是髒東西，腥臭肆無忌憚的侵犯了鼻腔。
「房租不是說好月中月底各給一次嗎？」
「我手頭緊，得催。」
「喂，跟約好的不同啊！」
張先生哼聲說，「口頭約定哪有白紙黑字來得有份量。」
我回頭望了望精通法律的早雲，她也說，「合約沒正式改過，依法還是得月初繳。」
「說話不算話，豈有此理。」
「沒錯。」
早雲實事求是，但也太不會看場合了，讓張先生氣焰更盛。「對啊，繳不繳？」

「上星期才剛付清，現在怎麼可能繳得出來？」這騎樓只有我一個住戶，其他樓層不知為何租不出去，我們一走張先生就沒錢賺了，所以才會有房租分兩次繳的約定，怎麼會突然改共識？

解答很快就來了。「今天不繳沒關係，只需要魏醫生幫一個忙。」

「有什麼是區區在下可以效勞的？」網路遊戲一玩，連講話都有點中二了。

張先生對著樓下喚，「上來吧。」

樓梯間水底污泥再次湧動，我見狀不禁又退了一步，兩個人形瀑布伴隨起舞的泥濘破出水面，一位是漂亮完美，戴眼鏡的棕髮男孩，穿著皮外套；另一位黑髮穿學生制服，褲子拉得高高的。污水唰啦唰啦從兩位少年頭頂傾瀉而下，水勢稍減後才看出兩人差不多年紀，棕髮少年身材瘦小，膚色很淡，雙頰鼓著嬰兒肥，那件衣角快碰到膝蓋的麂皮外套沒讓他成熟多少；另一位年紀比他稍長，高了約一個頭半，體格粗壯，五官近似東南亞人，唯鼻梁特別高。

張先生拉棕髮少年近身，泥水濺了一臉。「這是我姪子藍迪。」

眼鏡男孩漠然瞄張先生一眼，「我們沒有血緣關係。」

張先生面露驚慌，但馬上板起臉，「忘了你爸的話嗎？」

那男孩面部肌肉馬上縮在一起。張先生怕他反悔，連聲說，「進去談，進去談。」不經同意就進了診所，我跟早雲只好也跟上了。客人們全身濕透，黏答答的鞋聲留下濕濘腳印，很想馬上用拖把擦乾淨，但當著病人面前打掃畢竟無禮。

他們在會客室沙發上坐下，污水登時滲透沙發，我忍住不抗議，表情多少還是透露了我的不滿。張先生不知道我爲什麼突然有潔癖，也不想了解。「是這樣的，我堂哥希望替兒子找個心理醫生。」

劉小姐把合約放在桌上，進廚房泡茶，我看藍迪一臉不甘願就問，「父親人呢？」

「他爸……是個大人物，我代替他來。」

藍迪插嘴，「我沒有心理疾病，不需要心理諮詢。」

「你爸……」

「請不要拿父親壓我，」藍迪頭低低的，語氣卻很堅決，「他不懂事。」

「怎麼這樣說爸爸。」

「他不懂事。」

那大人物在兒子眼裡沒什麼了不起的嘛？藍迪跟張先生一樣濕得像隻落湯雞，污水滴滴答答在磨石地板上畫莫內，垂著頭顯得瘦弱可憐。

「藍迪父親爲什麼要找心理醫生。」

「他沒講。」

張先生猛打眼色，顯然認爲小鬼是太固執內向才需要看病。媽的，父母不鼓勵小孩，交給外人又怎麼可能會成功？

「沒個原因是要怎樣諮詢，你不能請他來……」張先生猛搖頭，「或是請他跟我打電話。」

「他是大人物，不能隨便跟人講話的。」

藍迪突然抬頭，「依台灣輔導與諮商學會諮商專業倫理守則，『爲未成年人諮商時，諮商師應以未成年當事人的最佳利益著想，並尊重父母或監護人的合法監護權，需要時，應徵求其同意。』我父親如果不簽名或與諮商師聯絡的話，魏醫生也不方便跟我說話。」

張先生一愣，「你爸都說可以了，哪會不方便？」

「魏醫生不知道你跟我或者你跟我父親之間的關係，出了事你否認一切的話會受到法律處分。」藍迪頓一頓，「再說我沒有心理疾病，已經用《DSM》①確認過了。」

我揚起眉毛，「以一個不想做心理諮詢的人來說，你倒有很多相關知識。」

藍迪笑出兩個深深的酒窩，「知識與邏輯是保護自己的武器。」

這小孩比大人懂事多了。「你幾歲？」

藍迪又低下了頭，張先生笨到去逼問，「人家問你啊。」

「如果你連我幾歲都不知道，更無法證明有親戚關係。」

張先生嘆口氣，「他十七。」

這麼大了？眞看不出來。「未成年人士需要監護人簽字。」我重複藍迪的話。

「你，你是故意爲難我嗎？」張先生幾乎是跳著離開沙發，水花濺得茶几斑斑點點。

「醫生拜託拜託，我先走了。」

藍迪也起身準備走人，我打手勢要他稍待，追上逃出診所的房東。「張先生，如果只是問名字背景沒問題，眞要進行療程就需要監護人同意，違法會吊銷執照。」

我沒講的是「診所關門你也拿不到房租了」。張先生自己會意，「他爸爸真的是大人物，不能露臉的。」

「那請你拿合約去給他簽，」張先生還是躊躇不前，遠親的面子似乎連朋友都比不上，「我不會爲了你的私人理由犯法。」

「你不看診，今天就給我繳房租，繳不出來就給我搬走！」

「搬走你就沒錢賺了。」

「還是給我搬！」

收回前言，活人可以比死人更胡鬧，但張先生這麼拚命，讓我很好奇藍迪爸爸究竟是誰。我們的對話藍迪在裡頭聽得一清二楚，走出來說，「不必這麼麻煩，我也不想做什麼諮詢。」

張先生霸氣馬上洩掉，「你不講話我沒法對你爸交待啊。」

「大人的糾葛與我無關。」

「陪醫生講話啦，就，就一小時好吧？」

「我拒絕。」

「那三十分鐘？」

「我拒絕。」

中年人懇求少年人，連尊嚴都沒了，藍迪也不在乎張先生出醜，我只好插嘴，「那一分鐘如何？」

一老一少同時愣住，叫了出來，「一分鐘？」

「一分鐘。」再不喜歡張先生也不願看他被小鬼擺弄。哎哎哎，我心眞軟。

這提議連藍迪都驚訝了。「一分鐘可以。」

「那請你先回診所，我馬上來。」

藍迪聽話回去，張先生立即低聲哀嚎，「醫生，一分鐘怎麼夠？」

「反正沒父母同意也不能做診療。」

「可是才一分鐘啊！你難道是想敷衍我？」

你難道就沒在敷衍嗎？「心理治療需要病人自身的意願，勉強進行不可能有幫助。」

「不能催眠他嗎？」

當心理醫生神仙啊？「連他爲什麼來這都不知道，從何催眠起。」

「肯定是爲了倔脾氣。」

「請你跟父母確認過再說。」

我把合約塞進張先生手裡後回診所，會客室裡早雲沏好了一壺高山茶，還用小烤爐烘了我當零嘴的叉燒酥，香味四溢，緊緊抓住藍迪的胃口，我指著門口邊的衣架，「外套可以掛那。」

藍迪慢慢嚼完嘴裡的食物才說，「我冷，」一手抓剩下的叉燒酥，一手舉杯呷茶，「這茶眞好喝，中溫泡的，比家裡還準。」

早雲答，「多謝稱讚。」

兩隻貓咪爬到藍迪沙發的靠背上揮爪子，我偷偷對鏡子打手語要瑪麗安撫彼得潘。藍迪吃完點心，到廁所洗手漱口後，才帶著茶杯隨我進辦公室，動作有點僵硬，轉身是脖子不動轉整個身子。

每個心理醫生的辦公室都不一樣，緊緊配合各人獨特的風格與策略，我準備的是類似會客室的雙人棕色沙發，與一張有厚實紅墊子與高椅臂的單人沙發，爲的是觀察當事人在陌生環境的行爲與人際手段。

藍迪選的是單人沙發，還抓了雙人沙發上的枕頭抱著，我就選他斜對側的雙人沙發，調手機碼表給他確認，「一分鐘，看好了？」

藍迪點點頭，迴避我的視線，眼鏡上水珠點點，每一粒都反映著眼球，外貌稚嫩的少年長了蒼蠅的複眼。

一分鐘聽起來很短，其實相當長，心理醫生打從與病人照面就得揣摩來者是誰，衣著、禮儀跟經濟能力等都是觀察目標。歸功於長期與有錢女友相處，我馬上看出藍迪的頭髮皮膚保養得很好，衣著品牌名貴，家裡顯然不缺錢，染髮跟過大的麂皮夾克，應該是想對大人證明自己有自主能力，是年輕人常見的傾向，也暗示了不安。

藍迪昨晚睡眠不足，這可以從他微帶血絲的眼睛跟稍腫的眼袋看出來，而嘴唇乾裂代表水喝不夠，換作他人可能代表有用菸酒，但藍迪身上聞不到菸味，手指牙齒都沒有吸菸者的黃斑，前者可能性大些。藍迪吃叉燒酥的模樣看來並不飢餓，沒有厭食或暴食的症狀，牙齒潔白，手指沒繭，應該也沒有催吐習慣，身材瘦弱並非飲食失調，皮膚白皙容易冷，可見平時不運動也不曬太陽，家人也沒鼓勵。

好玩的是，藍迪剛剛是雙手同時抓取飲食，台灣社交裡通常是一手拿東西另一手不動，兩手同時取食是孩子氣的舉止，不像是規範嚴格的上流社會的子弟。若說是在這感到輕鬆才這麼做，談吐卻又太拘謹，嚼完食物前還不肯說話，可視爲內向，又或者在人際關係上受過傷害。

藍迪說，「知識與邏輯是保護自己的武器」，但武器的存在是爲了攻擊或反擊，說話太理性會讓人難以接近，我猜他沒有知心朋友，這類人容易上壓，常靠菸酒紓解壓力，也更容易成癮，又或者有隱蔽的壞習慣，如自殘、刻意不睡覺等等。基於藍迪失眠缺水，還有對知識的執著，或許還有上網過度的問題。

初步診斷我認爲藍迪有憂鬱症。憂鬱症患者常忘記照顧自己，這點跟失眠與飲水不足契合。心理醫生也是人，推測可能全是錯的，需要沉澱一段時間，等待以後的會晤尋求印證，一分鐘限制正是在統合這些觀察後做出的計畫，爲的是學海明威「講出最眞實的一句話」，打開病人的心房。

一句話打開心房，多麼令人雀躍的念頭。但藍迪看起來很討厭虛假，說錯就會走人。不少年輕的心理醫師害怕病人離開而養成討好病人的壞習慣，我老師就忠告，「利用人得投其所好。幫助人就得投其所惡，心理醫生位於兩者之間的灰色地帶。」不能夠與病人親近的心理醫生連療程都無法開始，啓程後就絕對得幫助病人正視問題所在，首先得讓病人知道溝通的必要性，並讓他擁有優勢，短短一分鐘的限制正是爲了讓藍迪覺得ＯＫ的邀請函。

以上是我進辦公室前得到的結論。

「令尊爲什麼要你找心理醫生？」

藍迪猶豫半晌，看來是知道理由，但不肯講。五十秒。

「你爸平時是不是不大理你？」我在專屬舞台上進行獨白，「今天被他逼來這，還是請遠親帶路到偏僻地方找心理醫生，應該是發生了連他都無法忍受，且不想讓外人知道的事情，」我頓了頓，「連你都知道嚴重性的事。」

小鬼還是沒說話，緊閉的嘴唇告訴我所猜無虛。

三十五秒，該揮下寶刀了。「介不介意我猜猜看？」

「隨便。」

「是不是跟身後那位有關？」

藍迪稚嫩的臉霎時慘淡，不但身子發起抖，牙關也開始顫個不停。

被我猜中了，跟藍迪一起上樓的褐膚少年是個死人。

鬼少年上樓時張先生沒介紹他，衆人談話時在沙發後沒動作，藍迪進廁所、進辦公室時也只靜靜跟著。單這樣我說不定還會出口詢問，之所以看出是鬼非人，是因爲鬼少年雙腳離地面至少一公尺，高大的身體像隻畸形蝦子浮在藍迪腦後，空洞的雙眼死盯著少年瘦弱的背影，四肢軟軟下垂，好像隨時都會抓住對方的頭。

藍迪僵硬的走路動作告訴我他不但知道那鬼的存在，而且相當怕他，所以才用避免回頭的方式走路。

我不是首次遇鬼，鬼少年的舉止還是嚇得我小腹抽痛，強迫自己冷靜不讓客人看出來。誠實是心理醫生的首戒，有些話還是得徵求同意後才能說，一分鐘的限制正是爲了在最後關頭講出打開心房的那句話，但我還是掙扎了一會，因爲這等於洩漏了自己的靈媒體質，即便藍迪暫時無暇理會。

手機鈴聲在這時響起，嚇得藍迪從沙發彈了起來。

「一分鐘到，」我收起手機，「不留人了。」

藍迪驟地撲到身前抱住了我的腳，「救救我！」他哭叫著，先前的冷靜不復見，「把他趕走！把他趕走！」

我用鼻孔偷偷深呼吸，輕拍藍迪的手，他立時想起自己行爲不雅，咻一聲又飛回他的位子，緊緊抱住枕頭，那鬼少年無神的眼珠隨著藍迪進退，令人毛骨悚然。

我對桌上的茶杯擺手，藍迪會意喝了口，牙齒震得杯子喀喀發響。「我也想幫忙，但只能在你父母簽字同意後才能繼續談。」

熱茶多少緩和了藍迪的恐懼，嚥下一大口後沉著聲說，「醫生，您也有陰陽眼？」

該怎麼回答？

「應該沒有，」藍迪牙齒咬住下唇，本來就淡的唇色更顯得慘白，我看了又說，「我是心理醫生，不是道士，陰陽之事講不準。」

「你要做心理諮詢？」藍迪問，我點點頭。「做完就能趕他走嗎？」

「就我經驗，人遇鬼跟心境有關，只能說『有那種可能』。」

藍迪壓低了急促的呼吸，眼角警戒著，每分每秒都沐浴在鬼少年視線下，無怪不敢回頭。「請你，請你跟我做諮詢，有什麼知識……都請教我，告訴我。」

「請你先帶合約回家讓父母簽字，才能長談。」

一般來說不該請未成年當事人拿合約給監護人，但我有預感，張先生不會轉交他那份合約，只好破例請藍迪了，對方也點頭同意。

「你會不會告訴我爸『他』的事？」

我心裡又有了奇怪的感覺。「除非當事人身心有危險或監護人主動要求，不然絕對保密，詳細內容下次見面再談。」

藍迪枕頭抱得更緊。「不能現在談嗎？」

「必須等監護人同意後才能更進一步討論。」

我當然想談。

我當然想繼續談下去，但法律是不近人情的東西。我不認識藍迪家，也不清楚張先生與他們的關係，在沒有合約與聯絡方法下跟病人講話，出了事我第一個會被糾察。我是心理醫生，不是合法驅鬼的道士（有這玩意兒？），只能針對藍迪的心理狀況提供服務，其他方面不能插手。

「我猜你認識身後那位『好朋友』。」

藍迪低頭不答，算默認了。

「那位在身邊也有一陣子了吧？」因爲「大人物爸爸」不可能講一次就會聽信鬼話。

「這段期間裡都沒對你怎樣，似乎沒有惡意。」

「他……」藍迪忽然抬頭瞪我，「他或許想殺了我。」

我心裡打了個突。「那是很嚴重的字眼，你確定？」

藍迪破氣球般縮了回去，「不確定。」

那鬼少年雙眼白多黑少，怎麼看都覺得對藍迪不利。通常當事人對專業人士提及身心上的危險就該馬上報警。但撞鬼屬於規格外的案件，莫說警察不信，信了又能怎樣？還好藍迪沒證據證明鬼少年會害他。

「既然目前爲止都沒事，我們就暫定他沒有敵意。你回去讓爸媽簽約，我們再找時間見面如何？」

藍迪吁口氣放鬆了肩膀，又回復成一開始見到的那個理智少年。「好。」

註：

① The Diagnostic and Statistical Manual of Mental Disorders，簡稱ＤＳＭ，《精神疾病診斷與統計手冊》。美國精神醫學學會出版，由眾多國家心理醫生使用的基礎診斷方針。

_Chapter 4

藍迪走後，我軟癱在會客室沙發上，貓咪們又不識趣的堆在凸肚上。早雲帶上診所的門問，「那孩子身後有鬼？」

「妳怎麼知道？」

「貓咪剛才在沙發上揮爪子。」

我嘿一聲，「名符其實的背後靈，穿學生制服的少年，看起來像個乖乖牌的運動健將。」

「有跟你說話嗎？」

「根本來不及說什麼，那鬼也沒說話的意思，只是浮在空中死盯著藍迪，」眞諷刺，見過那麼多鬼居然還是頭次遇到會飄的。「眼睛空洞無神，御宅族的『本命抱枕』都比他活。」

「他是死人沒錯。」

客人一走，診所的玩具又開始浮空，角落的風琴也跟著彈奏音樂，我對看慣了的騷靈現象示意，「死人也可以很活潑，活人也有很死的。」要是藍迪知道這兒有兩個鬼，恐怕再也不會複診。

鏡裡的瑪麗說，「我看不見他的鬼。」

「或許沒緣分，」基於隱私不該跟瑪麗談這麼多，但瑪麗住在診所裡只能遷就她。活人合約對鬼病人無用武之地，我只是死賴著配合。「台北就兩人看得見，難怪他家人不信。」

瑪麗瞪著大眼，「舊時代不是信奉鬼魂？」

「人人忌諱鬼神，但看不見的東西畢竟難相信。」

「家人總會信吧？」

我搖頭，「聽張先生跟藍迪的形容，那大人物老爸不是個貼心的父親。」

瑪麗望了門口一眼，「眞可憐，我還有你們可以說話，藍迪連父母都不理他了。」

瑪麗嘴裡的未來是個政府負擔了人民所有費用的世界，所以許多父母的責任感也跟著落到溝底。瑪麗也是在父母出國旅行時遇到慘事，進而自殺，彼得潘以前也是個孤單的嬰兒吧。年輕人找不到說話的伴，難怪轉向網路尋找慰藉，心理醫生不能替代親人，只能盡力理解他們的需求。

早雲又問，「藍迪會回來嗎？」

「會，」我相當肯定，「他之前不敢確定鬼魂是否眞的存在，確定後會更害怕，更想知道解決的法門。」

早雲將藍迪（跟鬼少年）少得可憐的資料打進電腦，「沒父母簽名，你打算怎樣進行療程？」

「只能期待他父親開竅。既然是大人物，諮詢費肯定付得起了，說不定還可以調高價碼，順便叫張先生給房租打折，診所補充點心飲料全算在他家上，」兩位女士瞪著我，我提高聲音，「心理醫生不是正義使者，不付費就不治療。」

早雲淡淡說，「我是佩服你的取巧能力。」

「這算稱讚嗎？」

「算事實。你透露能力不會有點冒險？」

「什麼都不說是無法讓藍迪答應療程的，」藍迪的病因多半跟父親有關。「爸爸認爲兒子有問題才會要他看心理醫生，告訴他也不會信。」

「那病人是哪位？」早雲問，「以前的案例裡人與鬼是同一位，這次卻是分開的兩個。」

這也是與鬼魂諮商的困難之一，資料少，難確認病因，而且找不到相關人物，就算看清楚鬼少年制服上的學校名字也無法讓校方透露個人資料，難道還得找他的父母請他們簽保密合約不成？

身爲靈媒看得到鬼，身爲心理醫生卻無法跟鬼交談，擁有靈能力沒讓日子更輕鬆，只讓我更明白凡人的極限。但既然是靈媒兼心理醫生，「不強迫病人講話」的規矩也適用於不想溝通的鬼，就等一等吧。

「我認爲藍迪認識那鬼少年，說不定跟他的死有關。」

瑪麗拍手，「藍迪是兇手，所以死者陰魂不散。」

「妳哪聽來這種梗？」

「電視有播。」

我乾笑，「說不定兩人是朋友，死後彼此相隨。」

這是自我安慰的謊言。兩個月前第一次見鬼，從會悔恨到在窗戶上留血字的馮太太，到枉死對我哭訴的女孩都有，卻從沒見過鬼少年如此可怖的鬼魂，沒有情緒，沒有目的，沒有身分，而且……沒有靈魂？不生不死的眼神，旁觀者恐怕連一分鐘都忍受不了，而且藍迪認為鬼少年想殺了他，是朋友還會這樣猜忌對方嗎？

客人坐過的沙發仍是濕的，還多了幾個嬰兒掌印，馬上去雜物間拿毛巾蓋住，順便取拖把清理，沒想到擦了半天，兩道濕腳印還完完整整地留在那，打開電風扇弄最強風吹，連變小的跡象都沒有。我問藏鏡女孩，「地上的水妳看得見嗎？」

她搖了搖頭。我到樓梯間一看，樓下仍泡在污水裡，丟個咖啡鋁罐下樓，空罐沉入水中後傳來乒乒乒乒的聲音，是透過水傳出來的。空罐怎麼會沉入水中？既然入水又怎麼能像普通空罐一樣彈跳下樓，物理學莫非被改寫了？但，管他媽的這是什麼東西，我跟女友有約會啊！難不成得游泳去忠孝東路？

我足尖點水迸出一圈圈波紋。「這樣去約會也會全身濕透……」想起以前跟鬼病人見面時有很多種方式，有的藉助活人，有的靠托夢，還有像瑪麗這種活在鏡子裡的。這水也是鬼嗎？還是某個鬼造成的異象？

另個更讓背脊發涼的念頭是：這水跟那鬼少年有關。為什麼呢？因為他漂浮的方式很像一個溺死的人。

早雲來到水邊，手象徵性地伸出約兩個台階的長度，然後抽回，依附在臂上的水與診所內相同，又髒又黏又腥，所差者在於它迅速蒸發。「如何？」

「水沾到妳就蒸發了，」她褲管還是濕的，果然是靈異現象才會有這種矛盾。「張先生穿過那水來診所，應該毒不死人。」

「只有你看得見，說不定也只毒你一個。」

她講得我渾身雞皮疙瘩，再猶豫下去別說約會，連家都回不了。「我綁條繩子，出事就拉我上岸。」

「魏松言，你能不能勇敢一點？」

「怎麼，因爲我是男人嗎？」倒影中的我鼓起鬍子胸膛，雄赳赳氣昂昂，「可能會毒死人是要怎麼個勇敢法。」

「要不要我踢你下水？」

我嚥口唾沫，腳尖極緩地劃入水面，污水淹過鞋尖，鞋身……

早雲忽地踹了我屁股，整隻腳立刻沒入水中，一股溼黏從腳心大腿直鑽到頭頂，怪叫抽出，單腳蹦著蹦著跳回診所，污水四射玷污牆壁傢俱，驚得瑪麗抽身，彼得潘也嚇得到處扔玩具，頓時天下大亂，滴滴污水沙拉油般從大腿滑到小腿，有如滿袋白米還是滿窩螞蟻滾落皮膚，讓我癢麻得在原地轉圈圈，還是被彼得潘的積木砸中才回過神來。

早雲從頭到尾沒插手，用手機把我的醜態都錄了下來。「看來沒毒。」

我拉起濕透的褲管，看腳是乾的。「這水滑滑的像油，而且暖和，幾乎沒感到溫差。」

早雲給影片存檔，「怎麼碰到我會蒸發。」

「說不定每個人跟它的互動方式都不一樣，」這樣講是把水當生物看待了，身體不濕衣服濕，總不能裸體上街，好在這水似乎無害，觸碰也不久留，「再試試。」

樓梯間的水面還在爲我的失態晃動，撇眼看早雲又在準備錄影，心裡暗罵她落井下石。再次伸出腳尖，這回快多了，讓污水將小腿吸了進去，咬牙忍住噁心一步一步往樓下走，當水淹過腰際時深吸口氣坐將下去，粘膩的污水鑽入鼻子耳朵，閉氣不敢動，怕喝下那不知名的液體。我不是沒潛水過，現在卻有被活埋的感覺，是因爲這水像油一樣給我穿了套滑膩有異味的緊身衣，還是因爲我覺得它是有靈性生命的異物？耳邊除了耳鳴只有心跳聲，腳稍動就能感到水壓的擠迫。

一分鐘到，想換氣時突然有個想法。如果這水（還是油）在乾地會離開我，那我是否有抵抗力將它排除在外呢？剛剛丟空罐下樓代表物理學還是比靈異現象強一點，至少證明我不是在眞正的水中。

我緩緩抬起眼皮，馬上感到暖流進攻那處，賭氣將眼睛瞪得大大的，水幕附著在雙眼上，粗糙破舊的洗石階梯結實地印入眼簾！

同時，我也看到手臂上有層薄膜，薄膜下的景象恰如在診所裡看到的景象，水不斷從皮膚上「滑落」，跟薄膜外的污水會合。我鼻孔用力噴氣排出污水，再悄悄吸氣，竟然沒有大礙，口鼻前的薄膜順著呼吸起落，臭歸臭，至少憋不死我。這水有點像稀釋過的鼻涕，待在裡面有股懷念安心的感覺，直覺它不會害我，實在奇怪。

我起步，再一步，又一步，愈走愈深，到了一二樓之間的轉折，往窗外一看差點沒昏過去，全台北市眞的泡在水底！這不知道哪來的洪水淹沒了整個台北的一樓，太陽金線密密麻麻刺破滿是泥塵的黃水，在馬路上形成波波餘光，更扯的是路上行人車子來去自如，莫非全城只有我一個人被這水壓迫？

我取手機檢視一切功能都在，打回診所，「聽得見嗎？」

「聽得見。」

「那……我走了。」

「請注意交通安全。」

掛電話放下手，只覺得有股浮力，用狗爬式滑了幾下，水壓四面八方跟在泳池裡一樣，卻沒辦法浮起來，提腿比綁了啞鈴還吃力，落腳偏偏又輕飄飄的，好不容易走到診所外的陋巷，這兒的水比騎樓內更髒更黃，泥濘不輸沙塵暴，還帶了點血漿般的事物。剛才丟下樓的空罐好好躺在門外沒有浮起，沖鼻腐臭味重複告訴我麥當勞跟肯德基是世仇，味道不該勉強混在一起，古代人用油脂保存食物，我現在活像個會走路的泡菜還是臘肉，像垃圾堆裡的地鼠多過像條魚。這究竟是靈異現象，還是說這一切都只是腦中的劇本？一分心就會把污水吸進口鼻，是要如何見人，如何交際？

哎呀，呼吸？

我坐回騎樓階梯，開始在心中默數節拍，順勢調節呼吸節奏，也閉上了眼睛。

心理學與生物學密不可分，有所謂的【心身影響】（Psychosomatic）跟【身心影響】（Somatopsychic），前者代表心理影響生理，後者則轉過來，意指身體狀況能影響心態，故心理醫生在治療病人時得同時針對身體與內心。

我現在使用的是治療焦慮症常用到的呼吸法（Breathing Technique）與系統性減敏法（Systematic Desensitization），用調整生理行爲來平復心境，能有效降低焦慮症狀。張先生問我能不能催眠藍迪，答案是非肯定的，因爲那需要天時地利人和，但事先減緩當事人的緊張感是所有療法的共通起點，或許能抑制污水對我的影響。

身心法常用的手段有：數節拍、調節呼吸、閉眼睛降低刺激等等。約兩分鐘後，我已能感覺到皮膚上的油脂感開始降低，水流比先前更迅速離開身邊，更確信這一切都是心靈上的體驗。

接著，心身法。

想像一條河川，急急駛過內心的平原，我站在河的東岸，水太急無法通過，但平原上的花香輕霧般籠罩著我，令人放鬆的閉上眼睛。隨著心情鬆弛，耳中也能聽到水流聲愈來愈遲緩，從黃河氾濫的轟隆巨響落到琵琶琤瑽，最後潺湲幾不可聞，不睜眼也知道能安全過河了，脫下鞋子讓清涼的溪水洗刷疲倦。

到此，我睜開了陽世的眼睛。

天空仍滿是黃水泥塵，視線卻已不再模糊，空氣匱乏但聞不到腐臭，手腳多少還有點阻礙，跟之前也有了一百公尺與十公尺水深的差距。果然，這又是一起「相由心生」的靈異體驗。

離開騎樓前往西門町捷運站，路程只需十到十五分鐘，行人沒有因洪水而有所減少，人潮反而有比平常更加洶湧的趨勢，大家按平常方式走路、過街、閃車，有的人跟我一樣身邊有薄膜，有人則整個被泡沫的簾幕包裹著，有人被冰塊封住，還有人是「上下顛倒」走的，像從水底看著水面上的倒影，絕大部分小孩跟父母之間都有著切不斷的水繩連著。

更怪的是，觀察黃水與陌生人的互動時，有種所有人都是「一家人」的奇怪感覺，不費力就能猜到他們的行為與心情，有點像做心理諮商時，同理心乘以十倍那麼強的感觸。

各種異象千奇百怪，緊張下視線呼吸又開始受阻，趕緊閉眼複習呼吸法。閉眼睛時異象的影響明顯減低很多，有如網路遊戲的畫面，不管視覺音效再好，也無法讓玩家聞到嚐到裡頭的事物，可見之前的不適絕大部分是受視覺影響，做呼吸法削除視覺，將心神集中到剩餘感官上，出奇有效。

這水只影響人，車子巴士等交通工具的排氣孔大砲般噴著泡沫，移動速度絲毫不減，捷運車廂快到將隧道內的水全部沖飛，窗外白茫茫一片，旁人若無其事地對外頭我看不見的廣告指指點點。來到忠孝東路，這裡也被水淹沒，也多了幾十種在西門町沒見過的異象，眼睛活像有暴食症，來不及消化各色繽紛的刺激。

我一邊默記景象，一邊尋找玉玫訂的餐廳，突然注意到百貨附近的騎樓下坐著一個奇特的人。那人乍看下是個看相居士，八字鬍，好濃的眉毛，身周居然有一圈光環，將污水全部擋在外頭，不由得多看了幾眼，結果他居然也朝這邊看來，嚇得趕緊轉頭找路。

聽玉玫說這間位於忠孝東路的法國餐廳是圈內人才知道的店，食材產地直輸，廚房也是公開的，只招待事先預約的達官顯貴。

我女友當然算貴族，而她看到我也親熱得像是自己人，抱個滿懷。「松言。」

玉玫在大庭廣眾前也從不掩飾對我的喜愛，讓人既高興又尷尬，回抱時把臉藏在她秀髮後，「抱歉，診所出了點事。」

「有麻煩病人？」玉玫聽我呼吸有異，鬆手瞧了下，「你感冒嗎，怎麼有鼻音？」

我順水推舟撒了謊，「有一點。」

「呵呵，今晚多喝酒消毒吧。」

喝高價酒消毒，哪捨得啊！這餐廳在地下室，污水滲透了每一寸華美裝潢，牆上仿效工業革命時代的瓦斯燈，也被污穢遮住了光芒，黃水裡漂浮的污物來來去去也更加明顯，堂皇富麗的宮殿頓成了陰森的水族館，更別提其他上流仕紳，一隻隻從高價鯛魚變成廉價泥鰍。

來這前有點擔心向來完美的玉玫會髒成一團爛泥，沒想到眼前的她依舊動人，污水與妍麗的身子時而觸碰，時而流開，像串飽滿通紅的荔枝用晨露洗ＳＰＡ。不只是玉玫，餐廳裡幾位人士身邊也保持著各種型態的乾爽，看來這水是不分貴賤染指受害者，一個個望過去，直到右手邊一位兩公尺不到的英挺男士平淡回應著我的視線。

玉玫纖指掩嘴，勾著那男人的手臂，「忘了跟你提，二哥也來了。」

我這才想起那是玉玫的二哥洪玉文，趕緊跟他握手。「好久不見，去年冬至見過吧？」

「正是，」玉文語氣溫和，握手卻相當有力，「我是這家店的股東之一，妹妹請男友吃飯當然得招待。」

知道是妹妹跟男友單獨約會居然還插隊，未免令人尷尬。我平時在病人面前都能保持面癱，不知爲何在社交場合裡很容易就把心情暴露在外。玉文見狀問，「不行嗎？」

「當然可以，只是有點意外。」

玉文微笑點頭，「我們還沒好好談過話，藉今晚多瞭解彼此。」

玉文語氣比一般人慢半拍，好比醫生對病人解釋病情，我懷疑他就算講到別人的死期也是慢吞吞的。現年三十九歲的他跟玉玫一個腦外科醫師，一個精神科醫師，同是在家族醫院裡工作的菁英。玉玫是個懂得打扮的女性，很清楚美麗的外表與高級衣飾在社交上多麼有優勢，她二哥正好相反，淡藍色網球衫與長褲合身舒適，選一般人看不出價格的單調設計，高挺鼻梁上那副至少要十幾萬的鈦合金眼鏡，貌似路邊攤買的，跟餐廳裡其他客人比起來寒酸很多。

如同玉玫把心思花在衣飾上，玉文用心的地方則是身體的保養，適中的短髮旁分，鋼琴師般修長的手指與圓潤的指甲適合開顱手術，臉上一根鬍渣都找不到，鏡片也是一塵不染，若說玉玫是新娘的花簇，華麗、多變、難測，玉文就是新娘的婚紗，潔淨、自律、霸道。

洪家是台灣的望族，成員個個是社會菁英，跟他們接觸幾次後，覺得其成員行爲不能以常理衡量，玉文突然出現只算小咖。他好相處，見面維持了一定程度的禮貌，這份冷漠無情跟身邊的不斷被過濾的污水一樣，有著維持生命基本需求的透明。

洪玉文眞的就當主人，領著我跟玉玫到貴賓室裡，與三房一廳公寓差不多大的空間裡，只擺了一組雕工精美的歐式胡桃木桌椅。他等我在厚實的絲絨椅墊上坐好後說，「今天九道菜品是爲貴賓設計的，希望合您胃口。」

我這時只想用柔軟的椅墊按摩難得運動的臀部，唯唯諾諾，痠疼稍減時前菜已經端了上來。

「第一道是前菜三品：魚子醬與馬鈴薯泥、蝦肉鑲菇、海膽塔，搭配『Villa Crespia 'Novalia'』霞多麗白酒。」

平時哪有機會吃到這種好料，當然是愼重品嚐，海鮮鋒銳的鮮味立時與舌頭融在一塊。

「第二道前菜是鮑魚與豬腳的細菜淋蘋果汁。」

法國人當然也吃豬，但聽到豬腳第一個想到的是台灣的當地美食，沒想到煮嫩的鮑魚與豬腳的膠質口感居然這麼合，刻意切細的材料入味十足。

第三道是普羅旺斯香草①搭配炙干貝，上頭淋了些許碎番茄，經介紹是法國里昂廚師設計的菜。這三道菜色用同款葡萄酒，平時海鮮常用乾白酒，這裡大膽用微甜酒更有季節感，也適合有豐富調味的菜品。

三道菜一過，全麥麵包與鵝肝醬做小歐。「接下來是新鮮削片松露與野菇西洋餃（Ravioli），辣牛肚醬（Ragout），盤邊的花朵是用帕馬森乾酪與味噌煮乾的凝塊繪成的，請用這瓶『Poderi、'Barolo' Nebbiolo Piemonte 2010』。」

「西洋餃不是義大利菜嗎？」

「法國料理也會用西洋餃，尤其是與義大利相接的南法。」

近似融合菜餚的材料，每粒餃子咬開都能品嚐上等高湯，紅酒更讓人身處團團錦簇玫瑰。柚子冰沙清口後是主菜老饕牛排（Rib Eye Cap），只雞蛋大小，旁邊裝飾鬱金香球根泥與烤得微焦的紅高麗菜葉添香，搭配的是法國的「Chateau La Fleur de Gay Pomerol 1993」。牛排後是伊比利火腿（Iberico）熬煮的法式清湯（Consommé），還用松針短暫沏過，添增了遠古森林的深沉，濃厚不油膩。

點心是切成紙張薄片後烤得酥脆的西洋梨，白巧克力塊浸泡黑可可，與淋了薰衣草蜂蜜的三種乳酪，搭配伊昆堡貴腐酒（Chateau d'Yquem），三道甜點都相當袖珍，各具濃縮的複雜甜味，一點都不膩嘴。九道山珍海味從頭到尾沒冷場，一列下來像在吃懷石料理，食物被不知名的光環護住不受黃水侵染，更顯得神聖。

我們只顧享受著美食的洗禮，用餐時幾乎沒開口，飯後玉文向服務生點了咖啡，扶眼鏡說，「葡萄酒的『婚姻』是我建議的，獻醜了。」

「相當美味，不可置信。」享受美食時忘記這房間注滿污水，現在看顏色淡了不少。

玉文點點頭，「您覺得這是法式料理嗎？」

「這家是法國餐廳，應該是吧。」

「那，何謂法式料理？」

我不明白他爲何突然考起人來了。「我認爲與作法有關。這頓飯材料多來自亞洲與義大利，整體的調理方式始終是法式料理，譬如說第三道海鮮用的普羅旺斯香草，餃子用的肉醬跟主菜牛排邊放的Au Jus（純粹肉汁），搭配的根莖蔬菜泥用奶油潤滑口感，都是法式料理的手段。壽司師父如果用南美的魚做壽司，也不會有人懷疑不是日本菜。」

「我完全同意，」玉文緩緩說，「但這料理在法國是站不住腳的。」

「不夠好吃嗎？」

「跟味道無關，在某些老饕眼裡，傳統法國料理已經登峰造極，任何手段都不需要進步，也不准使用異國食材，甚至歧視非法國人的法廚。」

玉文對站在門口，穿著廚師裝的恭謹外國人示意，「這家餐廳的主廚傑洛爾出生南法，自小接觸地中海多元文化，也會隨性添加中東菜的香料。他來台灣取材時愛上這裡的風土人文，決定摒棄刻板印象中的以厚重肉類爲主的法式宮廷菜，設計出順應當地，以海鮮與蔬菜爲主的菜單。對那些老饕來說……」玉文指著燙金菜單上的字，金字倒印於他溫潤的指尖，「這只算新亞洲菜（Asiatique Nouveau）。很諷刺吧？明明是好於藝術的文化卻不允許創意，若說傳統法國料理是太陽，其他都只能算月亮，即便月光也是反射後的陽光。」

「心理學界各門派之間也常有這種傲慢，認爲流派不需要再更進一步。」

「無可否認的是法式傳統料理法的確十分完美，味道也值得肯定，但比起不肯接納新料理的故鄉，台灣才是傑洛爾的『歸所』。」

「離開熟悉的環境是很艱苦的。」我在美國住的時間比在台灣長，也算闖出了一片天，卻也終究回到這兒。

「總比待在不歡迎自己的地方好。維京人有句諺語，『山丘上枯萎的樹，連皮葉都保護不了自己，如同無人珍惜的人，何必活得久呢？』」

玉玫曾說過二哥是在瑞典學醫的，北歐嚴苛的寒冬是否跟冷淡的個性有關？他的話也暗示了心理學在台灣的艱鉅起步。

玉文品嚐著濃得可以寫狂草的咖啡。「魏醫師您觀察力比常人纖細，這是好事，我們家週末與節慶的娛樂絕對不比今晚遜色。」

我微慍，「你是考我有沒有資格參加家宴？」

「我擔心您如果品味太差，對用心準備的人員會很失禮。」

我氣極反笑，「有差嗎？」

「每個人都有最適合自己的歸所，頭腦好的人動腦，力氣大的人勞動，反過來根本無理，吃不出食物好壞的人，就算給他美食也不懂享用。這不是目中無人，只是基本的『婚姻』與物盡其用，心理諮詢不也講究病人與醫生的搭配嗎？這餐廳開在法國難存活，在台灣卻能大放異彩。」

「婚姻」是葡萄酒與菜色搭配的代名詞，就字面上來說，也可以形容心理諮詢中病人與醫生的關係，無從抗議起，「考試沒過就不准我們交往了？」

「怎麼可能？」玉文扶眼鏡，「舍妹個性比剛進馬戲團的大象還倔。」

玉玫抿嘴笑，「哎，選瘦點的動物比喻吧。」

「妳在床上是頭母獅，自不待言。」

「呵呵，眞了解我。」

兄妹的對話讓我這男友很尷尬。我跟玉玫都受西方教育，對性的看法比傳統台灣社會開放，但在她哥眼裡，男女情愛說不定跟動物界的生殖行為沒兩樣，最可怕的是這傢伙居然有三個小孩，不知道妻子怎麼受得了。

玉玫問二哥，「可以把那件事對他說了吧？」玉文攏手請小妹開口，「松言，我阿嬤想跟你見面。」

「洪老太？」礙於身分，我跟玉玫家的人不熟，這位奶奶我也只聽她提過幾次，「是妳說要動手術的那位？」

「手術成功了，精神好得很，」玉玫開手機給我看報導，新聞上是坐輪椅的洪老太，身邊是玉玫與玉文的二伯，傳聞要競選總統的洪承慶議員，洪二。「替阿嬤動手術的是二伯大兒子，在我家醫院當心臟科主任。」

洪家規矩很大，每個長輩都有自己的家系，玉玫的「我家」指的是歸她家系管的洪氏醫院，兄妹都在那工作。

「阿嬤怕孫女一輩子獨身，想知道什麼樣的男人令她著迷不已，」玉玫還在品嚐她那杯甜酒，淡琥珀色的晶瑩黏著在豐唇上，看起來更是彈性十足。「眞亂講，哪有著迷，只是常常吃飯上床罷了。」

吃飯上萬起跳，上床是在五星級飯店的套房，換做別人應該也會覺得是著迷吧。但玉玫是個懂得賺錢的醫生，醫院與藥品公司的代言人，在上流社會交遊廣闊，資深商人都不見得能如她八面玲瓏，財源廣進。

而這般成就在洪氏豪門裡也只算達到標準。洪家原本是大稻埕的商家，靠賣茶葉、乾貨跟古董，與台灣南北的達人們建立了長久關係，一直發達到現在，賣的茶還進貢過英國維多利亞女王，之後涉足醫療、教育、政治、媒體，直如現代版宋家王朝，而洪老太是洪家最後的長輩，地位跟太后差不多，玉玫出身尊貴更顯得男友窩囊。「妳奶奶看到我會氣死吧？」

玉玫向來豁達，旁人忌諱聽到親人跟「死」這個字出現在同條句子裡，她聽到只笑了笑，「會氣死的人都是活該，我們只是到奶奶家裡應付近親，要不要結婚仍看你我。」

私人會面總比到大宴會裡被全家親朋凌辱來得好。

飯後，我們三人在服務生的送行下離開了餐廳，淹沒台北的污水在大門打開後又湧了進來，下意識舉手遮擋，正是螳臂擋車，只能凝神減低它的影響。洪玉文披上夾克與我握手，「松言，今天聊天十分愉快，遠超期望，希望下次繼續深談。」

改叫本名，那算是把我當自己人了，「彼此彼此。」玉文說完掉頭就走，形同陌路，不禁喃喃，「眞是個怪人。」

玉玫甜笑說，「跟你一樣。」

「我怪？」

「你們對自己的領域是那麼地痴迷忘我，看著都吃醋了。」

「妳不也是醫生？」

「行醫只是生財工具，」玉玫勾住我臂彎，硬是制住了我的步伐。「我是個沒夢想的人，所以只能緊緊抓住你們這些夢想家，永不放手。」

我默然伸手把玉玫緊緊擁在懷裡，那瞬間也想一輩子這樣抱著她，但玉玫是個不能作夢的人，主動掙脫了我，「你若沒感冒，鐵定拿你當宵夜。」

我鼻音早沒了，玉玫也不追究，道晚安後便上私家車離去，我則回頭去找巴士。搭公共交通工具回家的好處之一就是總會有人在，不至於感到孤獨，回到家如何又是另一回事了。回味著今晚的美食，身後一個陌生男子突然喚，「先生請留步。」

轉身一看，居然是兩小時前注意到的看相師父，微微一驚，近看他鼻梁高挺，雙目炯炯，火炬般的濃眉逆八，面目粗獷，鬍子卻修得超整齊，令我心生戒備。

「您被惡靈纏上了。」

我聽了整個人囧掉，這傢伙看似嚴謹，卻講出了靈幻劇裡的釣客台詞。

「所以呢？」我調侃他。對方本就有點黑的臉更暗了，「我不是開玩笑，你身上有一、二……」他數了起來，愈數愈駭異，下巴都掉了，「七隻？怎麼可能？」

他不數就罷，數了我更懷疑。「哪有七隻，最多三，不，四隻而已。」

「確確實實有七隻，請您跟我來一趟。」

「改天吧。」

那師父看我要走，更急了，居然搭上肩膀，「事關性命，五分鐘就好。」

我拍掉手，沉聲說，「再纏人可要叫警察了。」

那師父愣然停步，我趕緊上街叫計程車，上車後從後照鏡裡還可以看到那師父抿嘴盯著車子，令人心底生毛，這傢伙平頭都隱約有地中海了，還用騙小孩的手段找生意，不知道釣過多少冤大頭，肯定沒料到會遇上眞正的靈媒吧。

我住在一棟五層樓公寓的二樓，下計程車後兩步併一步上樓，剛踏上樓梯就被水壓停滯了步伐，泡泡裹著咒罵聲像在浸澡時放的屁，興起多罵幾句，髒話一顆顆浮到水面爆開，離水後馬上擰衣服，黃水落地怎樣都乾不了，不想讓莫名其妙的東西進家門，只好進門後脫光衣服，再伸手出門將衣服在樓梯間擰乾了，幸好此時已經夜深，不然被看到肯定會被錯認爲變態。

衣服半乾，進浴室洗熱水澡，總算是把身上的污漬都沖掉了，擦乾身體從沒這麼爽過，上床立刻睡死。早上起來第一件事就是查看窗外，陽光下街道乾爽，一滴水都看不到，人群層層湧進早市，昨晚的洪水跟假的一樣，鬆口氣之餘也有點可惜沒機會做實驗。

起床沒事乾脆去診所，捷運上大口吸著難得的清爽空氣，到診所後鏡裡的瑪麗在看早雲昨晚給她弄的韓劇，見到我瞪大眼，「醫生，你來這幹嘛？」

「什麼話，主治醫生當然是來工作。」

「平常都是劉小姐先到。」

我展開雙翅學奧運選手領獎的模樣，倒在沙發上舒展四肢，「彼得潘呢？」

瑪麗沒回話，一會才想起我不看鏡子就聽不到瑪麗的話聲，也懶得去追問。原來診所只一個活人時這麼安靜，比靠近市場的公寓好多了。

寧靜沒維持多久，樓梯間傳來咚咚咚的沉重腳步，接著一個柚子大小的黑影猛力敲打磨砂玻璃門，弄得震天價響的。進診所敲門很平常，但也很少人敲這麼重，腐朽門框被打得不斷晃動，再下去可要散了，這傢伙是演奏馬勒不成？

早雲不在我親自去開門，想說一定要好好教訓對方，不管是誰來我診所都得守規矩。門一開，外頭高大的身影讓我整段演講都吞回肚子裡。

「魏醫師，」沈金城那對虎目笑得瞇了起來，「好久不見。」

註：

① Herbes de Provence，以五種基本香料調成的法式香料。

_Chapter 5

兩個月前我莫名其妙有了與鬼魂溝通的能力，第一個遇到的鬼病人就是附身在美女身上的黑道份子沈金發，爲了他硬闖他大哥沈金城在花蓮的大本營，差點丟了性命，總算沈大哥還算有氣度，沒多爲難我。

沈金城有我的名片，知道診所位置，但怎麼會突然來拜訪？兩個月沒見，本來整齊的鬍子略見雜亂，更顯得狂野。他細細欣賞我錯愕的表情，從地上拾起一簇跟葬禮花圈差不多大小的水果籃。「店裡的。」

籃子提得跟我頭齊高，好像不接受就會倒到我嘴裡。「你也有開水果行？」

「當然。」

沈金城魁梧的身軀跟水果籃陷進診所，逼得我趕緊讓步，對他的第一印象還不錯，但還沒好到會歡迎一個不請自來的黑道份子。「請問有什麼事嗎？」

沈金城不理我，逕自到廚房廁所繞一圈，回來問，「這兒沒逃生梯？」

「戰後初期蓋的，就廚房一個組裝逃生用具。」

他嗯嗯兩聲，看傘桶裡的武士刀笑問，「醫生怎麼學我們拿刀子？」

「防身用的。」

「要不我介紹西門町的朋友給你認識？」

我忙說，「付不起保護費。」

沈金城哈哈一笑，提起那把刀，拇指推開試了試，「刀子不開鋒要來幹嘛？」

「去問我祕書。」

「祕書是查埔？」

「是查某。」

沈金城一愣，笑說，「女人會用刀嗎？」

我尚未答話，門嘎啦一聲打開。「五段，」早雲背著公事包跟貓籠進診所，對傻了眼的沈金城說，「刀是師父送的結業禮物。」

沈金城視線跟著早雲回辦公桌，手肘撞得我踉蹌幾步，「眞好命，祕書那麼水。」

我肚裡嫌他粗魯，早雲淡然問，「您是沈金城先生？」

「恁哪會知影？」

「水果籃有店家的名字。」

籃子上果然印著「金城水果」四個字。我的客人摸著下巴對早雲嘖嘖有聲，好似欣賞一件精品，不由得心生反感，「請問有什麼事？」

沈金城重重落在沙發上，拆掉水果籃上的標籤，拿出水果刀、紙盤紙杯，我狐疑問，「那刀沒殺過人吧？」

「消毒過了，」沈金城看我的噁臉，哈哈大笑，「這你也信，太憨慢了吧。」

被他玩弄於股掌，實在不爽，「請問有什麼事？」

不悅寫滿我的臉，沈金城裝沒看到。「阮小弟的代誌還沒好好謝你哪。」

「份內所爲，沒什麼好謝的，車馬費也給過了。」

「那點小錢哪夠，」沈金城削起蘋果，原來他是左撇子，刀法意外的細膩，皮一圈圈連在一起，切片後揀了塊吃，第二片才遞給我，「嚐看看。」

我哪敢不嚐。沈金城用紙盤裝了兩片給劉小姐，對方只說，「打字不方便。」

水果籃上頭擺水果，底下卻是陳年高粱、鮑魚罐頭、燕窩盞等葷酒，喜氣洋洋，好笑的是還有罐梅粉①，該說不愧是黑道水果籃嗎？

沈金城開酒給我倒滿杯，我推說工作不能飲酒他就一口乾了。部下面前嚴格，私下慷慨豪邁，若非忌憚他的手段，說不定還可以交個朋友。搞了半天連正題都沒說上，沈金城等整顆蘋果吃掉，酒過三巡，說了幾個道上逸聞後才拿出張照片，裡頭約一打人，老少混雜，他站在人群最邊緣，背景煙霧繚繞，是間小廟。「你看隔壁帳篷底下。」

我順著沈金城手指看去，面部肌肉登時抽緊。

「兩年前照的，那次好不容易談成一筆開發內湖的生意，我老大興起要照相留念，最近懷舊拿出來看卻發現多了一個人，」沈金城撫摸鋼鐵般的短鬚，喳喳有聲，「他過世的叔叔。」

「你老大是誰？」

「幫裡的堂主。」

沒講更多肯定是忌諱事。「當時沒注意到嗎？」

「就他一人的照片有出現，其他人都沒有，還是最近才顯現的，就我跟他知道。」沈金城粗大的手指在黑影中的那張臉上研磨，「老大叔姪倆一起闖江湖，很年輕就往生了。老大認爲叔叔有話要對他說，我就想你找得到阮小弟應該也能找到他叔叔。」

我吃了一驚，「你把我的能力跟人講？」

「驚蝦米，台灣又不止你見鬼。」

我的媽呀，這種事豈能隨便對人說？我是有學位有執照的心理諮商師，靈媒體質只是萌屬性啊！肚裡大罵，表面做足功夫，「我不想病人抱著特異成見來找我，會妨礙治療的。」

沈金城笑罵，「幹！誰要你治療我老大了，只是想借你當通話機而已。他是個縱貫線大哥，說話算話，答應會保密。」

我不懂「縱貫線」什麼意思，「你會到處對別人說嗎？」

「對我沒好處。」

「有好處就會洩露嘍？」

「看多大。」

「算你誠實，但這樣亂來讓我很爲難。」

「安啦，不會虧待你的。」

沈金城從水果籃裡拿出芭樂切片，這次先遞給我算落實禮儀，但我不吃這套。「正統靈媒台灣很多，爲什麼不先找他們？」

「我只信你一個。」沈金城又削了片芭樂在梅粉裡翻了翻，整片染紅。「老大很照顧我，這件事不辦妥我會內疚一輩子的。」

沈金城前女友余秀淇說他綽號是「笑面虎」，現在還眞有點被肉食動物盯著的感覺。

「你不是要我別跟黑道來往。」

「阮是以朋友身分來拜託的。」

我當下便想說，「我們不是朋友。」但講不出口，「跟你老大怎麼見？」

「明天他到迪化街懷舊，星期六有個宴會也希望你參加。」

「大稻埕？」

「照片是在霞海城隍廟照的。」

那廟是快兩個世紀前建的信仰勝地，我也十幾年沒去了。「什麼樣的宴會？」

「政客商人跟弟兄親熱的那種，幫你擴充人脈當謝禮。」

果然是「政」經人物。「我哪夠格參加黑白兩道的聚會。」

「這年頭哪有白道？」沈金城從水果籃裡拿出捆沉甸甸的信封。「給你買衣服，穿體面點。」眼珠一轉盯著早雲，「可以帶女伴。」

我皺眉說，「劉小姐是我祕書，還有我自己有衣服，錢請收回。」

「不買衣服就修診所吧，你這兒活像個鬼仔厝。」

這傢伙講話總是不容人拒絕。早雲忽然說，「我陪你去。」

我嚇了一跳，「啊？那是個不……的場所，去幹嘛？」

「不盯著你恐怕會出事。」

沈金城哈哈一笑，「安啦，那兒是不准帶武器的。」

「害人手段豈限於器械。」

沈金城拾起蘋果走到辦公桌邊，一手架在桌上，偉岸的身子把早雲整個人從我視線裡抹去。「有我罩著誰敢動手？」

「就是沈先生您自己。」

我捏緊汗濕的手掌，沈金城卻呵呵笑出聲來，「查某膽子不小。」他把老大的照片放在辦公桌上用蘋果壓住，「明天九點來這接你。」

他拱手出診所，腳踏出診所又回頭問，「秀淇最近入獄，你知不知道原因？」

這問題來得太突然，驚恐下答不出來。沈金城揚起嘴角露出銳利的犬齒，「明天見。」

沉重的腳步咚咚咚下了樓，外頭引擎聲絕塵而去，我還是好一會後才回過神，解開信封一看，果然塞滿了千元大鈔，早雲分兩疊用對切法洗了。「五十萬。」

我笑罵，「媽的，姓沈的體面程度可以跟玉玫比了。留下來當診所資金，我們穿平常衣服就好。」

早雲打開貓的籠子，「重要宴會還是請稍微打扮些，梳頭髮，修鬍鬚，襯衫洗乾淨並塞進褲子。」

嫌我邋遢就直說嘛！「才不要，反正也不想跟那種人混。」

「收人家的錢至少裝個樣子。」

「又不是選舉買票。」這筆錢早一天到我手裡也能拒絕張先生的要求了，人眞是無錢不行，又想正式場合裡早雲穿旗袍一定很體面。「妳眞的要跟我去？」

「你約洪小姐相信她也不會拒絕。」

「總不能帶她去黑道的聚會，我自己去就好。」

「我得盯著你。」

「我不需要保母，」雙手插腰增加氣勢，指頭卻陷入肚腩，臉不禁微紅，「妳眞的認爲沈金城在打壞主意？」

「可能。」

沈金城是個爲了穩固地位會開槍打部下的人，我不願跟這種陰險傢伙多來往，但看心理醫生對很多人來說都不光彩，更別說超顧面子的黑道人物，沈金城算得上有誠意了，再說他對老大感到內疚，或許是懊悔自己沒在弟弟生前跟他相處好，藉著幫助大哥來彌補缺憾，這心情是可以理解的。

想了半天，結論是我想信任沈金城，但切勿忘記他是個不擇手段的黑道，乾脆把他當成有人格問題的病患吧。「那好，一起參加。」

「明天呢？」

「他們只約了我。大稻埕……」我發現果籃裡的乾貨標籤正是在迪化街。「玉玫家也是在那靠茶葉發跡。」

大稻埕是台北，不，是台灣歷史極重要的一環。中國在英法聯軍一役裡戰敗，開放台灣北部港口為國際貿易管道，商品遠達歐洲。本來台灣經濟重鎮在南部，大稻埕的成就使得北台灣也能夠左右島嶼的未來。

因為大稻埕通商方便，台胞、洋人、日本人，還有原住民，各方文化與人種交錯複雜，求生存的方式也變得相當多樣化，商議有之，衝突有之，每次的交流都讓新的語言、產品、宗教、藝術，與人物在大稻埕生根，給台灣帶來經濟以外的收穫。它的多元性在火車開通後有增無減，短短幾十年間變成了台灣人文最複雜的地點，對當時的人來說，不下二次大戰湧入大量移民的美國。

面對這樣的變化，當年的台灣人是如何保護自己與本土的特性？若說遷就於外國文化，他們又是如何說服自己改變的？還是說在經濟利益驅使下，金錢成了衡量人最方便的風氣，恍若現代？那時候如果有臉書，網路上不知道會出現什麼樣的魑魅魍魎。

那張照片裡的霞海城隍廟是在大稻埕興盛前建造的，人物卻是現代人，還有隻卡在兩段時域裡的鬼。「一群黑道去祭拜紀錄善惡的神祇，真不知道在想什麼。」

「月老也在那，比城隍更受歡迎。」

我想起沈金城望著早雲的眼神有點不懷好意，乾笑說，「他老大最好多帶保鑣。」

早雲停下打字的手，「你幫過沈金發，接哥哥的委託不會變成雙重關係嗎？」

在心理諮詢裡，雙重關係是指醫生與病人間出現了（或本來就有）超乎諮詢的交流，譬如說談戀愛或者有利益上的衝突等，足以扭曲當事人判斷力與界限的動機。對需要公私分明，謹守療程規範的心理醫生來說，雙重關係是極危險的存在。「這不是一般諮詢案件，比較像是『朋友』間的委託。」

「他要你別跟黑道來往，卻又說這年頭沒白道，豈不自相矛盾？」

「是啦，是啦，但其實他大哥的叔叔……」

我眼角注意到會客室角落有不知名物體簌簌落下，回頭一看，只見瑪麗上半身如常佇立在鏡子裡，手腕上的傷口居然不斷噴灑鮮血，大吃一驚，「瑪麗？」

女孩沒有回話，只是不住發抖，鮮血雪花般落在鏡面上，重複著最開始抓住我注意力的恐怖影像。「妳在害怕？」驟地發現診所的當家嬰靈也異常沉默，平常我跟早雲進門都會玩鬧，現在居然一點動靜都沒有。「彼得潘呢？」

瑪麗不答這問題，只說，「剛走的沈先生，我認得他。」

「沈金城？」怎麼會。

「他，沈先生……」瑪麗半個身子隱沒在鏡子世界的邊緣，「他是台灣總統。」

註：

①某些紅色毒品綽號叫梅粉。

_Chapter 6

「妳說總統？」瑪麗點點頭。「那傢伙未來會管台灣？」

女孩又是點了頭。「是他沒錯。」

「黑道怎麼可能當得上政客？」

「這年頭哪有白道？」早雲在一旁說。

瑪麗曾經對我形容過台灣未來的景象：一個不用讀書，不必工作，所有費用由政府支付的「天堂」。瑪麗解釋說當時政府為了貫徹民主制度，決定改革由人民投票選擇所有政策，才會造就那種社會。

我曾問瑪麗如果不讀書工作要如何維持競爭力，她回答，「沒有不准，只是『不必』，政府跟企業團體合作提供人民一切基本開銷，不滿意的人可以進修或替政府工作，大部分人都在瘋明星就是了。」

明星包括演藝、科技，與商業上的成功人士，全部與政府有掛鉤，人民生活的唯一驚喜就是看這些人出頭天。

「新政策就是沈總統提出來的，」瑪麗手腕仍在噴血，「說政府理當順從人民的需求。

他很受歡迎，在我……在我去世那年支持率高達八成。」

余小姐曾說沈金城背上有枚紅痣，所以幫派長輩都說他有「鴻圖大志」，但這傢伙能當領袖嗎？愛用暴力，講話總是半威脅人……

說出心中想法，早雲反應，「如此才適合當領袖。」

我眉毛撞在一起，「怎麼說？」

「他給人的感覺是軟硬兼施，快意恩仇。」

「那是黑道個性吧？」

「現在哪有白道？」

眉心好痛。「妳不會是看上他了吧？」早雲瞪一眼就讓我改口，「當我沒講。」

「如果每個老闆都能像沈金城一樣務實，當祕書的會少很多煩惱。」

「妳煩惱我？」

這問題簡直討打，早雲不多作答，「三十年足以改變一個人，沈金城未來說不定會跟現在截然不同。」

「這個……有可能吧，」當心理醫生總得相信人會改變，「但妳沒聽瑪麗說未來是個頹廢無度的世界。」

「松言，政府一開始便是爲了滿足社會安定而成立的，絕大部分人都只想平靜過日子，瑪麗說的未來完美地符合了這標準。」

「但人民變得不知上進啊！誰知道沈金城從中污了多少錢？」

「未來政府或許有壟斷人才之嫌，卻從未禁止人民『上進』，人民溫飽任務就算達成了，政客賺多少錢毫無關係。」

玉玫對病人也是這種看法，認爲病人若眞的關心自己的健康，就一定會自己去研究病情，所以也不打算幫他們「背書」。反之，我認爲醫生應該主動提供相關知識，而不是任由病人偷懶，再說新政府這麼做很狡猾，因爲絕大部分人民都只看得到眼前的得失，由人民決定政策反而更容易從中取利，無疑將資本主義發揮到極致。

「引誘父母捨棄小孩的風氣，實不足取。」我這話是背對鏡子說的，早雲聽了沒回答，沉默的意思很明白，『瑪麗際遇悲慘，但她也不是模範少女，話信一半就好。』哈，原來我也能讀她的想法。

我得意的神情反而引得早雲發話，「未來是飄渺無定的，請你先注意當下的世界。」

「未來可是培育於當下的。」

「莫非你想替沈金城做諮商？」

我聞言哈哈大笑，笑了好半天才發現早雲依舊冷漠。「問眞的？拜託，就算想做他也不會肯啊，一不爽拔槍宰了我怎麼辦？」

「你在美國不也遇過危險病人。」

「他們……」我搔頭，「他們沒沈金城危險。」

「我有同感，」早雲拍拍腳邊的籠子要貓咪出來，兩隻馬上奔到我身邊磨蹭。「貓兒也在怕他。」

貓一出籠，彼得潘也開心了，角落的玩具堆又開始朝空中發射玩具。「妳相信貓的直覺？」

「當然。若不是這樣，跟沈金城約會應該滿有意思的。」

我下巴掉到地上。

早雲嘆口氣，「你眞的很憨慢。」

她學沈金城說話，讓我又好氣又好笑，「你們盡欺負我。」

早上被沈金城一鬧，午餐就忍不住想出去透氣，把便當丟進冰箱後到西門町鬧區吃炸雞。

初夏的台北已經開始熱了，順便買兩碗刨冰才回辦公室，剛過紅樓，身後突然一人說，「先生。」

我聽這聲音好耳熟，回身一看，居然是昨晚在忠孝東路遇到的看相師父，大吃一驚。「你怎麼找到我的？」

「我用先生的面相卜了一卦，算到今天會在正西方見到你，」看相師父淡然說，「恰好我在西門町也有點事要辦。在下姚竹眞，正一道的道士。」

「在……在下魏松言。」這傢伙白襯衫，灰西裝褲，穿塑膠拖鞋，手上還提了一袋印有模型店標籤的塑膠袋，哪裡像個驅鬼畫符的高人。「您眞的是道士？」

對方艴然不悅。「還能是假的？」

我哪知道。「台北騙子很多。」

姚竹眞不跟我辯，「魏先生，您被惡鬼纏上了。」

他昨晚說過同樣的話，當時視爲無稽，現在突然有份量多了。但……頭次遇到跟我一樣看得到鬼魂的「職業人士」，一時還是難以接受，「你眞的看得見鬼？」

「修煉過的人都看得到。」

他揚起下巴講話，令人不爽，「稀罕嗎，我也看得見。」

姚竹眞抬起一眉，「你？」

「對，『我』，」我學他把話音拉得長長，「不但看過鬼，還講過話。」

姚竹眞頭側一邊，「氣場不對，是天生的？而且還是剛開竅。」

「約兩個月前吧。」

姚竹眞忽地肅然，「你殺過人嗎？」

我嚇一跳，「哪有？」

「一般人是不會同時有那麼多惡鬼纏身的。」

「或許跟工作有關，」看姚道長不懂，心底暗爽，「我是心理醫生。」

「跟肖乀說話的？」

「做心理治療的，」這北七。「人心即是鬼神，心理醫生遇到的鬼可多了。」

姚竹眞淡然說，「充其量是個業餘靈媒。」

這雜毛說話盡損人，「你說有七隻鬼，我怎麼數都只有四隻。」

「七隻。」

專業道士這麼肯定，我要怎樣反駁？「什麼樣的鬼，有多惡，說來聽聽。」

「不確定。你在西門町工作，多半是被這兒的風水害了。」

「西門町不好嗎？」

「本來很好，但龍蛇混雜，禍害是人帶來的。領我去你診所。」

我又是一驚，「幹嘛？」

「驅鬼。」

「不要。」

姚竹眞發愣，好像不明白怎麼會有人拒絕一個「職業道士」的服務。「不要？」

「你說有七隻鬼，可能有幾隻是我的委託人。」顧及隱私不該提起病人，但我眞怕他追我去診所，又或者算到我診所在哪，到時可難趕走了。

姚竹眞不以爲然，「鬼有什麼病好治？」

你也是外行。「當然是心病。死者對陽世有牽掛就不願意離開，我給他們做心理治療，治癒後就願意去投胎了。」

姚竹眞半信半疑，「勉強有點道理，你……治過幾個，有一百個嗎？」

你當我閒啊。「沒有。」

對方冷笑，「那還好得意。」

這傢伙名字裡有個「竹」字，卻一點都不謙虛。「至少我辦得到，沒你說的那麼外行。」

姚竹貞咒罵幾句，「心理醫生驅鬼，狗屁不通，以為學午馬留個大鬍子就可以降妖伏魔？」

「誰午馬啦，你還不是長得像徐錦江！」

「鬼扯，應該是像林正英！」

「那我至少也有黃文標的格吧！」

語畢，我倆同時呆了。午馬、徐錦江等港星的名字是時下台灣年輕人少談的，我們卻朗朗上口，這麼說……

我跟賊道兩人，都是大叔輩的港宅！

姚竹貞好像也想到了這點，神情尷尬，良久才問，「你看『邵氏』嗎？」

「看武打。李小龍？」

「拒看《青蜂俠》。《英雄本色》？」

「只承認第一集。《賭神》？」

「看完戒菸，改吃巧克力。徐克？」

「收所有ＤＶＤ。」

姚竹貞笑咧了嘴，「喜歡舊港片的不是壞人。」

簡直歪理，但知道彼此是同個時代的影迷後倒有點吵不起來。姚竹貞又說，「你沒修煉過，少跟鬼魂打交道比較正經，別到時後悔莫及。」

「在下可以照顧自己，不勞你費心。」

姚竹眞哪聽不出我在敷衍，凝望我好半晌，我也毫不退讓地回視，最後還是他先讓步。

「隨你便，哪天需要驅鬼來找我。」

姚竹眞從口袋裡摸出一張泛黃（還是染黃？）的名片，有名字地址沒公司名，背後一道看不懂的硃砂符咒，也不知道是畫的還是印的。他拱拱手，轉身便走，手裡塑膠袋搖晃有聲，我不禁叫，「姚道長。」

姚竹眞立刻轉身，臉上發光，「何事？」

「那天淹水你看得到嗎？」

「淹水？」姚竹眞偏頭，「我注意你是因爲你身邊瘴氣很重。」

我拉袖子到鼻邊嗅，沒聞到怪味。

跟姚道士講了一會兒話，刨冰都融了，只得加緊腳步回診所，沒想到剛轉過巷口就看到一雙腿垂在騎樓外，嚇得整袋刨冰離手，紙碗嘩啦嘩啦破碎四散，奶水紅豆流滿一地。

騎樓邊探出個頭。「醫生？」

我定神一看，「藍迪？」

對方點點頭。

「你找我？」藍迪又點點頭。「爲什麼不上樓？」

「我不敢。」

病人猶豫不想見醫生很正常，我倒是沒想到藍迪這麼快就回來了，嗯了聲彎腰去撿破碎的紙碗跟塑膠蓋，散落一地的紅豆跟煉乳只好不理，藍迪見狀問，「他在我後面嗎？」

我抬起頭，視線正好跟藍迪後面那位鬼少年對上。那鬼跟上次一樣在藍迪身後浮沉，四肢水母般垂下，剛才看到的腿便是他的。鬼少年離藍迪後腦不過數寸，空洞眼神望穿我肩頭，好像與「我後面的鬼」互望，看得背脊發毛，咽口水問，「還在。你看不見？」

「我不敢回頭。」藍迪拉緊皮外套，「醫生今天見人嗎？」

「見。」

我將垃圾丟進樓下的桶子，帶藍迪上樓進診所，兩隻貓咪馬上好奇的跑到藍迪後方跳著要抓那背後靈，趕緊噓走，順便打手語要瑪麗安撫彼得潘。

藍迪在會客室沙發上坐下，注意到右手邊窗戶上方掛了幅「杏林長春」的匾額，「張大千的字？」

我微感訝異，「是，也不是。」

藍迪聽得皺眉頭，「是就是，不是就不是，哪有『是也不是』？」

那匾額的故事說來話長，也跟藍迪的案子無關，所以我挪動話題，「有研究書畫嗎？」

「沒有，就家裡玄關有掛張大千的山水，格調很像。」他懷疑的眼神像是在問，一個窮醫生買得起嗎？

「那是病人送的。」我照實回答，又想一戶會把張大千掛在門口的人家到底是凱到什麼地步？

藍迪拿出一個綠色的文件夾。「簽好的合約。」

接過打開一看是英文簽名，而且是女性的名字「溫蒂妮．陳」，附註的身分是母親。很謹慎嘛，如果這位「某先生」是大人物，叫媽媽簽就不容易洩密了。無聊，只要進了辦公室都是病人，父母不是熟人就沒關係，這般守密反而很難溝通。

藍迪父親似乎也擔心會有隔閡，文件夾裡居然放了張十萬元的支票。看診一小時兩千，那是五十回諮商了，紐約第五大道的富豪外還沒遇過這麼凱的委託人，但此舉只有讓我更加不快。基於誠信我不會超時，結束療程時難不成還得提款交還剩餘費用嗎？

心理治療這種東西技術經驗都重要，但更重要的是病人與醫生之間的契合，如果有病人需要五十次諮商，需要考慮的是療程出錯或者病人與醫生有不合契，而不是繼續拖延。有些不肖醫生會刻意延長療程多賺諮商費，我深以爲戒，該結束的療程就是該結束。我給自己的期限是三個月，那是十二回諮商，如果沒進展就得考慮交給別的醫生，至於玉玫她是精神科醫生，跟同個病人見上五十次也不稀奇。

支票帳戶屬於一家沒聽過的公司，文件夾最裡頭附了張信柬：「我兒子說有鬼跟著他，請說服他那是假的。」筆觸剛健，應該是「某先生」的信息。心理療程盡可能與家屬配合，看來對方純粹把我當下僕使喚，換言之所有辛勞都會落在我跟藍迪頭上。莫說藍迪身後的鬼魂是眞非假，就算是幻覺，當父母的也不該武斷否定自己的小孩。誰都希望有人傾聽他們的心聲，這是社會家庭共享的責任，而不是交給專家就可以撇頭不管。

想到這，我對「某先生」的好感已幾乎跌破表，也發覺這或許正是藍迪家從小到大的相處方式，多少能了解他被動孤寂的個性源頭，鏡裡的瑪麗也有類似的經歷，因爲無法信任人，只能把人當工具看待的斷層。藍迪父親固然討厭，總算提供了些基本資料，包括兒子的生日與文化背景等等，地址與聯絡方式卻一字不填。藍迪原來再兩週就十八歲，眼前玩著手機的他瘦弱，蒼白，怯懦，心智與社交手段恐怕還停留在中學而已，是父親壓抑的關係嗎？

我藏起所有情緒領藍迪進辦公室，那鬼少年也跟著飄了進來，光線轉變下我發現他跟藍迪都是棕髮。藍迪這次還是坐單人沙發，甫坐下便問，「我該做什麼？」

「第一次諮商？」

「是的。」

藍迪之前說他有查《DSM》確認沒病，我當醫生卻看出有憂鬱症，看來他對心理諮商的認知其實相當有限，然而採取主動是好現象。「那我解釋一下，你有沒有讀合約？」

「沒有。但我爸讀了。」

「回去讀一下，這是爲了保障你的權益。」我看藍迪有點遲疑又說，「等你過十八歲就擁有『完全責任能力』，到時有些事即使是你父親也無法作主，先學著保護自己沒壞處。」

這建議是基於藍迪的家庭與個性給的，是我單方面的隱憂，與委託內容無關，稍有越限之嫌，「我是諮商師，你是當事人，我的服務必須以你的福利爲基準。」

「不是『病人』嗎？」

「在美國稱當事人或『委託人』。有些人對心理疾病很感冒，不喜歡被稱作病人，而且醫生在診斷之前無法確認對方有沒有心病。」我稍作停頓，「至少，我知道你背後那位並非幻覺。」

藍迪不自主顫抖。

我回溯話題，「你未成年，所以令尊是實質上的委託人，一般來說療程是以他的要求爲終點。」

「我爸要什麼？」

「令尊……」我偷翻白眼，「要求我說服你那位好兄弟是假的。」

「他不是假的！」

「我知道，因爲我也看得見。」

藍迪止了顫抖，緊緊閉上眼睛，力量大到眼珠的輪廓都印在眼皮上。遇到我之前他不確定鬼魂的眞僞，知道後反而更害怕，寧願我說他是神經病，說一切全是幻覺，也勝過承認鬼魂的存在；很普遍的矛盾。

心理醫生必須身處灰色地帶，不能說違心之論討好病人。「心理諮商以隱私爲本，診所裡除了劉小姐是我祕書外，我不會向別人透露對話內容。依法醫生必須回答監護人的問題，令尊也有權看我的筆記，但通常除非某人有身心危險，我不會主動透露細節，至於你對別人說什麼就無權干涉了。」

「說了也沒人信，」藍迪瞇眼，「您眞的不會洩密？」

「在無人身心受到傷害的情況下，」我重複，「你父親是合法監護人，但你才是我的服務對象，服務經由你開始也會經由你結束，最終以你的身心健康爲目標，談話時除了合約條件外，你不需要應承我任何事，包括選擇不回答我的問題在內。」

藍迪有點狐疑，「你爲什麼對我這麼好？」

他以爲全天下的人都在關注他，利用他。「醫生對病人誠懇是本份。」

藍迪琢磨我的保證，「我該做什麼？」

「不介意的話我們可以先聊天，多認識彼此，譬如喜歡吃哪國料理，出國旅行想去哪等等。」我調了碼表，「會晤一回是五十分鐘，要講什麼隨你。」

「聊完就能把鬼趕走了？」

他最擔心的果然還是身後的鬼魂。「你很在意那位好兄弟。」

藍迪皺眉，「請據實回答，做諮商能不能趕走那隻鬼？」

「不知道。」

「那我何必做諮商？」

「正想問你呢，」我十指互扣，「你來診所是爲了驅鬼嗎？」

藍迪口開闔著，一時無法回答，「本來是應爸爸的話來找您的，是想證明我腦子出問題，沒想到您也看得見我背後那位。現在，我現在……我想您既然看得見那隻鬼，說不定也有趕走他的法門，這是邏輯……基於邏輯的猜測。我，呃，很不合理吧，請初次見面的心理諮商師驅鬼，連如何諮商都沒個頭緒還喧賓奪主，根本是強人所難，嗯，我，呃……」他低下頭，「對不起，失態了。」

「心理諮商沒有所謂的失態。」

藍迪瞪大了眼，錯愕地像是我當著他的面吃活蟑螂。心理諮商師在充滿歧視與審判的現代社會裡提供避風港，任誰都可以自由地當他們想當的人，幾乎每個病人都曾被諮商的寬廣尺度嚇到過。

藍迪跟其他病人一樣不適應這種自由，馬上又給自己套上枷鎖，「請告訴我該如何進行諮商。」

「諮商沒有特定流程，每個人做法都不一樣，有的想聊天，有的想直接處理問題，還有帶電腦到我辦公室寫作的都有，無論如何以配合你的需求為優先。」

藍迪茫然問，「我的需求？」

「沒錯。你很在意背後那位好兄弟，願意的話我們可以討論關於他的事。」

我咬舌頭煞車。自從靈媒體質覺醒後一直都想找人談論陰陽之事，卻怕被人當成瘋子看待，有時眞的感到很孤獨，與藍迪此時患得患失的心情並無二致，但心理醫生應該避免將自己的情緒放入療程內。

自律，自律。

順藍迪的意他反而不想說了。「您怎麼也看得見鬼魂？」

好家在，他沒被我干擾。病人轉移焦點很正常，在一開始不失為開啓話匣子的好方法，但我該提供多少資訊呢？講太多，病人就可能會追根究柢，轉移療程的重心，講太少又會覺得被漠視。平常病人問的是私事，今天問的跟靈異有關，洩漏出去怕引起軒然大波。

但老師教過，心理醫生的首要目標是不讓病人感到徬徨無助。藍迪心防強，我得先公開自己的祕密才能表達誠意，再者知識能消除恐懼，我的親身經驗應該也能幫到他。「我第一次看到鬼差不多是兩個月前，是位在某座廟裡的和尙。」

彼得潘我看不見，瑪麗她死於未來，不大算鬼；大概吧。

藍迪表情亮了，「和尙不是都在寺院，怎麼會在廟裡？」

「我那時候也覺得奇怪，後來才知道整間廟裡只有我看得見他。」

「你不怕？」

「不怕，因爲那時候不知道是鬼。」

「知道後你覺得自己瘋了嗎？」

「對啊。」

藍迪笑嘆，「如果只有我一個人看得見，也會覺得是自己發瘋。」

「你家裡沒人看得見？」

「沒有，爸爸還不斷說那是假的，叫我不要對別人說，但我天天看到他……」藍迪身子往前挪，「後來想想不對，世界上怎麼可能有鬼，一定是……是腦子出了問題，不去想就會消失了。」

人心即是鬼神，英文更有「眼不見，心不想」（Out of sight out of mind）的諺語，道出人類欺瞞自己的本事，藍迪的話是基於他人的看法企圖說服自己，可惜我讓他無法矇混過去。藍迪驚覺說了太多自己的感受，又將矛頭指向我，「你還遇過別的鬼魂嗎？有找人驅鬼嗎？」

我想起姚竹貞，吐舌頭說，「還沒遇過想害我的鬼魂。那位對你做過什麼嗎？」

藍迪視線游移，「目前只是跟著我。」

他說「目前」，擔心的是尚未發生的危險，還是有別的內情？我維持冷靜的語調，「你猜他會害你，爲什麼呢？」

「成語不是說『爲虎作倀』，鬼魂會害人的。」

「確實有這種說法，然而我們華人祭拜祖先時並不怕他們會害人，」我拿起茶杯說，「觀點是活生生的東西，譬如說有人認爲這杯茶是『半空』，有人卻認爲是『半滿』。我不害怕你背後的那位，你卻把他當怪物看，這也是觀點的差別，觀點不見得是事實。」

藍迪視線往下掉，「您肯定他不會對我怎樣？」

藍迪習慣閉眼跟往下看，是短暫逃避鬼少年的手段嗎？即使不刻意去看鬼少年眼角，還是能感受到他那對空洞目光在藍迪背上鑽著，鑽著。眞奇怪，明明是毫無感情的眼神，爲何還是會覺得有惡意呢？換作我被一隻沉默的鬼用那種詭異方法跟著，也會覺得自己是欠了人吧，還是說這位好兄弟比起我遇過的鬼都還像死者，所以更顯得恐怖？淹沒一樓的洪水，與看似溺斃的鬼魂……

「假設背後那位想害你，爲什麼沒動手？」

「不知道。」

藍迪答不上來。先別給壓力，提供新視角看看。「我遇到的那位鬼和尙說人是需要鬼才會遇到鬼的。」

藍迪冷笑，「什麼歪理。」

「算鬼話吧，」瘦弱少年聞言嘿了一聲，「我想他的意思是遇鬼得看緣分，就是雙方有吸引對方的條件。」

「我後面那位是Gay？」

哈，好青春的顧慮。「喜歡喝酒的人會在酒吧相遇，喜歡蘋果電腦的人會流連蘋果店，又或者有人向你借錢，就跟你成了金主債主的關係。」

藍迪臉色微變，「我跟他哪來的緣分？你，你眞的懂鬼嗎？才兩個月的靈異經驗而已。」

嘖，那雜毛也說過這話。「不算懂，但對你應該是全新的角度，相信會有幫助。」

「你確定？」

「一起來證實看看，如何？」

「能快點把鬼趕走就好。」

「那當然，切記我是醫生，對狀況了解愈多愈能幫到你，就像餐廳服務生需要客人告知過敏源後，才能提醒客人哪道菜不該點。」

「您說我可以不必回答。」

「沒錯，權利在你。」

藍迪很煩躁，這是好事，因爲危機會帶來新機，成功的心理治療絕對會遇到讓病人不愉快的話題。「爲什麼不逼我講？」

他以爲我會強迫他講，好擺脫自己的責任。我不能這麼做，病人必須自己站起來。「心理醫生的工作只限於委託人的希望範圍內。」

「我不曉得該告訴您什麼。」藍迪好一會兒才說。

「你覺得我這個醫生『需要知道什麼』才能幫到你？」

我順著他，果然又是一陣不適。他想講，他希望我逼他講，這不是我頭一次看到病人因爲擁有主權而困擾，讓他人作決定等同擺脫責任，而這藍迪平常在家裡一定也是父母罩著天，當然不習慣替自己的身心負責。

也意味著藍迪對那鬼的了解遠比他承認的多。

藍迪忽問，「您說遇鬼看緣分，那是好事嗎？」

「你覺得呢？」我反問。

「應該是壞事吧。」

「你覺得是壞事。」我改敘。

藍迪出乎我意料搖頭。「不是，我才沒這麼說，跟他……我怎麼可能知道是好是壞？您別隨便……」他停頓，深吸一口氣，「我不瞭解鬼魂，但您說的有道理，他多半有原因跟著我。鬼生前都是人吧？既然是人就有動機，可以從行爲猜到動機，動機不見得是負面的，有時只是觀點，而觀點不見得是事實，這是心理學的基礎。啊，抱歉，不該在專家面前獻醜。」

藍迪講了一大串，我等他喘口氣才說，「你很信賴邏輯。」

「知識與邏輯是最值得信賴的東西。」藍迪捻起我刻意放在茶几上給病人玩的樂高，「譬如說人如果站在一個重力與地球相符的星球上，任由一顆皮球落地，閉眼睛都知道球會碰到地面。」

他分開手指，樂高落在茶几上連跳，我微笑說，「那是《星艦迷航記》裡，半瓦肯人史巴克說過的話。」

藍迪一怔，「你也有看？」

「有看。」

「瓦肯」是《星艦迷航記》宇宙裡崇尚知識與邏輯的一個文明，極度反對非理性的思考，與眼前的少年有幾分相似。藍迪跟我喜歡一樣的東西，算是找到入口了，既然他是邏輯派的，那我也該採用相同的說話方式跟他連結。「你讀過《沙丘魔堡》嗎？那故事裡頭的『門塔特』（Mentats）跟瓦肯人很像，也是企圖用絕對的邏輯與計算處事。」

「那本我沒讀過。」

「《沙丘》的世界是個害怕人工智慧的文化，所以寧可將人訓練成算術高手，也不肯使用ＡＩ，門塔特便是在這種觀念下研發出來的職業。」我稍停讓藍迪消化這知識，「但故事裡同時有句話，『灌輸了錯誤的資訊，即使是個門塔特也會計算錯誤。』」

「意味著知識正確的重要性。」

「意味著省思的重要性。人類不知道的東西比知道得多，所以即使在最自信時也得自我反省，這是電腦做不到的。」

藍迪默然半晌，「相當符合邏輯的說法。」

我倆笑了出來，頭次看見藍迪眞心的笑容，令我喜悅。

藍迪笑聲忽止，「你能不能幫我問問他……就是後面那位，爲什麼要跟著我？」

他第一次想跟那鬼交流，機會難得。「我可以試試。」

起身道了借過，湊近那鬼魂，藍迪肩膀立時勒緊麂皮外套，鬼少年仍只是盯著藍迪，好似沒注意到我，突然轉頭肯定會嚇得我尖叫。活人的人格有很多種，鬼魂的「鬼格」應該也各有不同，倒是沒想過會有如此「自閉」的鬼，還是說他跟瑪麗都是關在一個空間裡，只能朝一個方向看？

我輕聲問，「這位朋友，藍迪想知道你爲何跟著他。」

鬼少年沒反應，藍迪卻震動了，我每個行動都在落實那鬼的存在，自然會害怕。

鬼少年衣服整齊乾淨，身上沒有傷痕，空白面目與活人無異，不像瑪麗保有死前最刺激的經驗。鬼少年濃眉大眼，胸背結實，皮膚綻放著陽光的餘暉，不是有運動便是在打工，可想像生前的笑聲一定十分爽朗。這麼正面的人怎麼會突然過世？

鬼少年制服上的名字是「李亞」，此外還有學校名稱，以後或許可以嘗試用本名引他注意。「沒回答，你問過嗎？」

「沒有，我怕。」

「他好像在等你。」

這話是直覺，也是試探，果然藍迪馬上回答，「我們之間還有什麼話好講的？」

「說不定是你同學？」

藍迪尖叫，「你又知道我讀哪間學校了！」

我被叫聲弄退幾步。「是不知道，請問你讀哪間學校？」

「爸說不能講。」

幹，什麼都不能講，你爸眞的想要我幫忙嗎？「所以你不認識他。」

「當然不認識，」藍迪視線又習慣性往下掉，「我不可能認識一個山蕃。」

他僵住。

五秒，三十秒，兩分鐘，眼睛沒眨，連四肢皮膚都沒有抽動，外頭早雲打字聲愈來愈響，愈來愈響。

「你說山蕃？」

藍迪還是沒動，汗珠一滴一滴滲出額頭，白皙細緻的皮膚登時不規則發皺。當汗珠聚集於眉心，溜下鼻梁時，他才倒抽口氣，眼皮急驟開閉，「我，我要走了。」

我抽紙巾給他，「下次會面約一星期後如何？」

藍迪抹著汗，一會後才點了頭。我站起身送藍迪離開，他在門邊突然又停止；這次沒剛剛久。

「醫生，我……」

他回了頭。

「謝謝你聽我說話。」

送藍迪離開後瞄了下時鐘，跟他談差不多二十分鐘，算是不錯的起頭，無論談多久，只要委託人有回來的意願就等於成功了一半，也代表我可以傳簡訊給房東張先生，要他房租給我打折了，哼哼。

「想到省錢的方針嗎？」

早雲一語點醒我，才發現自己打算盤時不自覺賊笑，「賣張先生人情他當然也得付出點什麼，不然豈不是被當成冤大頭？」

「沈金城的五十萬，加上這十萬，房租暫時沒問題，還可以替診所多補充點心飲料，全算在他家上。」

同樣的話從早雲嘴裡說出來格外挖苦。「又不是騙子，諮商次數不到，還得把剩下的費用還給藍迪家。」

看我發窘，早雲嘿了聲，「你跟藍迪遇到瓶頸嗎？他臉色慘白。」

我送病人出診所時早雲往往坐在辦公桌後，所以能看到病人離開的神情。心理醫生因為有能力操作人心，偶爾會有天上天下唯我獨尊的傲慢，診所其他員工最好能幫醫生看到盲點，沒有比萬年淡定的早雲更適合這份工作的人。「藍迪無意間透露了那鬼少年的資料，稱那鬼爲『山蕃』。」

早雲揚眉，「他怎麼知道是原住民。」

「應該是他認識那個鬼魂，」我咬拇指，「名字是『李亞』。」

「原住民取漢名很常見，藍迪怎麼說。」

「他很焦慮，問了會以爲我在關注他的反常，」因爲心理諮商裡不存在著失態，以委託人的心境爲尊正是羅哲斯派心理學的主旨，「兩人，不，一人一鬼年紀差不多，制服上的那間高中位在……」我拿手機Google了一下，「……在大稻埕？」

「你可以去問學校。」

「找外人說話需要監護人簽名，」當醫生眞縛手縛腳，「某先生簡直刻意刁難，要我幫忙卻又不肯提供資料，根本不瞭解藍迪的需求。」

「所以藍迪跟『魑魅魍魎檔案』其他案例一樣，是只有你能處理的案子。」

「就諮商來說吧，但這案子可能會牽扯刑事。」

早雲停下打字的手，「你眞的懷疑李亞的死與藍迪有關。」

「也……不完全是啦，」我移步到沙發，學藍迪坐在角落，「青少年同儕間互殘通常有組織性，那鬼少年不像是容易被欺負的那型，至少不可能被藍迪這麼怯懦的人欺負。」

「藍迪沒暴力傾向嗎？」

我摸鬍子想了會，「目前看沒有，但有情緒管理上的困難，內向的人就算有暴力傾向，通常也是針對自己。若學會向外發洩的話……方法往往十分殘忍，會先從小動物開始嘗試。」

藍迪喜歡的瓦肯人也是爲了擺脫暴力的過去才會選擇依附邏輯，但壓抑情緒跟水壩一樣，不持續洩洪就會爆發出來，美國的學生槍擊案，往往就是負面情緒壓抑太久，沒得到社會幫助的結果。

許多疑問都得等複診才會有解答，至於能深談到何種程度就很難講了。心靈治療跟外科手術相異，病源不是說摘除就摘除，治癒與昇華需要病人本人的意願。魑魅魍魎檔案以前的病人，包括網路上的天若無情，都表明過需要我插手的意願。藍迪想趕鬼走，監護人的父親認爲兒子腦袋有病要我剔除他的「幻覺」，李亞則是連動機身分都不清楚，也不講話，照現況很難決定該往哪條路走。

終歸一句，藍迪是網的中心，只要他願意探討，一切謎題應該都能得到解答，或許可以用幫忙趕走李亞爲條件要求藍迪配合，但如果李亞才是受害者，反過來害他豈非本末倒置？行醫者不能害人，即便對方是鬼魂也不能破戒。

哎，正統靈媒會否有我這麼多顧忌？但既然我不是靈媒，比起死者，我或許應該先處理活人的健康。但該走哪條路？

「『病人選擇走哪條路，你就陪他走哪條路。』」我閉眼回想恩師慈祥的面目，「藍迪想改善現狀，與其煩惱該怎麼做，不如問他本人。」

「法律上你還是得按藍迪父親的意願辦事。」

「嘖，心有罣礙的又不是他。」法定年齡不計算精神年齡，藍迪成熟度比實際年齡輕了至少兩三歲。

「如果藍迪說他害死了李亞，你怎麼辦？」

「那就得依法報警了，」我搔頭，「嗯，一般情況下有人身心會受到傷害，醫生就得插手阻止，但如果受害者是鬼魂怎麼辦，找鬼魂的警察？」

「張爺爺跟你某位朋友或許有認識的人。」

「他們兩個不知死到哪去了……」我突然覺得怪怪的，平時講話瑪麗都會插嘴，怎麼現在都不說話，還有彼得潘怎麼沒在玩？診所靜得過頭。

從這角度看會客室角落的鏡子看不見瑪麗，走近一瞧才發現她鬼還在，只是退到鏡子底端；那鏡子有底嗎？

「妳怎麼了？」

瑪麗身子縮得更小，「你好臭。」

「臭？」我聞搔頭的手，果然好臭。「抱歉，大概昨晚的水沒洗乾淨。」

瑪麗皺眉說，「會臭到讓人全身發冷發麻嗎？」

我這才（很諷刺地）想起瑪麗是個鬼，活人再臭都應該聞不到，還有鬼怎麼會發冷發麻？「彼得潘呢？」

瑪麗往天花板一角指去，「他縮在那。你離遠一點，好不舒服。」

我退回沙發邊，早雲問，「瑪麗聞得到你？」

「說發冷發麻，彼得潘也躲了起來。妳不會嗎？」

「不會，聽形容倒像是感冒。」

這更扯了，鬼怎麼會感冒？我這時驚覺取錢包，抽出稍早姚竹貞送給我的名片，「莫非是這個？」

早雲離開辦公桌，走近瞧了，「這是魁星押煞符。」

「魁什麼？」

「魁星押煞符，茅山道士的符咒之一，小時家人曾經替我求過一張。」

我怔住，「茅山？妳是說《殭屍道長》那種？」

「正是，不過毛小方是香道道堂的。」

我忍不住仰頭哈哈大笑。世上眞有能除妖的道士？那符咒眞的有效？電影裡的東西活生生出現在自己眼前，早雲還一本正經的解釋，叫人很難不笑。更滑稽的是姚竹貞反覆說他是正統道士，卻又說自己像《殭屍道長》裡的林正英，豈不自相矛盾？

笑了半天，早雲還是淡然問，「你這符哪來的？」

我笑聲啞了，「這，呃，正一道是茅山派的嗎？」

「你講反了，」她抽走我手裡的名片，翻轉看了，「姚竹貞是誰？」

「說來話長。」想起瑪麗與彼得潘都不舒服，符咒再珍貴也不値得讓她們難受，趕緊筆錄名片上的資訊，再撕碎扔到樓下垃圾桶裡。回到樓上，鏡裡的瑪麗明顯舒緩多了，我到現在還是不懂一個鬼爲什麼會有生理反應，或許瑪麗只是企圖體驗生前的行爲而已，什麼神奇力量能讓鬼覺得臭、發冷發麻？

符咒一撤，玩具跟傢俱又開始在天空飄浮，我對早雲說了與姚竹眞相遇的事，「原來他是眞貨。」

「正一道是相當大的組織，底下有很多門派，既然符咒有效，那應該沒說謊。」

道士驅鬼難以置信，但鑑於這幾個月來的經歷，還算在可以接受的範圍內。「走了和尙卻來了個道士。」

「姚竹眞說你被七隻惡鬼纏上，是哪七隻？」

「他說要到診所看才能確定，我可不要他來這。」

瑪麗是未來鬼，聽不懂什麼是道士符咒，也貼近鏡面說，「我才不是惡鬼，別讓那個……那個什麼人的來診所。」

心裡又數了下，診所裡長住的是瑪麗與彼得潘，張爺爺常麻煩人，難不成是臭和尙？那也不過四隻，連病人都算的話就超過七隻了。不知道姚竹眞標準在哪，只知道診所裡的鬼魂一點都不惡。

早雲打斷我思路，「遇鬼講究緣分，修道人士看到的惡鬼你未必認識。」

「是說眞的有七隻惡鬼？」

「不知道。」

一直以爲人是需要鬼神才會遇到鬼神，但姚竹眞卻說修煉過的人都看得見，而且看到了連我自己都不認識的鬼，那眞相到底……

轉念一想，醫生也能注意到病人自己沒發現的症狀，莫非道士跟其他通靈人物也是如此？換言之，姚竹貞嘴裡的惡鬼不見得是鬼魂，可能是更可怕的東西。哎呀呀，該去把符咒撿回來嗎？明天跟沈金城見面後去找賊道好了，病「鬼」不斷增加的我，也該多瞭解陰陽兩界的事。

當晚睡得很淺，想到身邊有惡鬼就很不安，門鎖上了才敢洗澡睡覺，鎖門對鬼多半沒用，純是自我安慰。

結果第二天起床才想起有些東西比惡鬼還怪異。

這晚緊張到一兩點才入睡，覺得床鋪是前所未有的輕柔，有種飄浮在高級旅館裡那種幾千支紗數的鵝絨被中的快感。迷糊中憶起以前被鬼托夢時，也曾有過這種朦朧感，睏倦的我想，病人不管是人是鬼都別想打攪醫生睡覺，就算托夢也會睡到落幕爲止。

翌晨，鬧鐘如常響起，我反手熟練地將它打死，卻聽到嘩啦一聲響。

我從來沒這麼快起床過，也不知道自己居然能跳這麼高，身在半空看見臥房是整個浸泡在水裡，激起的點點污水洞穿晨光簾幕，留下的不是彩虹而是黃影。

昨晚睡覺感到輕飄飄，是因爲睡在水中！

「操！」我跑出房，看到整間公寓都浸泡在那污水裡，水深及腰，淹沒了所有可以站的地方，水溝騷味與體液般的腥臭充溢鼻腔。前天水才淹過一樓，怎麼今天會淹到二樓？我搬進來時，房東還誇口這公寓經歷納莉颱風也沒淹水，今天卻讓靈異現象破功了。回房打開衣櫃，人立刻被污穢的海嘯沖倒，裡頭的衣服無意外全數浸透，擰乾也沒地方可以換，同時桌上的菸蒂、空鋁罐那些本來應該漂浮在水上的東西，卻好端端的留在原地，眼睛跟腦袋間連不上線，暈得坐倒在床上，囤積在床墊裡的污水馬上向兩旁激射出團團泡沫。

正一頭「污水」，樓下巷口傳來幾聲喇叭，短暫地將我拉出眼前的泥沼，隔著模糊的髒水往樓下一望，一條穿著西裝外套的高大漢子站在灰色本田旁邊，竟然是沈金城。哎哎哎，他怎麼會在這？

沈金城在「水底」招手要我下樓，我也愣愣的把濕衣服穿上，牙忘了刷就離開家門。前天水裡走路已知道水阻力有多強，下樓時踏步加重，沒想到幾步後阻力突然消失無蹤，腳板跟樓梯猛然互撞，我痛極失足，屁股落地，啪啪連響聲中滑下樓梯。

滑出洪水。

我人呆坐在一樓地板，忘卻痛楚，雙手與坐的地方濕透，一樓其他地方都是乾的。

這棟公寓是樓梯很陡，天花板很高的那種老房子，所以人摔跤就會從樓上直滑到樓下，這額外高度也使得我看清楚：洪水淹沒了一樓上半層，淹沒了二樓的一半，晨光射入樓梯間，映得二樓天花板水光縱舞，反射過游泳池般厚重的水塊才進入我的瞳孔。晨間空氣清爽，我卻忘了呼吸，腦袋怎樣都轉不過來：哪有洪水是只淹二樓的？沈金城怎麼知道我家在哪？起床不到十分鐘，兩道難題纏得讓我想用黑咖啡泡澡！正混亂間，熟悉的沉重腳步聲從後頭逼近，聽得沈金城笑吟吟，「醫生，來接你了。」

我茫然回頭，隨手抓了眼前的蒲扇手，對方輕鬆一拉就讓我飛離地面，沈金城露出虎牙，「走路小心點。」

我又回頭往樓梯間的洪水望了一眼才跟沈金城出大樓，外頭陽光更強，浮空的洪水果凍般抖動不定，立體感愈加鮮明，也更加詭異，市場人潮來來去去，沐浴在水底黃光下，無一人察覺異象，拿石頭扔水塊會跟氣球一樣破掉嗎？

「看到什麼了嗎？」沈金城從視角外問。

台北淹水，而且只淹二樓，對誰講都會被當成瘋子。沈金城佇立在那輛灰色本田旁邊，前座還有兩位男子，多半是部下。「你怎麼知道我家在哪？」

「去市公所查就知道了，」沈金城繞到車子右方，「坐左邊。」

我依言上車。「市公所哪會洩漏個人資料。」

「那要看問誰。」

我恍然大悟，絲毫不感到愉快。「你這是侵犯隱私。」

「拜託，地址算什麼隱私，知道地址，出事才好保護你啊。」

「我沒顧你當保鑣，也不需要保護。」

「哈，朋友間幫不上忙還夠義氣嗎？」

「我們是工作關係，以後請不要隨便來我家。」

沈金城笑問，「瞧不起我嗎？」

我偷望前座兩人，「我們交情還沒好到可以拜訪私宅。」

「沒有？」

再講下去會提到他弟弟，那會破壞隱私。「約九點在診所，如果我已經等在那你怎麼辦？」

「打你手機啊。」他對駭然的我笑了笑，「騙哩唉啦，猶未查到伊手機仔號碼。」

「不好笑。」媽的，姚竹眞說有七個惡鬼在我身邊，沈金城多半是其中一個，比我認識的死人都煩，忍不住挖苦他，「黑道大哥怎麼看得起日本車？」

前座兩人都在後照鏡裡皺了眉頭，沈金城卻只笑了笑，「大清早炫給誰看？要坐好車，下次開保時捷。」

「才不稀罕。」其實怕坐快車，這不能講。

沈金城又說，「等會除了我大哥還有兩位重要人物，講話小心點，別像跟我這樣隨性。」

「怎麼多了兩人。」

「某位幹部臨時作東。我大哥面子夠份量，每個人都搶著請客。」

干我什麼事？隨便擺佈人眞討厭。「是去迪化街哪？」

「一家不錯的茶坊。」

「是請你大哥的，一定很貴了？」

沈金城取出他抽慣的萬寶路遞給我，「是間有錢也訂不到位的好茶坊。」

就是我一輩子都沒法去的地方啦，路上我賭氣抽了三根菸。

我長年住國外，回台又是一個人，已經很久沒來年貨聖地的迪化街。時隔十餘年，現在才體會到它原來是個這麼有古早味的地方，好幾條街外就能聞到中藥與乾貨的香味，磚造建築林立，都是日治時代留下來的古蹟。

沈金城說的那家茶店隱藏在迪化街某條巷弄裡，位在二樓，樓梯窄得只得一人上下。來這路上，我看清那奇怪的洪水籠罩著台北市，帶黃彩光讓城市變成一個大迪斯可舞廳，讓每個人的日常生活都伴隨了節奏。我有點慶幸洪水只淹二樓，不然大稻埕這種賣乾貨的地方豈不慘了。

「客人很難找吧。」

「只能預約。」

大稻埕人來人往，店家與客人交易，是極正常的街景，杜子店面與街口轉角卻都有神情肅穆的彪形大漢守著。到得茶坊樓下，沈金城擺手讓我先上樓，很不爭氣地感到受寵若驚，同時也好奇這奇怪的污水會跟沈金城如何互動，上樓後可要瞧個明白。哎呀，難不成要在水底喝茶嗎？

上樓沒聞到茶葉，倒有淡淡的檜木混以花卉香味，沒享受幾秒，頭穿入水中後滿鼻子腥臭，什麼香味都聞不到了，污穢中尋找門把，開門進店。

強烈陽光逼得我抬手遮目。

陽光是擋住了，陣陣熱風吹得皮膚乾燥發疼，那又是另一番痛苦，緩和一會撤掉手，卻發現自己身處荒原，不，是整片無止境的沙漠！

哪有建築的二樓是個沙漠？

大稻埕哪有沙漠！而且這兒的地質好眼熟……

「阿松？」

我聞聲回頭，眼前一位盛裝七彩，英俊無比的年輕人，背著一柄比他人還巨大的寶劍，雙目在熾陽下閃閃發光。

「你在農嗎？」

「老大，這傢伙怎麼老不理人？」

「說不定是愛上天若無情，看得目不轉睛。」

「被老大的聖光給閃瞎了。」

「少噁了好不好，這傢伙只是個白癡罷了。」

「敬天愛人」的成員七嘴八舌，我只忙著尋找理智。《TRIAL》的視覺效果做得很細緻，景色物件會依氣候時間跟周遭影子改變反光，還會依角色與物件的互動調整音效，坐在螢幕前能深深感受到迫眞的元素，熾黃的沙漠看著就覺得會滿頭大汗，風沙聽起來也像在至近距離切割皮膚。

但那些都是暗示作用，玩家本身是不可能眞的感覺到異世界的風情，現在卻結結實實地被熱風吹得搖晃不止，低頭發現自己穿著遊戲裡那件不起眼的灰色風衣，腰際掛了簡便的武具，烈日燒灼著暴露的少量皮膚，痛得冒汗，沙裡本來無害的蠍子、毒蛇嚇得我不敢留在原地，再加上這遊戲人物偏歐系製作，角色像眞人像了個八成，螢幕上看到還好，眞的在眼前講話抬手時，猛地給了我【恐怖谷】體驗①。

天若無情俠看我愣在那，擔心地問，「你還好吧？」

平時我都會用私語功能跟天若無情談靈異現象，現在身在網路世界又要怎樣私語，只得咳嗽幾聲，「臭小子，借一步說話。」

天若無情看我扮演死對頭的角色，笑咧了嘴，「不妨，諒閣下也沒有膽子搞鬼。」

我倆離團遠走，還是聽得到成員在拌嘴。

「什麼東西，敢罵老大臭小子。」

「老大跟阿松不是死敵嗎？」

「笨蛋，寫作『死敵』，唸作『好友』。」

「感情不錯，有本子題材了。」

我等我們越過兩個山丘後才轉身解釋，「我現在不在線上，」天若無情聽了皺眉頭，「我正準備去家茶莊，進門後卻出現在《TRIAL》世界裡。」

天若無情那張俊臉扮了鬼臉，意外的適合這情景。「你是說你人瞬間移動到遊戲世界裡？」

「這……不知道，」我咬咬乾裂的嘴唇，「以前有過鬼魂托夢的例子，可能只是靈魂跟遊戲連結了。」

我像隻無頭蒼蠅，天若無情聽了卻更受震撼，「太！屌！了！」興奮的在原地繞圈騰躍，「居然有人能用靈魂直接上網，這比人家死了留在網上還要超爆幹強啊！」

他在那HIGH，我可完全高興不起來，既然不是自願進入遊戲世界，就算是全宇宙第一個用靈魂上線的人也沒什麼好得意的，再說我該如何下線？我叫住月球漫步中的宅魂，「不會是你抓我進來的？」

「人家辦得到的話一定會先抓可愛的女孩子，才不會選個凸腹歐吉桑。」

你叫誰歐吉桑！「所以你不知道我怎麼進來的？」

「不知道。啊，說不定『你已經死了』。」

參照最近的經歷，這推測極可能是眞的，令人毛骨悚然。「我得想辦法下線。」

天若無情失笑，「你表情好豐富，跟之前完全不一樣，眞會演。」

遊戲角色沒玩家操作的話都是面無表情，我人在網上大概是直接影響角色吧？天若無情也不管我的處境，一昧說，「來嘛來嘛，既然在線上就先陪人家打一場吧。」

「我在陽世跟人約好喝茶。」

「茶這裡有。」

「重點是我跟人約好了。」這還需要解釋？

天若無情雙臂抽起，鳥兒振翅般從左右緩緩降下，「說不定我是最後頭目，你要打贏我才能離開。」

「最好不要，可不想永遠待在這，」情急下忍不住說了眞心話，「再說連鍵盤都沒有是要如何打？」

這次換天若無情給了「才不理你」的輕視神情，手掌一張，幻化出三把匕首，「數到三就開始吧。」

我見狀趕緊躲避，腳下稍微移動就呼地退後了十幾公尺，不禁愣了兩秒，醒覺時天若無情人已經在身前，三把匕首爪子對準我的臉，趕緊轉身逃命，有動機人閃得更迅速，眨眼間衝過幾百公尺，滾滾黃沙形成一隻蛟龍緊咬著腳步不放，黃龍裡連連發出獠牙般的閃光，不，是天若無情的攻擊削下我頭髮衣角，若不是貪心攻擊早抓住我了。

我只顧逃命，沒看到自己跑到一抹峽谷邊，情急下奮力躍起，登時騰雲駕霧飛離地面，人身在半空，腳下深不見底，看得全身盜汗，手腳麻木。也因爲這刻沒別的事可做，思考反而敏銳了起來，想起「阿松」在遊戲裡雖然是菜鳥，武功也遠遠強過一般人類，沒有鍵盤當代言人更是隨心所欲，憑念頭便能收發動作，激昂高亢的動作如帕華洛帝的嗓門，輕鬆便拉過大地的五線譜。

這峽谷好寬，飛了十幾秒才到對岸，不經意回頭一看，天若無情離我只有十步之遙，衝勁激得黃龍跟他一起捲過峽谷，落地氣流卻又馬上突破沙團形成一圈圈音爆，強風削尖的沙團箭頭直指胸口，尖端閃著那三把匕首。我這輩子沒打過架，跟每個走進死路的人一樣反應超車，拔短刀對準天若無情手腕劃去，凡人不及的精準度吻中目標，噗一聲，對方手腕登時鮮血四濺。

一招得逞，我驚覺行爲有害，連幾個跟斗向後逃開。遊戲畫面那麼細膩精美，血水噴出時，在空中畫出的弧度跟黏性無比眞實，天若無情卻好像沒有神經，人不退反進，準備一招讓我送命。跟每個快死的人一樣，我在這時有了走馬燈，好笑的是我看到的不是學生時代或者初戀，而是跟天若無情認識以來的種種，想起我答應跟天若無情決鬥，是因爲設想打倒他就能迫使這個網路住人投胎，然而我靈魂現在也在線上，被打敗說不定也會死？

我不想死，也不想賭命證實這點，鬆手讓短刀落地，舉起雙臂說，「投降。」

天若無情緊急煞車，匕首離我胸口只幾寸，顫個不停，「什麼？」

「投降。」我重複。

天若無情呆了幾秒，「太掃興了吧，我們根本還沒開始打，快繼續跟我決鬥！」

「我拒絕。」吵架打架同個道理，一個人不動作就無法繼續下去，好在天若無情很愛面子，享受單方面的蹂躪卻也不會欺負一個不反抗的對手，但難免氣得在原地一蹦一跳，不住叫，「跟我打！跟我打！」

得給他轉移注意力，「會痛嗎？」

「啥？」天若無情停了蹦跳，才發現手腕被我割傷，仰天長笑，「我太強了，根本不記得痛的感覺！」

就知道你會這麼講，但也覺得有點蹊蹺，「你上次諮商早退，不如趁現在補時。」

我故意不問意願，是想慫恿這傢伙思考自己的動機，也是爲了不讓他養成貪玩的壞習慣。天若無情表情受限於遊戲，無法表現出太複雜的情感，但現在應該是「張口結舌」吧。

「好不容易找到一個旗鼓相當的對手，而且還跟我一樣是個死人，卻只顧著要找我談話。」

「我還沒死，」撇眼看「敬天愛人」在峽谷對面動也不動。「你雇我當諮商師，總得盡到責任。」

天若無情緩緩說，「我以爲我們是朋友。」

「以為？」我誘他解釋。

「固定見面，一起冒險破關，怎麼不是朋友？不當你朋友我幹嘛這麼麻煩？」

「聽起來你希望有固定的玩伴。」

「網路玩家誰不希望有同伴，所以才組工會啊。」

「你的團不是一直都在你身邊。」

天若無情貌似現在才想起他同伴也在，對遠處的他們瞄了一眼。「他們……對啦，他們跟著我跑，但……你別對他們講，人家只當他們是部下，你才是麻吉。」

說話間我在沙丘上坐下，拍打身邊的空位要天若無情也坐，等他坐穩後才說，「謝謝你把我當朋友，但有些立場得講明白：我不介意偶爾跟你玩遊戲，但當初你找我諮商時是為了解決無法投胎的煩惱。」

「難道不是想跟我玩？」他角色單調的語氣隱藏了緊繃的感情。

「我前天把你打到八十七％，說不定有一天真的會打倒你。」

「你贏不過我的。」

「那為何不一開始就找更厲害的玩家？」

「我……」天若無情的角色微微一笑，「跟朋友玩比較有趣。」

他企圖用「朋友」兩字遠離主題，笑容是為了假裝善意掩飾動機，得馬上斬斷。「你在遊戲世界裡有很多割捨不下的東西，像房產戶頭跟粉絲，總覺得你並不是很想離開遊戲世界。」

天若無情又是乾笑數聲，「哪有不想了，鬼都想投胎。」

「我遇過不想走的鬼。」

「爲什麼不想走？」

「因爲有割捨不下的東西。」天若無情一時語塞。他可能在生氣，可能是不知道答案，又或者是擔心答案會降低「面具」的名譽，這時發言能減緩壓力，「我猜你的煩惱並非在於無法投胎轉世，而是感到孤單，」他點了頭，「身爲遊戲明星，身邊一定很多趨炎附勢的人。」

「沒錯，」天若無情低聲答，「大家崇拜我帥氣強勁，講到心事就不想繼續聽了，不知道是因爲想利用人家破關，還是不想看我的眞面目，說不定都有，所以當張爺爺說有一個可以跟鬼魂對話的心理醫生時我好高興。」他擠出兩個酒窩，「醫生很懂我，又肯應付我的任性，沒遇過這麼親切的人。」

心理醫生治療的是心，無可避免會跟病人有貼心的對話。我們花時間精力去了解病人，有耐性不毒舌，就是爲了讓他們感到安心並信任療程，但這份功夫偶爾會令病人誤把醫生當成親朋好友，引得病人把討好醫生當成療程的目的之一，又或者會因爲醫生不給予同等的回應而感到憤怒，反而無法獨立自主。因此，心理醫生必須時時自我警惕才不會造成「雙重關係」。

老師曾告誡我，「病人有些事不告訴親朋好友，不告訴枕邊人，卻會對心理醫生講，正是因爲我們是『局外人』，是聽到最醜惡祕密也不相干的對象。」這份冷淡距離是爲了病人設下的，天若無情現在左一句朋友右一句朋友，就必須技巧性的將話題挪回目標，「聽你的口氣，似乎沒交過知心朋友。」

「是沒有。」

「生前也沒有嗎？」

天若無情又沉默了會兒，「不記得了，遊戲裡也不是沒適合當朋友的人，只是……」他神情澀然，「我不敢交。」

我順著他目光往地平線看去，太陽才剛離開地表，光線清晰嚴厲。

「以前認識幾個好人，他們不相信我是鬼，卻願意聽我講話。」天若無情句子跟天邊的海市蜃樓一樣迷濛。「但他們總會玩膩，要不然就是畢業後有工作，結婚有家庭，有一位甚至出車禍死了，還有一位是病死，我卻還是留在這裡。他們一個個走，我一個個說再見。」

「道別的確相當痛苦。」我溫言附和。

「我受不了一直道別，那時候找張爺爺是眞的想離開，」天若無情緩緩說，「活人也一樣吧，活得愈久，說再見的機會也愈多，但你們遲早會死，人家卻會永遠在網路上生存下去。」他又支吾，「我想說只要多寵別人一點，他們或許就不會停玩了。」

天若無情的話很像「爲虎作倀」跟「吊死鬼」的故事，傳說被老虎殺死（跟吊死）的人必須引誘別人去死，自己才能投胎，天若無情想讓人「走不了」可說是逆向操作。孤獨是天底下最難受的感覺，即使他手法卑鄙也不忍責怪。

天若無情在遊戲裡天下無敵，至高無上的感覺讓他不想投胎，可是不離開就等於得一直與人道別，是很極端的矛盾。佛經裡說即使是最有福的天人也遲早會殞落，如果祂們無間斷與親友別離，會不會也想提早轉世？

「你找我談話也是希望有個固定見面的對象，」他點了頭，「這並沒有錯，諮商其中一個功用正是爲了鼓勵人與人之間的交流。」

「但不能當朋友，是吧？」天若無情語氣急轉，鋒銳得像把刀。

「不能，這是有原因的，」我盡可能放慢口氣，「心理醫生跟鏡子一樣，保持中立才能幫助當事人在不受主觀影響下，看到跟病情有關的線索。換個例子，如果你今天臉上有飯粒，我會直接告訴你，由你決定要不要清乾淨，而不是說你邋遢，誘導你去清理。」

天若無情皺眉，「既然不是朋友，還假惺惺的支持我幹嘛？啊，我懂了，是爲了諮商費，人家現就給你加倍，你馬上陪我玩。」

「既然說是諮商費，收了錢就得盡到當諮商師的責任。」

醫療費用的用途之一是爲了提醒病人醫生的身分，也讓他們知道時間寶貴，但「責任」兩個字似乎讓天若無情額外火大，「混也沒關係，人家只要你陪我玩遊戲！」

「即使知道對方是爲了錢跟你相處？」我爲了穩固立場，口吻不免有點嚴厲，「理想的朋友應該不會被利益誘惑。」

天若無情雙掌按臉，陷入嚴重的矛盾：討厭人爲了利益跟他相處，心底的孤單卻鼓勵他去收買人心，菜鳥心理醫生常被病人這份矛盾弄得很想讓步，但不管病人有什麼虛妄的期待都必須堅守立場，因爲有些病患正是因爲身邊沒人遵守原則，才會開始不信任人，醫生不能犯同樣的錯。

我讓天若無情沉澱一會兒，「我以前讀外國學校交了不少世界各地的朋友，大家畢業各自回國，說再見時也十分難受。」

「你甘心嗎？」天若無情話從雙掌隙縫中流出。

「不甘心，但好友都會寫信保持聯絡，這幾年還有社交軟體，世界各角落已經沒有以往的遙遠。」

天若無情冷笑，「你要我設臉書？」

「我想說的是，你的顧慮跟一般活人沒兩樣，我可以傳授你社交技巧……」

天若無情從原位跳起狠狠踢散沙丘，踢得漫天風塵，「那有什麼用，他們遲早會離開！」

「各有各的生活，我們無法保證別人下一步會怎麼走，但即使與舊朋友失聯也能交新朋友。」

「說哈囉，說再見，說哈囉，人家不想繞圈子！」天若無情臉忽然一亮，「醫生，你不是認識戀棧陽世的鬼，能不能叫他們也來玩這遊戲？」

「來諮商的鬼即使戀棧陽世，也是以離開陽世爲目標。」

天若無情不死心，改口說，「講夠了，去打關好不好？我們聯手肯定能再次破紀錄。」

「謝謝你的邀請，但我還得跟人見面。」

「你怎麼下線？」

玩家平常是直接到指令表選擇下線，但我不在電腦前面又要如何離開？

天若無情賊笑，「既然出不去，就跟我去破關吧。」

「容我拒絕，我得先找回陽世的方法。」

「陽世有什麼好！」天若無情猛踏沙土，層層火紅光圈籠罩了他，「在這我們跟神一樣！這裡是天堂，爲什麼沒人願意留下來，爲什麼！」

他嗓子破碎，幾乎已經是用吼的了。我無言讓他發洩個夠，這段期間裡他四處掃射電光，將原本就變化多端的沙漠地形轟得更加不可測，流彈將不幸經過此處的野獸都燒成看不出原來形體的黑炭，直到把附近難得的綠洲水塘燒乾，魚鳥皆焦後才住了手，回頭時以爲他眼睛也會射出雷火。「所以你是不當我朋友了！」

「我是你的心理諮商師。」天若無情俠聚集青藍色能源於掌心，這招轟下我恐怕九死一生。

正當我以爲天若無情要下殺著時，他卻緩緩垂下了手，風沙中隱約看到遠處的「敬天愛人」團員一個個跳過峽谷，朝這方向走來。天若無情沒望他們，只淡淡說，「既然不陪我，那我也不想做諮商了。」

除了點頭我沒別的回應，腦裡聽到天若無情對整個區的人宣佈，『誰要陪我破關？』蜂擁而來的訊息令我又聾又瞎，回過神來時天若無情已經人影無蹤，不禁嘆了口氣；天若無情不是第一個開除我的病人。

危機會帶來新機，病人受到震撼時只要肯反芻心情思緒，終究能從中學習，這不代表我喜歡看病人受傷，尤其當醫生成爲那個震央時，很容易就會被病人捨棄，但該說的話還是得說，不能等到病患過度依賴我時才坦承，那樣反而會造成更大的傷害，最好的心理醫生是能在療程後被病人遺忘的。事情到這地步，醫生我只能先照顧好自己。

在遊戲世界待了這一會兒，不知道陽世情況如何，是倒在茶坊裡還是醒來會看到醫院白牆？之前應付洪水時用了身心法與心身法，這時或許也有效果，找了顆仙人掌在它的陰影下盤腿打坐，閉目調節呼吸，幻想河流的急緩，十分鐘後心情穩定了下來才睜開眼睛。

人還在沙漠裡。

粒粒黃沙咬著皮膚，午後暑氣蒸得我全身發癢，仙人掌上一隻兀鷹嘎嘎嘲弄。我的拒否只保住了理智五秒，接著焦慮整個火山爆發。

糟糕糟糕糟糕……

我呼吸亂成一團，猛地想起遊戲世界裡是沒有氧氣的，角色們的「呼吸」只是做做樣子，那我現在肺裡的東西是什麼？

想著，我憋住了氣。閉氣通常在一分鐘左右就會開始難受，這次因爲緊張的關係，在三十秒左右就已經想張大嘴飽嘗氧氣，勉強用意志力壓住衝動。兩分鐘後，三分鐘後，完全沒有難受的感覺，鬆開意志的門深吸氣，發現聞不到味道，沒有沙漠該有的乾燥灼燒，心理對重新呼吸感到舒暢，肺卻沒有絲毫滿足感。

我的身體不在遊戲世界裡。沙漠、狂風、怪物，全部是幻覺。我手上還拿著短刀，閉眼握緊拳頭後果然空無一物，是音效與視覺效果讓自己誤信以爲它存在，之前「聽到」天若無情等人講話，純粹是因爲他們嘴在動，加上角色的模樣提供先入爲主的口音跟語調，譬如說我覺得天若無情是個性格中二的年輕人，便覺得他會用那種腔調說話，不過是「腦補」而已。

沙漠的風也不是眞的，矇住耳朵後雖然還是聽得到風聲，皮膚就沒有被風刮過的感覺，覺得被吹是因爲逼眞的音效以及看到周遭環境被風影響，典型的【視錯覺】，名符其實的「聲色世界」。愛爾蘭哲學家喬治・貝克萊（George Berkeley）說過，「存在就是被感知」，意指人的存在是被感知與知識堆積起的經驗塑造成的，「五色令人目盲，五音令人耳聾」，這幾十分鐘正是最好的例子。

既然知道人還在陽界，那可好辦了，可以用【認知心理學】的技巧協助我回歸現實。每個人都會作夢，有的人完全陷溺在夢境裡，有些人會很快的想，「這全是假的」，然後強迫自己醒來，【認知心理學】正是後者。利用邏輯、物證，與對自身的要求來調整心理健康。

遊戲廠商設計遊戲時是爲了吸引玩家花費時間精神，所以遊戲本身是以「娛樂」爲前提製作的，不會給玩家無解的難題，也不會積極「虐心」，所以想擺脫這世界就得跟遊戲廠商唱反調，讓自己嚐點苦頭。

我試著輕咬舌頭，沒感覺。但咬下那瞬間，身子觸電般有了平時怕痛的反應，接著我大膽狠狠咬了拇指，眼前立時黑了，視線幾秒後就回復原狀，但那時我確實有了從噩夢醒來的種種感覺：盜汗、發冷，跟手腳僵硬等等狀況，甚至聞到了茶香。

我咬牙回身望著遠處剛才決鬥時還不敢靠近的斷崖，大踏步來到邊緣，腳下風聲虎虎，虛幻的心臟也在腦海裡跳得超快。剛剛小嚐痛楚短暫回到陽世，但點滴痛苦很快就能適應，根本不夠。鼓起勇氣伸腳越過生死一線，抬眼到峽谷寬廣無際，腳又縮了回來。

我不能待在這！不走出舒適區，停留在熟悉的安逸裡，只會在幻覺內愈陷愈深，馬虎不得！

我用力閉上眼睛，雙手矇住耳朵，一躍而下。

註：

①意指擬人事物愈貼近真人時，觀眾對其的負面印象也會提升的狀況。

_Chapter 9

啪！

「啊～～～！」背上的火辣疼痛令我彎下整個人，踉蹌兩步才停住。

「你怎麼了？」頭上某人問。

痛楚與焦慮鞭得腦子一片混亂，幾秒後才聽出那是沈金城的聲音，又過了幾秒才注意到眼前發黑的木頭地板。

回陽世了？被沈金城打了？他打我幹嘛？「你、你……」幾次講不出個所以然，還得由沈金城自己解釋，「你突然發呆，把你打醒啊！」

被他啪一下比奶奶叫人起床的手嚴厲多了，手掌形狀的灼燒撕扯著背，直起身來皮膚都會發痛，沈金城卻還跟沒事人樣，簡直可惡，用視線千百遍痛罵他，『需要打這麼大力嗎？最討厭你這種做什麼壞事都能義正嚴辭的態度，我操操操你祖宗十八代啊！』

沈金城笑了笑，「抱歉打用力了，沒事吧？」

「沒事。」

深呼吸放鬆自己，兩股腥臭水流鑽進口鼻，甩頭大咳，視線再次與地板接吻，才想起我正要跟沈金城的大哥喝茶，起身所見，一切古色古香的裝潢都被黑黃污穢弄得模糊不清，隱約看出還有好幾個人在場。前一刻還在線上遊戲的沙漠裡，下一刻便回到了濕溫的污水裡，直是莊周夢蝶。但這水又能有多眞，不過是從一個靈異體驗轉到另一個而已。

我調節呼吸排除身邊的污水。遊戲世界刻意讓人放鬆，這污水卻是刻意讓人緊張，得用不同的心理手段應付。「我呆了多久？」

「愣一下而已。」

所以剛剛跟天若無情俠決鬥、談話，現實世界裡只不過幾秒鐘，靈異接觸實在無法用常理解釋。

我一定下神就有餘力觀察沈金城，他情況跟玉玫類似，水是時而觸碰時而流開，但如果有水珠「不幸地」附著在身上太久，便會被皮膚吸進去，玉玫看到多半會比喻爲「高級護膚霜滲透皮膚」，我看來卻像是水蛭還是食蟲植物吞食犧牲者。沈金城看我傻了又笑，「臉上有東西嗎？」

他這一笑，皮膚開始迅速吸取污水，我也差點被口水噎到。「沒什麼。」

「那我介紹一下。」

他示意的八角桌邊站了兩位穿西裝外套卻沒打領帶的人，看不清楚年紀，但連沈金城都說是重要的人物，總不會是年輕人吧？除了他們，櫃檯前還有一位穿著寶藍棉襖的壯年人，五官雙手滴水不沾，看來便是店長了，還有一對穿著較現代的年輕男女垂手站在櫃檯後，一位老婦人拿雞毛撢子掃灰塵，以及一位穿短袖白襯衫中年人站在櫃子前檢視茶罐。

「這位是魏松言醫生，今天陪我們喝茶。」沈金城刻意不講「心理」兩字，顯是防對方有偏見。右手邊寬廣而削瘦的男子是「細叔」，左邊的是「豪哥」，都是響噹噹的大人物。我不知道黑幫如何打招呼，先對細叔伸出了手，「幸會。」

細叔身邊的水很乾淨，唯獨頭部聚滿黑泥，像個被原油污染過的珊瑚礁，半瞇著打量人，令我尷尬收手，繞到另一邊去跟豪哥握手時沈金城拍了我的肩，「別從身後過，忌諱。」

豪哥身子被污穢覆蓋，眉心、喉嚨與心臟等處的水卻很剔透，看到我只點了頭，同樣不理會我愣在那的手，禮貌性的微笑都懶了。沈金城平時那麼丫霸，面子顯然還沒這兩位大，而這茶坊牆懸書畫，物價破萬，用的是檜木器具，屁股能坐的都是鑲嵌碎貝的紫檀，像富貴人家勝過像家店鋪，然而再怎樣風雅的地方注滿污水都如同水溝，我是要怎樣喝茶？

這些都是事後才有的想法，當時窘困沒多久就被店裡另外一個景色給抓住。剛說了，這家店實在高級，所以整個空間除了老闆、僕婦跟助手就只五人：我、沈金城、兩位大佬，以及站在牆邊的中年人。那人穿著敞開的細條紋白襯衫，深灰褲子與黑皮鞋，腰背挺拔，不見福態，月餅般的圓臉上掛著扁鼻子，眼睛眉毛細細彎彎，是台灣鄉村隨處可見的和藹面目，正目不轉睛的盯著牆上一張茶餅。

但僅僅這樣還不至於讓我吃驚。台北現在二樓淹水，整家店都泡在水裡（還是茶裡？），那中年人卻是個颱風眼，污水匯集在身邊打轉，水聲蓄勢急促如門神，側頭抬手時還會主動退開，始終維持著恭謹的距離，而他看起來是如此普通，更顯得反差奇異。

我訝異下忘了沈金城三人的存在，走到中年人身邊問，「您是沈先生的大哥嗎？」

那人轉頭，「是。哎呀，您是魏醫師吧？」他拍了稀疏的頭，「失敬失敬，看茶看得忘神了。」

架子上擺的是一張二十年的普洱茶餅，包裝紙已經發黃。「二十年可難得。」

中年人歡然，「今天就喝這個吧。老闆，勞煩上茶。」

話聲剛頓，老大身邊的洪流登時往店長與沈金城三人排山倒海捲了過去，激得所有人的水流倒灌，其中三道匯集於茶桌邊的座位，拉著沈金城與兩位大佬各自選位，老闆本來雙手五官碰不到水，也被這水流沖得渾身濕透，激流中熟練地取茶沏茶。

老大按著我的肩回桌，污水立即辟易，讓出乾燥地面給我倆過，沈金城三人等他坐下後才敢入席，坐下後污水以茶桌爲中心形成漩渦，在他人看不見的世界裡鋪天蓋地，眞以爲是共工降世，而老大的水流那麼急，其他人的動作卻還是那麼悠哉有禮，老闆弄茶也是技術性的緩慢，實在不可思議。

耳邊水聲轟隆，連客套話都聽不見，直到老大對我開口時水才全數撤開，讓我加入主人的談話，「敝姓『榮』，醫生您有名片嗎？」

說完污水纏住我雙手，引導我伸手到口袋裡拿名片，而且……我的媽啊，居然還卑微地用雙手捧上。這中年人言語舉止都十分可親，怎麼會有此等神通？茶來，老大要幫大家倒茶，污水馬上將所有人連根拔起，「榮哥，不行啦！」「哪好意思！」「請坐請坐！」連我這素昧平生的外人，都開口求饒了。

老大也不推辭，無言允許晚輩倒茶，問我，「醫生怎麼看出我是金城的大哥？」

「您，呃，氣場不同。」

污水對我的敷衍感到不滿，形成尖銳的鑽頭在我眼前晃來晃去。榮哥在威脅我嗎？不，這是那位頭上本來聚集污水，現在終於看得出是禿頭的細叔的影響。「醫生是外人不懂事，榮哥想事情時是不准打擾的，下次注意點。」

我不知道道上的尊卑如此極端，只怕犯了大忌，榮哥卻笑說，「都說是外人了，還那麼嚴格幹嘛。」

輕描淡寫的話將細叔尖銳的水流全數粉碎，豪哥本來也想說些什麼，污水在帶痣的下巴邊轉啊轉，終究吸回了嘴裡，撇眼看到我在注意，沉聲問，「臉上有東西嗎？」

我趕緊轉頭，這意象讓我太過分心，兼之水聲太響，總不能當著人面前矇眼遮耳，該如何是好？不行，不能繼續受它擺弄！

「老闆，」我越禮招呼店長，「請給我酸梅跟山楂糖，松子跟薄荷糖也給一點。」

酸梅跟山楂糖都是喝苦茶用的零嘴，一般茶坊都有準備，然而老闆自負茶葉全台第一，怎麼會有個不識貨的傢伙來這吃甜食，不滿之情顯而易見，也讓我不知所措，好在剛才打掃的那位老婦即時遞來幾包糖果解危。

而下個景色讓老闆連怨懟都表現不出來，因爲我當著他的面把酸梅跟山楂糖壓進茶裡。所有人都看呆了，只榮哥呵呵笑，「這是外國喝法嗎？」

這家茶莊是百年字號，品質是七代經營的保證，只有豪哥這種老主顧才能預約，還動用關係把其他客人擋住，就爲了討好榮哥這位貴客，沒想到沈金城不知從哪裡牽來的「細漢」，居然當著他跟老闆的面糟蹋二十年的陳年普洱，原本面無表情的他氣得顫抖發黑，正要痛罵時老闆破例插他嘴，「操哩老母，哩衝蝦毀！」

那兩個年輕學徒看師父大怒都嚇得縮在一起，我肺裡的空氣也快被污水與敵意給抽光了。冷靜，冷靜！

老闆台語漢語痛罵，還夾雜了我聽不懂的地方話，榮哥哎哎幾聲說，「老闆你嘜生氣，等會我加倍賠錢給您。」

水漩渦抽出兩隻觸手按住了老闆的嘴，眼皮跳顫看我繼續給茶加料，簡直要哭了，只好速戰速決減低他的痛苦。茶一入口，腦漿像一次照顧二十個憤青病患，溶解從耳裡噴了出來，怪樣又讓榮哥笑了好一陣，「金仔，你這朋友眞有意思。」

沈金城看老大沒生氣，吁了口氣，「他是個怪胎。」

榮哥笑說，「普洱跟松子對心臟好，梅子跟山楂主治腸胃，薄荷潤喉，果然是醫生才會這麼喝。」

那茶難喝，下肚後我腦袋一陣空明，睜眼一看，整樓污水消失了。

這是我前陣子才學會的法門，在胡思亂想的時候，用生理上的強烈刺激將自己綁在現實世界，好比船隻在心靈風暴裡拋錨定位，道理跟身心/心身法同出一路。污水一退，登時滿腔檜木芬芳，外頭囂鬧靜不可聞，所見處都是悠久的古董陳設，一身泰然，眞是品茶的好地方。

不過接下來要如何解釋我的失態呢？

污水一退，榮哥看起來便只是個普通的慈祥老人。唉，不對，那雙細目滿滿的笑意看得我心虛已極，屁股釘在位子上動彈不得。

「你這是獨門祕方嗎？」榮哥笑問，安祥中要的不是答案而是供詞。怎麼有人能無言同時進行吹捧與威嚇？諷刺的是剛剛因爲污水的關係看不清楚他眼睛，反而沒有現在難堪。

榮哥半開玩笑的話鬆了對我的緊縛，看不見水流還是能感覺到老闆與兩位大佬對準我的殺氣，陪笑說，「拍謝，不是故意浪費這茶的。當醫生念頭太多，容易把別的東西忘在腦後，才會用怪味將自己綁在陽世。」

榮哥要了新杯子。「嚐嚐原味。」

我知道他是給我圓場，照話辦了。好紮實的香味，像塊沒雜質的田黃，光聞就滿口生津，趕緊喝了一口。

頭下腳上，會晤巴米揚大佛。

水果花卉、中藥焚香，發酵的味道與唾液混合，化作種種豐富色彩，亞馬遜與阿拉斯加的四季變化，京都稻荷神社的狐狸又驚奇又理所當然，縮時攝影，黑白靜態，沒有任何拋錨定位的突出味道，旋律任由聽眾想像歌詞，整體無遠弗屆。

榮哥問發愣的我，「怎樣？」

「這茶……」我又多喝一口，「好像在讀般若波羅密多心經。」

老闆跟豪哥都「啥？」一聲

「不增不減，無始無終。」

細叔冷哼，「放什麼屁。」

榮哥則笑，「是好喝的意思嗎？」

茶一喝，周圍的人事物顯得更清楚了，就跟那天與洪玉文吃飯時一樣，看來只要是夠鮮明的物質刺激都能撫拭靈台。「非常好喝。」

老闆嘖了一聲，豪哥兩邊不討好更臭著臉。「好喝就好喝，講那不知所謂。」

榮哥看了又安慰，「唉，蚵仔你幹嘛這麼苦啊，醫生都說好喝了。」

我這才曉得豪哥的名字取自生蠔的「蠔」，因爲他綽號是蚵仔！沈金城介紹時稱豪哥，當是因爲晚輩不該叫長輩綽號。

細叔喧賓奪主勸茶，剛才的醜事暫時擱下。榮哥喝得很慢，一杯接一杯。「你這怪茶跟大稻埕還滿搭的，以前來過嗎？」

「十多年沒來了，家裡年貨都在這買，爺爺也只喝這裡的茶葉。」

榮哥點點頭，「大稻埕是我老家，小時候房子有三進，前後頭開店，中間就是兄弟姊妹玩的地方。」

「我天母的老家以前是四合院。」

「哪一行。」

「媽媽那邊務農，爸爸那邊經商，修賣舊器材。」

細叔見我一直答腔，搶著說，「榮哥您家以前賣的茶葉也是大稻埕一絕。」

榮哥問我，「天母外國人多，你們家是怎樣看待的？」

我看細叔臉頰微赤，有點罪惡感，簡扼答，「互不侵犯，也不來往。」

榮哥說，「我家做生意就得學著開通點。大稻埕是港口，多的是日本人、阿多仔，人人爭飯吃，有生意就該偷笑了，還眞能把客人擋住嗎？嘿嘿，我叔公是中醫，把洋醫當成妖魔鬼怪一樣，還不是得跟著學外國醫術。」

我莞爾說，「小時家人總說歐美人會教壞我，後來也是讓我到美國讀書。」

榮哥笑，「日本那時也開始洋化，大稻埕適應得很好。台灣人的根性就是活下去先，維護傳統也罷，吸收外國文化也罷，最終都會成爲血脈的一部分，趕不走就乾脆接納了，我們也不缺那點心胸，重要的是商業繁榮。」

近幾十年來世界經濟已不容許任何國家故步自封，台灣又是個移民島嶼，人人都得省思自己與外人的關係，決定要堅守身分還是融入新文化，尋找自己的歸所。

在場另外三人聽我們講歷史興致缺缺，又不敢另闢話題，默默喝茶。我有個缺點就是太容易去關心人，不願繼續獨佔論壇，「聽起來榮哥您是個成功的商人。」

榮哥吐吐舌頭，「才沒哩，有家小公司，投資一些股票，當醫生的才了不起。」

「沒什麼大不了的，」沈金城應該有告訴榮哥我心理醫生的身分，「有些病人只有我能幫助。」

榮哥點點頭，「很正義嘛。」

他在戲謔。「學問與技術必須首先用於改善社會，但醫生不是正義使者。」

榮哥聽完沒出聲，想起他人雖然和藹，卻不折不扣是個黑道份子，其他三人兇氣外露更不用提了，這話會不會得罪了他們？眼角偷瞧沈金城笑嘻嘻的，細叔擺明不爽，豪哥的臉更是烏雲密佈。

榮哥嘿嘿幾聲，「醫生不是正義使者，說得好。你對幫派歷史熟嗎？金仔有沒有教你？」

「完全不熟。」金仔？哈哈。

「幫派千百年前就有了，以前聯絡沒有這麼方便，天高皇帝遠，政府聯絡不便人民便自己組織社團代替。」榮哥呷著普洱，茶杯一空，豪哥馬上搶茶壺倒茶，「大稻埕這種油水地（好賺錢的地點）政府頻頻想搶一杯羹，都是咱們出面協調才能自由貿易，說是正義的化身也不爲過。」

「眞的？」

榮哥凝望我，「你講話都這麼坦白嗎？」

「職業病，不好意思。」其實我跟病人說話不會這麼直接的，至少會視他們的心理狀況決定要說什麼，但榮哥有種奇妙氣場，讓人不自覺講出心裡的話，是天生的才能還是磨練出來的？

榮哥點點頭，「幫派是爲了正義存在的，我們一開始也沒什麼雄心壯志，就是爲了養活人，商業繁榮比開疆擴土來得實際。」

「順便大賺一筆。」

糟糕。

「沒錯，」榮哥毫不諱言，「辦事用錢，辦大事用大錢，不從中取利又要如何繼續貢獻社會？國民黨以前在中國就有不少綠林朋友，來台灣也請過幫派勢力鎮壓人民。有的答應了，也有不少認為應該先幫助本地人。」

「您選哪邊？」

榮哥笑答，「我還沒那麼老，現在嘛就只是個坐領時薪的糟老頭，大事輪不到我了。」

沈金城本來都不說話，聽到這嘿嘿笑說，「榮哥過謙了，大稻埕是你當龍頭，大小生意沒你同意都不能過。」

我聽了恍然大悟，原來大稻埕是榮哥老家也是他轄地，難怪有特殊感情。榮哥嘟嘴說，「阮敢有，好運而已。」

沈金城一臉神祕對我欠身，「聽他黑白講，以前南部某個宗教團體靠金主強買好風水，雇了XX幫跟咱們起衝突。那時候我還是個死囝仔，隔著中央山脈都被叫去幫忙，親眼看榮哥拿架生殺入對方地盤，好不威風。」

這是報紙不登的黑道祕辛，連我都好奇了，「這麼勇？」

「我們逼得那金主投降跟我們會面，他說找好風水是為了遷祖墳，要我們大發慈悲放水，你猜大哥怎麼回答？」

我搖頭。

「『你們家哪個衰小的想先躺進去？』」沈金城學老大的嚴肅口吻，「哈哈哈，你說屌不屌！」

看榮哥小口喝茶，眞難想像一個好好先生會這麼狠。沈金城又說，「咱們收錢辦事，跟對方也沒什麼過節，但榮哥這麼兇，金主一聽嚇死了，趕緊奉茶，大哥卻說這裡不由他作主，要他改對負責高雄的堂主道歉，這事傳出去澳門都有人招攬榮哥。」

沈金城提及的事件另外兩位大佬也有參與，津津樂道，榮哥淡淡說，「年少輕狂，糊塗事可做得多了。」

沈金城嘆口氣，「這件生意全靠大哥計畫，人是你招的，對手壘是你破的，後台也是你用政客警察拆的，多少功勞多少利潤，居然拱手讓人，再進一步連南部都收了當地盤。」

榮哥沒笑，「有大稻埕還不夠嗎。」

「誰有本事誰當老大，都做到那個地步就應該把全台灣拿下來。」

我聽了心中一震。

榮哥倒完最後的普洱，沒要求加水。「去逛城隍廟。」

每人立刻喝掉各自的茶，起身整衣，沈金城從衣架上取了榮哥的外套給他披上。豪哥出門時不住對老闆道歉，老闆也沒爲難，只說，「下次別帶他來。」

大稻埕霞海城隍廟是當地相當出名的廟宇，位在永樂市場旁邊，與慈聖宮、法主宮並列爲大稻埕三大廟。

這裡是超熱門的地點，光月老在這就夠吸引年輕人了，今天卻空空如也，廟門大開裡頭卻一個人都沒有，過客都被廟公人手恭謹擋下。沈金城看出我的疑惑，悄聲解釋，「管理人聽榮哥要拜訪，一個小時內整間廟隨我們逛。」

「整間？」

「面子夠大，神明也會低頭的。」

我總算稍微體會到榮哥擁有的權力，但他還是一副老爺爺在公園散步的模樣，直如大海的暗流。更扯的是廟上頭沒有水。剛才用茶將自己拘束在現實世界，效果漸漸流逝，覆蓋著台北的污水塊又愈發明顯，城隍廟上空卻青天一片，白日亮得刺眼，污水塊幾度刺探都被不知名的力量擋了出去，究竟是神明的力量還是榮哥的面子？

我著迷於那景象，旁邊細叔說，「我去點香。」

榮哥搖頭，「今天不找神。」

說完上頭污水主動退後幾公尺，不再侵犯廟宇。亞洲廟宇跟西方教堂不同，平時熱鬧非常，現在卻靜謐幽深，更顯得上頭的異象十分古怪。眾人看出榮哥想獨自逛廟，識趣在原地等待，唯沈金城打眼色要我跟上，還低聲加一句，「走左後方。」

我加速趕上，榮哥看到也沒拒絕，進廟前隱約聽細叔罵，「幹，對那衰仔這麼好。」

霞海供奉城隍、月老、七爺八爺等神祇，還有民間英雄的義勇公們。這些神祇生前都是有功績的凡人，死了才能在天庭陰世當官，升格方式類似西方宗教的「聖人」。我看七爺八爺一高一矮，一黑一白，覺得藍迪跟他背後那位還眞像這兩位。

榮哥說不找神，進廟時還是恭謹地鞠了躬，稍微祝禱後才敢辦事，抬頭時看到左側的柱子上貼了張綠色的公告，走近瞧了，「綠之門？」

我嚇了一跳，「啥？」

「新興宗教的宣傳，」榮哥皺眉讀了遍，「『每個人都有失敗的時候，然而卻沒有人能改變過去的結果，綠之門能讓你回到犯錯之前的時間，再一次決定人生的走向。』還法輪功咧，廟公怎麼會讓人張貼這種東西。」

他撕下公告揉成一團塞進口袋，想借來讀都問不出口。城隍廟不大，榮哥對每個神像每個角落都匆匆看一眼，我也跟他檢查每一處，最後才在偏殿面對面，從對方神色裡知道了結果。他還是問了句，「有看到嗎？」

「沒有，」榮哥來城隍廟的理由只有他、沈金城，跟我三人知道，是祕密中的祕密。我希望成全他，但心裡明白他要的是事實。「也沒看到其他鬼魂。」

榮哥閉上眼，張開時眼裡積蓄的期待消失了，吁口氣說，「就想哪那麼容易跟死人見面。嘿嘿，陽間當大爺，閻王眼裡連屁都不如。」

我不知道閻王是真是假，但世上若真有陰曹地府，爲何還會有這麼多不知歸處的孤魂野鬼？真諷刺，看得見鬼魂後反而懷疑閻王爺的存在與否。

我跟天若無情俠討論死者的歸所，現在想想這些民間傳說既是紀念英雄賢者，同時也是人對來生的解釋。如果人生前的表現決定了死後的身分與歸所，那蘇瑪麗、天若無情俠這些寄宿在陽世，不上不下的孤魂野鬼又是怎麼回事？

榮哥又問，「醫生是怎麼跟鬼扯上關係的。」

「有朋友說，與鬼神相遇得看緣分。」

「我跟阿叔沒緣分？」

沈金城也問過這問題，「那朋友也說活人是需要鬼神才會撞鬼。」

「那我究竟是無緣，還是不需要阿叔？」

「不知道。」

榮哥低頭來回踱步，我想他一個黑道來這找彰善懲惡的城隍會不會觸霉頭。家裡賣茶葉，還有當醫生的叔公，教養應該不錯，不知是怎樣走上江湖路的？

「阿叔引我進幫，往生時卻沒見到最後一面，」榮哥緩緩說，「他想當個『挑大樑』，到死都是炮灰，反而我運氣不錯一直幹到現在。他走那天幫裡別處需要我主持大局，比他一人來得要緊。」榮哥停頓，「你覺得阿叔會以我爲傲嗎？」

「光看成就，應該會吧。」

我暗示了對榮哥的不瞭解，他當然聽得出來，「金仔說你幫過他弟弟，一個住花蓮一個住台北，是怎樣認識的？」

「沈先生沒告訴您嗎？」我刻意叫沈金城「沈先生」，讓榮哥知道我公事公辦，不是朋友，「沒有的話我也不方便透露。」

榮哥彎起嘴角，「既然不是正義使者，就不用堅持保密了。」

「心理醫生不重視隱私，以後還有誰敢找我說話？」

榮哥呵呵笑了，笑我的固執，「要是我逼你講呢？」

以榮哥的身分，「逼」一個字裡頭包含的刑罰恐怕作噩夢都夢不到，「您是大哥，沈先生是小弟，問他相信也不會隱瞞。」

「問過了，他不肯說。那小子跟我年輕時一個樣，什麼『拿下全台灣』，蝦米肖話啊，幹。」

好好先生爆粗口讓我愣住，榮哥漠視我的蠢樣，「阮也不是一開始就這麼風光，流落過街頭，有住也是五六人一間房。某天阿叔回家鼻青臉腫，是辦事時被某個地痞打的。我服侍阿叔上床，到工地偷了根鋼筋埋伏那畜牲，一棒打昏他，再把頭砸得稀巴爛。那是我第一次殺人。」

榮哥臉色不屑，我卻聽到他心裡在笑，笑得愉快。以前拜訪監獄的病人時也常聽他們講過往的事蹟，那些人多是炫耀，榮哥只是閒聊。

「他爲什麼打你阿叔？」

「阮管伊爲什麼，動我家人就得死，保護不了家人別說混黑道，當人都不配。」榮哥呸一聲假作吐痰，鞋子磨著看不見的唾涎。「入幫時滿腔熱血，幻想武俠小說裡的情節，什麼生死之交，行俠仗義。」他嘆氣，「混了沒多久就發現，原來義氣什麼的都是小弟在顧，當大哥必須顧全大局，不能血氣方剛。」

「跟一開始的理想差很多。」

「我本來瞧不起那些大佬，想說乾脆一輩子當小弟算了，結果愈做愈順，自己也當了頭目。」榮哥朝廟外望去，「外國人是怎樣喝大稻埕的茶？」

「歐美人習慣加糖跟奶精，有時會混乾果跟花瓣。」

「那樣還算台灣茶嗎？」

我想起洪玉文的測試，「算歐美茶。」

「我本來是台灣茶，當上大哥後愈來愈像外國茶，」榮哥自嘲，「不只是我，身邊本來有志向的好兄弟死的死了，活的變了，」他低聲咒詛，「對財閥政客搖尾巴，像給人養的頭牲。」

「黑道平時不也收保護費。」

榮哥正色說，「傳統幫派成員自己都有正職，保護鄰里是額外工作，保護費跟捐給廟宇的香油錢一樣，不是吃香喝辣的賄賂，而是爲了辦事時不用擔心基本開銷。」

「但會趁機大賺一筆。」

「多少苦勞拿多少錢，但賺錢向來是其次，」榮哥轉頭去看滿牆的義勇公，「應該是其次才對。我打爛那地痞的頭只是不讓他有機會作證，不是爲了自己爽，正義不能用來自我滿足。」

我讓榮哥冷卻一下，「有對別人提過心事嗎？」

「沒談心事的人。」

我謹愼問，「沈先生不行嗎？」

「當大哥等同當父母，豈能對小弟發牢騷？袂當啦，得維持尊嚴。時代不同了，以前阮當小弟時大哥們去夜總會唱歌泡女人，我只能端酒奉菸，自己當大哥後卻變成出錢讓年輕人胡鬧。」

我笑，「不然就得找心理醫生，對吧？」

榮哥瞄我一眼，瞄得我好毛。「你們看得出病人的心事。」

「我們讓病人自己說。」

「不說就乾瞪眼？」

「我們會提醒病人這是專業診療時間，由他們決定如何利用。」想到被天若無情解僱，有點失落。

榮哥突然笑瞇了眼，「你猜我比幾根手指。」

「欸？」

榮哥負手，「猜猜看。」

「心理醫生沒有讀心術。」

「沒關係，猜吧。」

榮哥攤手表明「請便」，把手收到背後。哎哎哎，跟黑道玩猜謎，賭的是肝還是腎？人說年紀大了舉止思考都會返老還童，但榮哥這樣的身分大概是沒人陪他戲耍過。長者想胡鬧我樂意幫忙，換作細叔豪哥打死我都不敢猜。

當然啦，故意裝傻的病人也是有的，講的話也可能是玩笑話，像現在榮哥就不怎麼誠實。猜手指？你也眞辛苦了。

「我猜您想退休。」

榮哥笑容僵住，片刻臉色就淡化了。「沒叫你猜這個。」

「直覺告訴我您不是眞的想玩猜手指。」

榮哥讓手重新現形，病人被猜中心事時往往會迴避眼神，他視線卻始終與我相對，不讓出任何優勢，甚至有壓過我的傾向，好傢伙。

「您找阿叔是不是想問退休的事？」榮哥點點頭，「您現在權高位重，似乎也不缺錢，但覺得幫派的現狀不如以往，也不喜歡舊事被人拿出來奉承。」

「那是其中兩點，另外就是……」榮哥手伸向筊杯，又收了回去。「做過不少傻事，良心不安。」

「像沒見阿叔最後一面。」

榮哥冷笑，「那算什麼。」

我閉了嘴。

榮哥撿起剛才略過的筊杯，「我前陣子去做身體檢查，醫生說這年紀還能這麼健康，十分難得，再活三十年都有可能。眞好笑，人再健康挨顆子彈就死了，哪來的三十年，」拎著筊杯轉頭面對我，「鬼魂會做健康檢查嗎？」

「他們相當在乎心理健康。」

「哈，那我歹死後來找你。」

我盯著榮哥遲遲不放的筊杯，「您是不是想說做了這麼多事，死後會下地獄。」

榮哥一怔，哈哈大笑，小廟裡滿是不屑，「地獄我去定了。」

「您不怕？」

「退休旅行，驚瞎咪？幫裡幾位元老把生死掛在嘴邊，都偷偷告訴我他們常擔心得吃不下飯，睡不著覺，眞夠古錐，年輕時不怕槍彈刀子，活久了反而會怕。」他澀然說，「死了不正一了百了。」

「您想死？」

「不想。」

我暗暗吁氣，「退休就退休，何必問阿叔？」

「出頭靠他，歸尾靠他也不錯。」

「他如果說退休，您肯定照做？」

「有伊一句話比較安心。」

「但您阿叔生前急功近利，極可能會勸您做下去。」

「沒錯。」

「那還故意找他。」我看榮哥默然，又說，「有別的理由吧。」

榮哥舔嘴唇，「我權力太大，出走幫裡鐵定會亂成一團，讓對頭有機可趁，擔不起這責任，有他一句話比較能撐場面。」

看來榮哥權勢再大，也不是說了就算，有時還是得找藉口。人死為大，找往生的阿叔抬轎的確也是個主意。「介不介意我問個問題。」

「請便。」

「您阿叔是不是長得高大，邋遢，還瘋瘋癲癲的？」

榮哥霍地回身，居然微有驚恐之色，「你見過他？」

「也不……我認識一個鬼，就是剛剛提到的那位朋友，跟您照片上的阿叔長得一模一樣。他有出家嗎？」

榮哥神情頓時失了起伏，「沒有。」

我聽了也有點失望，「這麼說來只是模樣像。」

榮哥失笑，「阿叔活著是流氓，死了卻是個和尚？」

我也忍不住笑了出來，「這裡這麼多凡人生前各行各業，往生後都在廟裡度日。」

榮哥小踏步轉身，環視著包圍我倆的神明們，「人死就一個地方去嗎？」

「不知道。我遇過的鬼魂都認爲可以投胎，有個陰世還是歸屬處之類的地方，但也有幾位覺得留在人世間沒什麼不好，每個鬼的猜測都不同。」

榮哥喃喃，「留下來也沒什麼不好？」他又開始踱步，「醫生覺得我該怎麼辦？」

「相信您已經想到幾個計策。」

「呵呵，誠實卻不乾脆，是心理醫生的通病嗎？」

榮哥說這話時又是瞇眼看人，我鼓起勇氣面對，「心理醫生不能替病人決定未來。」

「阮有請你當醫生嗎？」

「沒有。」

「那就少講廢話。」

我背脊出汗，咽口唾沫說，「如果您擔心幫裡會有空洞，要不要找個繼承人，譬如沈先生？他畢竟是您小弟。」

榮哥無言半晌，「金仔有沒有說我們是怎樣認識的？」

「沒有。」

「咱兄弟是在南部那件生意裡相撞的，他是敵對幫的人。」

我驚問，「敵對？」

「他當著雙方勢力前跪求我收留他，」榮哥連連搖頭，臉上卻掛著微笑，「自己人面前叛幫，哪個派系撞上了都是殺無赦。那天我是贏家，對方沒帶武器表示誠意，只敢喝罵不敢妄動，這小子就算看清這點跑出來，我不收他，他事後也是死路一條，等於賭上小命。」

所以沈金城說他被召集參加戰役，其實是講自己當敵人的時候。原來他有這種豪膽過去，即便與暴力組織掛鉤也好令人激賞。但……他媽的明明是個降將，居然還把自己講得像是贏家，臉皮眞厚。

榮哥繼續回憶，「金仔說我那時候其實可以接收南部地盤，那也沒錯，但我欣賞他的膽氣，就請對方賞面子讓我帶走他，替代其他條件。」

「那金……沈先生剛才念您白白放棄南部……」

「他爲我感到可惜，」榮哥圓圓的雙頰笑得鼓了起來，「很可愛吧，自己差點翹辮子還可惜那些權利。」

「野心眞大。」

「花蓮不是油水地，也當是他晉升的時候了。」

「如果你選他……」

榮哥搖頭，「幫裡比他大條的元老多的是，不可能選他繼承我。哎，不管把位子交給誰都會有內鬥。你覺得金仔能勝任？」

這個嘛……「他，呃，軟硬兼施，快意恩仇，多半可以。」

「聽起來是知心朋友的看法。」

「絕對不是。」

「那我勸你記得自己的評語，」榮哥警告，「別跟金仔深交，會吃虧的。」

我張口欲言，找不到話，「您不信任小弟？」

「他跟以前不同了，」榮哥垂下眼睫，「幫派這年頭眞的不同了。」

「新聞報導通常很負面。」

「活該，」榮哥低聲罵，「想看正義嗎？」

我勃然心動。普通人提到正義往往有利己成分，爲何榮哥輕描淡寫兩個字會讓我如此期待？「想。」

「那我保證退休前讓你看見正義。」

榮哥鬆手讓筊杯墜地，啪啦兩聲，出了個聖杯。

我問，「阿叔同意了？」

榮哥搖頭，「忘了問問題，眞老糊塗。」

我噗嗤一聲笑了出來，榮哥也笑，「跟阿叔哪裡見的？」

我說了廟的名字，補一句，「才見過兩次，已經幾個月沒遇到了。」

榮哥莞爾，「兩次就能當朋友，應該是我阿叔沒錯。他不在我們走吧，別妨礙其他香客。」

爲私事霸佔城隍廟，我深感慚愧，走前同榮哥向城隍爺鞠躬道歉。榮哥祝禱完問，「從茶坊出來後你一直看天空，是在看什麼？」

好敏銳。「不瞞您說，台北現在淹水。」

饒是榮哥多見世面，聽到這事也呆了。「淹水？」

「只淹二樓。」該告訴榮哥這水聽他指揮嗎？

「哪嘸可能，」榮哥笑著捏下巴，「我記得嘎雷（原住民）很多傳說都談到洪水，必須要犧牲祭品還是活人才能退水。」

我心裡打了個突。「那……您知不知道原住民文化裡被殺的人死後會怎樣？」

「他殺會使鬼魂變成惡靈。」

回到外頭，沈金城跟兩位大佬正聊得愉快，看到我們便招呼，「好了嗎？」

榮哥嗯一聲，瞧見小弟左手取菸點菸，立馬皺眉，「不是叫你改右手？」

「拍謝，就是改不過來啊。」

沈金城嘴裡道歉，人還是漫不在乎地抽他的菸，看大哥咕噥又摟他的肩多「拍謝」了幾次，兩人感情極好，我卻感到有點古怪。沈金城提榮哥過去的事蹟目的應該跟我一樣，都是爲了讓另外兩位大佬加入話題，但他應該知道榮哥不喜歡談以前的事情吧？那樣做倒像是利用榮哥的不悅來討好另外兩人似的。

沈金城對呆然的我說，「送你回診所。」

榮哥的警告像宿醉一樣侵襲了腦門，「我坐捷運就好。」

「坐車不是更快，來來來，送你一程。」

沈金城跨前一步，我則退了一步，「多謝，自己走就好。」

「那星期六見。」

我連番拒絕，猜沈金城肯定會不高興，沒想到意外鬆了口，「六點在診所，對吧？」

「對。」

Chapter 11

姚竹貞名片上的地址在中山北路附近，從大稻埕走三十分鐘就能到，路上一直擔心會被沈金城跟蹤，走得並不輕鬆。

中山北路曾是外國人流連的歡樂地，充溢著西洋飲食與音樂，由於這條路直通天母，我叔叔也曾帶我來這逛街買東西。大街上是現代商店與餐廳，後頭的陰暗小巷迷宮保留了舊時代風味，剝落的白漆牆壁，彎曲成富士山形象的窗戶鐵條，可以看到後面人家的雜貨店，不定期出現的廟宇，沒有智慧手機指引下進去很容易迷路，對於需要思考的人，這份寧靜卻是種幸福。

姚竹貞那張名片上只有名字與地址，沒寫公司名，好像一道刻意令人猜測的足跡，好家在有GPS這個發明，順著地圖在巷裡走了十分鐘後來到終點，幾戶零落的公寓跟沒標誌的騎樓，卻沒看到「一〇八號」，其他大樓的號碼是跳的：三、九、十八……，姚竹貞不知道是他家還是他公司，多半卡在數個建築的中心，一般人爲了收郵件總會有個信箱還是標示吧。

我繞著街段，GPS始終指著它的中心，好不容易找到一條弄進去，號碼卻斷在三十六號。

這街段沒有「一〇八號」。

我進出這個弄，又多繞了街段兩次，還讓自己跟終點重疊，始終到不了，走出巷弄再次輸入地圖，指的居然是最初進來的迷宮入口。這時我有了脾氣，想說不斷繞路，連ＧＰＳ都不能指點，莫非姚竹眞是施了法術不成，還有巷子的空氣有這麼悶嗎？抬頭靠招牌找路，卻連一塊標示都看不到。

但是有水。

我從大稻埕走來中山北路，沒注意到怪茶的效果已經完全消失，還想說這迷宮就算建築物多，也太暗了點，厚重的污水塊過濾陽光，淡黃光芒輕紗般蓋著巷道，看起來好像科幻電影裡的世界末日，城市化作水底遺跡，人事物看起來都像蓋了層灰，聯想起被轟炸的廣島、長崎與台南。

我來找姚竹眞是想了解水的本質，假設他嘴裡的「瘴氣」跟水是類似的東西，那他在的地方或許也不受污水滋擾。答案很快就有了，經過三個雜貨店、四間廟、兩架富士鐵欄杆，在最後的街段找到一棟年紀不遜於我診所的老騎樓，周遭大廈二樓都被水淹沒，唯獨那棟騎樓沒水，看不見的氣場將污水都擋在十幾公尺外。那騎樓沒有號碼，位於「三十六號」跟「七十二號」之間，只有一道窄窄的樓梯直直向上。

這騎樓一層只有一戶，樓梯旁的牆上鑲嵌了「青雲網路咖啡廳」七個小字，看到忍不住笑了出來。道士開網咖，未免太滑稽了，而且網咖名稱多半是呼應演員「劉青雲」，的確是港宅才會取的名字。爬陡峭的樓梯上二樓有點喘，但這兒不知用了什麼品牌的空氣清淨器，吸吐清晰，將肺裡的濁氣過濾得乾乾淨淨。

這是家小型網咖，僅兩排電腦，推開玻璃門馬上傳出這陣子聽慣的電玩音樂，網咖門上鑲了八卦鏡，門口一縷蚊香與洗石子地板呈垂直，電腦都是最新型號，角落懸掛的卻是一架方方的映像管電視。櫃檯是用玻璃與鐵皮圍起來的「杜子」，跟古早警察巡邏站還是電話亭一樣削瘦，後頭一位駝背留山羊鬍的中年人，專心用黃色花紋紙折著金字塔型的藝品，看到我也沒說「歡迎光臨」，網咖這種位置這種態度，難怪沒客人上門。

「我找姚道長，」對方馬上用很驚奇，甚至有點敵意的眼光看我。「全名是姚竹……」

對方忽地舉拳，翹起食指小指，我就這麼啞了。

接下來發生的事都是在麻木中度過，那山羊鬍半挾持我進網咖內部，穿過不知道是鵝黃色還是乳白色的走廊跟辦公間，聞著不知道是鵝黃色還是乳白色的焚香，手腳鬼壓床似的動不了，也不想動，店裡其他人看到竊竊私語，耳鳴吵得一句都聽不見。最後被帶進一間有色落地玻璃牆後的大辦公室，裡頭姚竹眞黑皮沙發居中坐，跟一位二十出頭的溫文眼鏡青年在談話，茶几上數個文件夾有的打開有的密封，見到我呆了一下，問後頭的山羊鬍幾句，一隻手繞到身前用力捏了人中，痛得我大叫，麻木的五官跟著醒了，周遭人事物清晰如鏡。

這是一間尋常辦公室，除了門緣有符，牆上掛著木劍，角落碗裡放了糯米，櫥櫃上有紫水晶……好啦，這不是一間尋常辦公室，最顯眼的卻是大辦公桌上的兩組電腦、兩個螢幕、兩對音響，視訊鏡頭、麥克風與搖桿一應俱全，超現代設備與周遭物件格格不入，電腦琅琅運作，螢幕卻一片漆黑，還可以聞到些許塗料味，跟外頭焚香頗有出入。

姚竹眞翹著高高的二郎腿，火炬烏眉一上一下，劈頭便問，「你沒帶名片，是怎麼找到這的？」

我嘴上的壓力鬆了。「地址存進手機了。」

姚竹眞嘖一聲，「廢話，用大腿想都知道，但沒名片應該找不到這。」

「什麼歪理。」

姚竹眞漲紅臉，「你才歪！」

「怎麼找，說了你也不會信。」

姚竹眞瞇起眼，歪斜的嘴角暗示：『這句話平常都是道爺對別人講的。』身邊的溫文年輕人則問，「師父，您朋友……」

「才不是朋友！」我跟賊道同時叫，又互相怒瞪。

「……這位先生應該知道我們不是一般人，不妨聽他解釋。」

姚竹眞哼一聲，不置可否，我就自己開口，「台北現在淹水淹到二樓，你們的網咖把水擋在外面，才知道這兒不對勁。」

三人視線一起移到窗外，「哪裡有水？」

「你們看不見？」

外頭污水塊跟氣球一樣時大時小，哪都沒去，我對姚竹眞不爽，口氣就明擺輕視，果然他聽了又是大怒，「一個外行靈媒敢在我道觀裡放炮？」

我也怒，「網咖作道觀，不倫不類！」

年輕人微感訝異，「先生也能通靈？」

我胸膛微挺，「能啊！」

年輕人垂在腰際的手指稍動，又停了下來，「在下目光狹隘，失敬了。」

「沒什麼，你師父也看走眼過。」

那山羊鬍沉下臉，「你不是專程來找姚師弟拌嘴的吧？」

跟姚雜毛拌嘴我樂意之至，但他徒弟以禮相待就不好繼續胡鬧，「我有些事想請教姚道長。」

姚竹貞聽我用尊稱，怒氣就降了不少，「名片上的符咒能讓我感應到你在附近，就會派人去接。」

「魁星押煞符有這功能？」

姚竹貞冷笑，「說了你也不會信。」

這雜毛到底幾歲啊！那年輕人習慣師父的個性，好言解釋，「畫符用個人法力，每張都是獨特的存在。」

的確不大懂。「所以有點像網路ＩＤ。」

姚竹貞挑起右眉，「明河，你出去。」

年輕人聽話離開，山羊鬍也跟著走了，順便帶上了門，一個心理醫生到網咖裡找道士，想起來實在好笑，「道士有法術，怎麼會窮到要開副業。」

姚竹貞呲牙說，「道士忌財，忌色，忌心術不正，這是規矩。」

那晚姚竹貞也是擺攤算命，我噗一聲笑，「賺錢有錯嗎，誰不繳房租。」

「錢是虛構的牢籠，牽扯太多會妨礙修道人士的工作，再說網路是慾望集合體，觀察它就知道哪裡會出事，可提早處理。」

「就是犯罪心理學的【行爲側寫】嘛！」

姚竹貞當然不同意拿現代職業與道術做比較。「診所終於出問題，要我驅鬼？」

這傢伙鼻孔朝天，但我的確是來求教的。「我們初次見面那天台北也淹水，可是你看不見。」

姚竹貞哂道，「初學者往往分不清眞實與幻想。」

這混蛋。「水有點黃，非常腥，有人整個被淹沒，有人卻能操縱它，你就完全不受影響。」

姚竹貞止了笑，「這樣形容倒像是業障形成的【瘴氣】，上樓時是不是覺得空氣清晰？」

「非常。」

「你身邊瘴氣重，但網咖施了法術，穢物進不來。你怎麼什麼都不懂？」

「我跟鬼接觸都靠緣分。」

姚竹貞轉眼珠，「外行人有這種程度算不錯了，你說的水不過是外行人看瘴氣的假象。

心理醫生不顧正業在外頭跑，想改行當靈媒不成，腳踏兩條船只會一事無成喲。」

「道士玩模型也好意思嘴我。」房間的塗料味，跟那天看到姚竹貟拿的塑膠袋標示，告訴我這雜毛在組模型。姚竹貟接不住突如其來的魔球，曬黑的臉微微亮紅燈。「那些是請神的觸媒。」

我笑罵，「操，用鋼彈請神？」

「說了你也不會信，還有別在觀裡講髒話。」貟他媽的萬用藉口。姚竹貟大概也知道自己站不住腳，趕緊又說，「我忙，沒事請回吧。」

「忙電動嗎？」

這陣子爲了玩網路遊戲我稍微研究了電腦知識，看得出電腦運作時螢幕泛黑代表螢幕是暫時關閉，加上姚竹貟桌上的設備之誇張先進，不遜於職業電玩競賽，光那張人體工學賽車椅就是我負擔不起的逸品，還有辦公室哪用得著搖桿？剛才就是因爲猜到這雜毛在玩電動才會用網路ＩＤ當例子。

賊道表情馬上一滯，道貌岸然的傢伙臉現在紅得像番茄，爽死我了。「道士忌財，幾十萬的電腦居然有兩款？」

虧他還有臉裝模作樣摸鬍子。「替電腦鉅子抓鬼，事成捐電腦答謝，總部也會定期發生活費，」現代職業人士收錢不收禮，姚竹貟居然反其道而行，「問這麼多難不成想當道士？我有徒弟了。」

「要也不會找有道士屬性的宅男。」

姚竹貞勃然大怒，「想被下咒嗎？讓你一輩子泡泡麵沒熱水！」

「好啊，心術不正，誰怕誰！」

咱兩隻惡狗嗚嗚對吼，電腦突然傳來叮咚的訊息聲，一位陌生男子說，『妳好漂亮，想不想吸取我的基因？』

年輕人偷看A片，關螢幕卻忘了關音響，是正常小鬼都會犯的錯，眼前的姚大道長居然也這麼粗心。姓姚的看起來腦袋都熄燈了，牙關邊打顫邊企圖解釋，「你，這個，別誤會，我不是在……」

我舉雙手對他祖露掌心，「別驚，我也有玩《TRIAL》。」

姚竹貞愣住，「你也是？」

「我也是。」電腦裡那男子說的話是《TRIAL》遊戲裡男性角色勾搭人用的台詞，非玩家的客人聽到，就可能會誤以爲是成人片的對話。

姚竹貞聽我「出櫃」，整個人軟癱在沙發上，「差點嚇死你道爺！」

於此我對姚竹貞佩服得五體投地，因爲這傢伙實在太無厘頭了。「自己嚇自己，活該，下次記得關聲音。」

他抹掉滿頭汗，隨手在襯衫上擦乾。「你，呃，要不要玩一場。」

我欲擒故縱，「不是在忙嗎？改天再來請教。」

姚竹貞迫不期待起身，「打贏我，問什麼都答你，」轉念一想，改口說，「八字不能講。」

我莞爾說，「才不稀罕你的八字。甭賭啦，陪你玩就是了。」

姚竹眞馬上喜滋滋的開螢幕準備另台電腦。「你這小子無法無天，且看道爺教訓你。」別的遊戲不行，《TRIAL》我可跟天若無情俠練打過幾十次，技術應該不輸雜毛，但畢竟是來求人的，就故意輸給他好了。

姚竹眞開螢幕，畫面正中央居然是個穿著明代服飾的年輕女孩，容貌清秀，散發出溫暖的光采。「你角色是女生？」

「廢話，男人會穿裙子嗎？」

「蘇格蘭人會，」我忍不住笑，「沒想到你是人妖。」

「才沒那種嗜好。」

「『人妖』是指玩家使用跟自己眞實性別有差的角色時的通稱，」我解釋，「像你是男的，角色卻是女的。」

姚竹眞冷笑說，「什麼男的女的，我女兒叫姚玉衡。」

「女兒」是男性玩家給自己創作的女性角色取的暱稱，這道士好瘋，用北斗七星取名符合道士屬性，但豈不跟我女友同輩了？

我用「阿松」登錄遊戲，進入遊戲時不在懸崖邊，而是在角色復活用的墳場裡，最後上線是兩個小時前，跟我在大稻埕魂遊天外的時刻相吻合。若眞的是靈魂上線，爲什麼會在那時神遊呢？

姚竹貞望我角色一眼，「你兒子長得跟你一樣。」

我忍俊不禁，「既然是兒子，長得當然像了。」

「短眉，顴骨微突，面帶橫肉，」姚竹貞搖頭晃腦，嘖嘖有聲，「身材臃腫，毛髮太旺盛，一副壞人樣。」

「少繞彎子罵人。」

雜毛搖頭，「不打了，這副衰相我女兒碰到會倒大楣。」

我又好氣又好笑，「面相在虛擬世界也準？」

「當然準，」姚竹貞將鏡頭拉近，指著女兒的臉說，「玉衡用亞洲面孔，面尙鵝蛋，三庭均勻，眉毛柔長，目如朗星，嘴角微翹，耳垂飽滿，鼻子圓潤如懸膽，容易找到情投意合的朋友。」

就是「顏値」嘛。姚竹貞又說，「我怕她太可愛會被欺負，給她學林青霞短髮後梳增加氣勢。」他開視窗展現玉衡住的宅院，「房子山環水抱，藏風聚氣，坐北朝南，遠離塵囂，還用橘子樹種了七星聚財的陣形招來好運道。」

「用道術照顧虛擬人物，不怕遭天譴。」

「別吵，聽我說完，我看她鄰居有寒命，替她挑了這件淡紫色衣衫，爲了這件我兩天沒睡覺等一隻稀有怪出現，殺了五次才出這件。」姚竹貞握拳宣佈，「普天下沒有比我女兒更好命的角色。」

我哂道，「命那麼好還怕跟我打。」

姚竹眞賭氣說，「你兒子粗製濫造，看到心底就一股凶兆，說不定連八字都跟我女兒有衝突。」

「屁啦，我八字才跟你有衝突。」

兩人好不容易同意一件事，氣登時消了，姚竹眞領著玉衡出門，看她一下前一下後，一下左一下右。「好好一個漂亮女孩子走路歪七扭八。」

「我女兒按文王後天八卦方位走步，以辟妖邪。你不知道避邪有多重要，城鎭風水不對都得禁止玉衡進入。」

「風水在網路世界也有效？」

「所有人事物都是風水。」電腦傳來叮噹的訊息聲，姚竹眞哼哼幾聲，「上吊三角眼也敢吃豆腐？封鎖你。」雜毛封鎖了那人後又說，「要不我免費幫你兒子設計個好面相，順便算八字看適不適合繼續跟我女兒接觸。」

「我需要這角色長得跟我像。」他要是知道我有個鬼病人跟女兒玩一樣的遊戲，說不定會抓鬼，當然不能講太多。

「爲什麼？」姚竹看我只是聳肩，好奇問，「不找我算命來幹嘛？」

你當我來玩電動。「請教靈異方面的問題。」

「怎麼不早講。快點問，我還要帶女兒去冒險哪。」

姚竹眞邊說邊轉頭去看姚玉衡的狀況，這女兒控眞的當了爸肯定是「孝女」（孝順女兒）。「人死後鬼魂是去哪？」

姚竹眞沉思了會，大概是在想要如何對我這外行人解釋。

「人死後魂魄回歸天地，用現代講法就是回歸大自然吧。」談到本業，姚竹眞眼睛終於離開了女兒，走到牆邊拉開櫥櫃示意，「滅鬼有損陰德，所以通常只是『開門』從一個房間引進另一個。」

櫥櫃裡頭堆了滿山滿谷的模型，從動畫、美漫、明星，到戰爭器械都有，牆上居然還掛了好幾個日本出名的《妖怪手錶》，殘餘空間也被塗裝道具與雜誌塞滿。花幾十萬（還是幾百萬？）只爲了請神，騙誰啊。「所以驅鬼就只是開門請他們上路？」

「鬼魂通常換了環境就有辦法自己找出路，如果把塵世抓得太緊，我們就得用強硬手段。」

「明知鬼魂有意識還趕他們走，會不會太壞了？」

「陽世屬於活人，這是天意，遊戲世界不也是程式軟體建構成的？今天程式說下雨，世界就會下雨，要有怪物就會有怪物，又或者某個用戶違反規矩，遊戲就會封鎖那角色讓他沒法登入，就等於『死了』，順從天意即是正義。」

「角色可是人玩的，地上就算出現一個大洞，玩家還是可以決定要不要跳進去。人可以控制自己命運，鬼魂當然也辦得到。」

姚竹眞瞇眼，「當醫生的不在乎正義？」

「我們以病人的身心爲重，那是道德，不是正義。」

「哈，無惡不作的妖孽來看病也治嗎？」

「只要願意接受心理治療，妖孽也照治不誤。」我頓一頓，「前提是要付諮詢費。」

姚竹眞心裡多半罵我死要錢。「死人怎樣付費。」

「陽世間用得到的東西都能當酬勞。」

「幫助死者算你有點良心，但連死人都討報酬未免太貪了。」

「有苦勞，當然可以收報酬，」現學現賣榮哥的話，「能不能幫我公寓弄那什麼七星聚財陣。」

姚竹眞雙眼齊瞪，「七星聚財幫主人聚集能量，能量一強主人自然就容易引得好機緣，錢不會從天上掉下來。」

「全款啦，幫我弄。」

姚竹眞攤掌，「付錢。」

「做好事還收費。」

「有苦勞，當然可以收報酬，」他學我說話，神色儼然，「就算在你家擺陣，風水不好也吸引不到能源。」

「去看不就知道了。」

「請我出觀要收基本費。」

七星聚財有沒有效我不知道，但我愈來愈相信八字跟這賊道有衝突。「忌財還一直要錢。」

「不忌財早給自己擺陣了，還服務你做啥?」姚竹眞突然正色說，「若有人要幫你擺陣千萬不要隨便答應，說不定會被做手腳。」

我聽了一愣，「什麼手腳。」

「門是同時開往兩處的，打開門就可能會引壞東西過來，要不便是用陣形把你的正能量引導到別處。打個比方，像是商家寄支票給你，條件卻是要你開新帳戶，要不便是收禮物時附帶的人情債。」

姚竹貞這話狠狠打了我的臉。「你說我身邊有惡鬼，惡鬼可以是活人嗎？」

「怎麼，有難纏人物？」

沈金城。

我跟病人家屬向來保持距離，沈金城卻一再破壞這邊界，送錢送東西，強迫我接受人情，果然跟枷鎖無異，甚至讓我無法不幫助榮哥。如果道術能解決這問題……

「牽扯到他人隱私，不能講。」我看他嘴巴緊閉，「想笑就笑吧。」

姚竹貞搖頭說，「不，你這樣做很對，事情講太明白會失去力量。」

「有這回事？」

「科學家老愛說鬼不存在，你我卻都看得見，要如何解釋？自以為無所不知反而會學不到新的東西。」

我苦笑，「心理學的菜鳥也常以為能一眼就看穿病人。」

姚竹貞又說，「無知沒錯，錯的是自以為無所不知的『傲慢』心障。魑魅魍魎會隨著觀察者的心變化，所以道士聽委託者講事情都得持保守態度，不然會因為先入為主的關係犯錯。」

這傢伙總算有點專家的樣子。「你意外地很科學。」

姚竹眞哼聲，「科學不過是『道』的副產品罷了，怎樣跟本尊比？」

「哈，剛說傲慢自己就犯了。」

姚竹眞呵呵笑了出來，「你想法錯誤百出，卻很好玩，我加你兒子進好友名單，以後有問題傳訊給我。」

打電話就好了，何必用遊戲傳訊。「暫時沒事，等我想擺陣再找你吧。」

「心中有暗鬼，擺滿法器也沒幫助。」

「怎麼，你覺得我心裡有鬼？」

「只是推算而已，」姚竹眞忙著照顧女兒，正眼都不瞧我，「沒見過你這麼隱晦的通靈人。」

「什麼意思？」雜毛自顧自給女兒補妝，故意激他，「道術時靈時不靈，不弄也罷。」

姚竹眞果然大怒，「哪裡不靈了?玉衡就吸引到不少貴人。」

「吹牛。」

姚竹眞更氣，給玉衡施展瞬間移動的法術，領她到某個酒店。這兒我熟得很，正是沙漠裡的「臨終一杯」，開好友名單選了一人，「這不就是貴人嗎？」

不看還好，看了差點從那近十萬的電競椅上掉下來，名單上那位不是別人，正是「天若無情俠」。

「這傢伙是遊戲第一高手，連你都認得吧？」姚竹貞得意洋洋，完全沒注意我的失常。

「兩人一起玩很久了，對我女兒言聽計從。」

他用行動證明，私訊給對方，『兄台有閒暇否？』

『君有令，無不從。』

他一回覆，我朋友名單也開始叮叮叮連響，代表有認識的人來到同個地域。天若無情俠剛跟我結束療程，看來還沒把我從好友名單上剔除掉，搶過姚竹貞那枚比我銀行戶頭還貴的滑鼠搜索旅社，發現「敬天愛人團」五位成員同時顯現在姚玉衡後方的大桌邊，還沒時間消化狀況時，天若無情已離開座位，愛飛來飛去的他居然是用走的來到姚玉衡面前，謙卑地行了禮。

姚竹貞操縱女兒回了禮，還側頭作可愛狀。天若無情雙臂鳳凰般展開，留下重重殘像，『世上竟有如斯美人，公侯將相之家亦無如此麗容，莫不是天上人下凡！』

我被羞恥的台詞囧得目瞪口呆，姚竹貞卻讀得笑不攏嘴，「你看這小子懂武俠口吻，多讚。」他搶回滑鼠答道，『大俠過譽，小女子可憐這幅容貌，三教九流慕名而來，不得清淨。』

『九州之大，庸碌之輩在所多有，不遵憐香惜玉之天理，可嘆也！』

我駭然又好笑，「你看不出來嗎？」

「什麼看不出來？」

天若無情是鬼啊！道士居然會看不出對方身分，還是說網路遮蔽了法眼？想說姚竹貞這麼挑剔，居然憑老套武俠對話就跟天若無情俠熱絡了起來，糟的是我終於明瞭天若無情俠之前提到那個「很古錐，會打扮，講話滿滿武俠腔」的王道對象就是姚玉衡。一個野鬼喜歡的女孩是道士扮演的，洩密的話豈不死定了？不對，他本來就死了，姚竹真知情肯定會把他騙到不知哪去。「不覺得『天若無情俠』名字很俗嗎？」

「不會啊，跟布袋戲一樣屌，」姚竹真頭都不回，顧著回覆，『古人道蓮華生於污泥，濁世必出美玉，誠不欺我。』

天若無情俠說，『得君一言，大慰平生，在下身邊珍寶尙有數起，今交予伊人，只怕添辱貴體。』

『君美意，小女子銘感五內，但叫此身如何報答？』

『珍寶豈有知己難得，小小心意不足以表達在下敬仰之萬一。』

這兩個雙簧愈唱愈荒誕，我忍笑問，「你居然能跟沒見過面的人調情。」

「只是角色扮演，少大驚小怪。」

我看「敬天愛人」團長平常說話團員都會幫腔，不知爲何現在只是呆坐著。「八成因爲兩個都有好面相。」

「天若無情？他只能算中等，面相不是光講好看。」姚竹真對準天若無情的臉放大縮小，「人生福禍參半，面相並非積極尋求好運，而是迴避厄運，本身就能讓好運更加明顯，長得太好看容易吸引朋友，也容易招引敵人。」

我恍然大悟，「你剛才說的擺陣能量互通，好比磁鐵會附著在任何有磁力的東西上。」

「好看的姑娘能引人欣賞，也能引人犯罪，」姚竹眞得意地咧嘴，「這是道家的灰色地帶。這位兄台光看臉，烏髮長眉，臉方額寬，雙目大而有神，耳垂厚而貼頭，鬚髮修剪合宜……但最近跟人失和，而且事業會因感情之事大起大落。」

「呃，這個……」好準。「那爲什麼容許女兒跟他交往？」

「因爲他送我神裝。」

「就這樣？」

「就這樣。」

原來是看到女兒被寵，面相運氣什麼的都丟到腦後了。「那麼容易就被賄賂！」

「呸呸，酸葡萄，看玉衡運氣好就吃醋。」

「好極了，棒透了。」

我的挖苦姚竹眞全沒聽進去，揮手要我滾蛋，「你改天再來，我現在要忙。」女兒遇上好男人就不理訪客。「何時有空。」

「都好，下次記得帶名片就可以早點派人出去接。」

「名片，呃……」我緩緩說，「把通訊資料打進手機裡後就回收掉了。」

姚竹眞整個人從賽車椅上蹦了起來，「扔了！」

「回收。」

「你眞的扔了？」他又驚又怒，不是質疑而是責難，「我姚竹眞的符豈是隨便給人的？符咒是開門的鑰匙，你居然把鑰匙丟了！」

「我怎麼可能知道一張名片會這麼嚴重。」

「你這個，你這個，」他氣死了，大概是壓抑自己不講髒話，「你這個死外行！」

錯在我，也不好意思跟他吵，「拍謝啦，是我不對，我道歉。」

示弱不足以讓姚大道長息怒，他立馬打開姚玉衡的好友名單刪除「阿松」的名字，「你兒子以後不准跟我女兒講話！」

_Chapter 12

被姚竹貞踢出辦公室後（眞的是用踢的）倒沒生氣，只是覺得很好笑。雜毛在辦公室裡吼，外頭大家都聽得見，全部投以「罰站的同學回到班上時」那種好奇眼光，那位稱姚竹貞爲師父的年輕人「明河」更離開了辦公桌。「師父失禮了。」

「沒事，是我不好。」

「先生貴姓大名？」

這位明河（道長？）跟精悍的師父相反，皮膚白淨，談吐纖細，身上沒一處顯眼，彎彎的八字眉感覺很好說話，也很難有印象。「敝姓魏。」

拿名片給對方，明河看了說，「您治療心理疾病。」

總算有人懂，居然還是個道士，不禁苦笑。明河又問，「敢問您是哪個派系？」

「羅傑斯派。」

明河怔住，「那是哪家的道統？」

我這才瞭解他是指道法派系，笑說，「我不是道士啦，羅傑斯派是心理學的系統。」

明河發窘，「抱歉，想說您跟師父是朋友就猜是修行人。」

「湊巧撞上而已，沒交情。」

「眞的？您倆滿像的。」

我聽得背脊發毛，「哪裡像了。」

明河笑了出來，靦腆避開視線，「您是什麼時候開始通靈的？」

「兩個多月前吧。」

明河盯了我一會，回頭問網咖角落的中年人，「江師叔看得出來嗎？」

那中年人正在做會計，聞言挑起眼鏡，左瞧右瞧，「看不出來。」

我問，「看不看得出來重要嗎？」

「有特異能力的人都有某種『意象』，正一道有教隱藏意象跟看破意象的方法，您沒修行過就這麼內斂，完全沒威脅感。」他補一句，「不是批評您。」

「好說，」剛剛姚竹眞稱我隱晦大概就是這個意思，「多半是心理醫生必須讓病人感到安心，久而久之就練出無壓力的形象。」

明河側頭說，「對您的職業來說應該是優點。」

明河年輕卻很懂世故，添增不少好感，想想往生的恩師也曾形容，「你是我看過最沒有威脅性的人」，那時聽了有點受傷，後來才知道不是壞事。「這種意象有包括水嗎？」

明河又朝窗外望去，「江師叔。」

「看不見。」

之前在門口定住我的山羊鬍還在折他的金字塔，淡淡說，「剛開竅的人疑神疑鬼，看錯了也不足爲奇。」

外面忽大忽小的污水塊，善變的體積分散了陽光，照得黃光在辦公室裡到處蠕動，這兒這麼多道士居然沒人看得見。「我朋友說人需要鬼神才會撞見鬼神，有點像……月老牽紅線那樣，得靠緣分。」

山羊鬍又說，「沒修行當然靠緣分，道行高了到處都看得見魑魅魍魎。」

他悠然梳著斑白鬍鬚，若不是這麼高傲還眞有幾分世外高人的模樣，另一頭的江師叔卻有別的看法。「或許我們是看得見，也看不見，好比同樣的麵，有人注意湯頭有人注意麵量。」

說著拍拍結實的肚子，山羊鬍看起來是想反駁卻找不到話，眉頭緊蹙。這時辦公室的門嘩地翻開，姚竹眞探出頭說，「明河，有狗崽子用火星文跟我女兒說話，快來翻譯。」看到我又氣得叫，「你還在這幹嘛！」

明河趕緊進辦公室攔住師父下句話，門又是嘩地閉了起來。那位江道長離開辦公小間，矮胖的個子徐徐移到身邊，「你跟姚師弟有過節嗎？」

怎麼「師弟」有自己的辦公室，氣派比兩位師兄還大。「不小心把他的符咒撕掉了。」

江道長一怔，搖頭說，「外行，怪不得。」

同樣的話從姚竹眞嘴裡說出來有輕視意味，江道長就只是陳述事實。

「當時以爲姚道長是詐欺份子。當道士愛玩電動，玩模型還說是用來請神的。」

「請神？」江師叔撫摸有點福的下巴，「這樣說的確比較好聽。」

我不知道他什麼意思，「眞的請過？」

「『掛羊頭賣狗肉』，被招牌吸引來的依舊是想吃羊肉的人。」

「所以神明眞的存在嘍。」

「有不存在的空白招牌嗎？」江師叔答。

不懂。「能否多解釋一點。」

「盡量不要，因爲語言是力量，同時也是限制，」江師叔從山羊鬍桌上抽起黃紙，「符紙寫上咒文就有了目的，同時也會被它束縛住，空紙本身最不可測，擁有最大的力量。」江師叔讓山羊鬍搶回符紙，「這是道教對『空無』的看法。」

我恍然大悟說，「換言之符咒、門、化妝，以及招牌等等都跟箭靶一樣，畫了圈就會吸引弓箭。」

「沒錯，」江師叔微笑，「你有慧根。」

羅傑斯派的醫生做心理諮詢時也會採「開放式問答」（Open-Ended Questions），由病人決定方向與答案。哈哈，原來現代心理學也能「請神」。

江師兄又說，「個性親和適合你的工作，也容易吸引不按活人規矩的東西去找你。我們這裡有的跟你一樣是靈媒體質，有的是修煉成的，都得學會保護自己。」

心理醫生常被人說是海綿，本來就是下功夫讓人容易講話的對象，「卡陰」起來也比別人更上一層樓。「我不會道術。」

「首先公私分明，製造山嶽般的意象，可以遠觀不能侵犯。」

「像帳單？」

江師叔沒料到我會這麼比喻，莞爾說，「要不然可以設一個讓你不受騷擾的安全地方，譬如自己家。」他回桌子沉吟一會，挑了個掌心大小，上纏紅線的金色錦繡老虎給我，「這是網咖賣的週邊商品，幫人裝網路都會附送。」

我捏那護身符，裡頭有紙，江師叔解釋，「影印的符咒，效果很弱，跟『內有惡犬』的標誌一樣，不乾淨的東西看到至少會猶豫。」他從口袋裡抽出一本小冊的《南華眞經》，「我們還有賣旅行用的經書。」

「符咒跟經書可以賣嗎？」

「世上最危險的東西就是人心，符咒跟經書讓人心安或者稍微理解陰陽之事，至少就不會輕易動念。」江師叔將經書壓進我掌中，「好自爲之。」

「所以他們不知道那水是什麼。」早雲聽我講了今天的事後問。

「連看都看不見，」不顧形象踢掉鞋子，呈「才」字型躺上沙發。「我猜那是跟瘴氣類似的東西。」

「是多大的業障才能將整個台北覆蓋住？」

「而且還會上浮。」我瞄辦公桌後的祕書，身上乾爽無比，那洪水在我走出「青雲」後離奇消失，太陽又開始用火焰惡毒地洗刷台北。早雲聽到我說二樓淹水只喔了一聲，也不問我詳情，一副「既然看不見也無法處理就乾脆不理」的泰然樣子。一次也好，眞想嚇得她半死。「榮哥說原住民傳說裡洪水要付代價請退，還有枉死的人會成爲惡靈。」

「你覺得藍迪身後的『李亞』是枉死的，而這洪水與他有關，不是兇手就是幫兇？」

「怎麼講……」兩隻貓咪再次堆在我身上，視線角落的鏡子裡佇立著用心聽我說話的瑪麗，有種奇妙的滿足感。「藍迪說想趕李亞走卻不斷懷疑自己的決定，實質動機很可疑，再說他認識李亞，還叫他『山蕃』。」

「眞的是朋友還會想趕走對方？」

「會，」我十分肯定，「人與人之間本就容易藕斷絲連，我揪過的案子裡不管人鬼都出現過這類狀況。」

「我倒是沒遇過。」

替早雲翻譯一下，她是說，「不喜歡某人會直接請出門」，我倒是很好奇早雲願意跟什麼樣的人物交朋友。「下次跟藍迪見面時會問明白。」

「若藍迪與洪水有關，你進入遊戲世界也是他造成的？」

以前我被托夢是當事人無意識的行爲，若說進入遊戲世界是類似的情況，那「牽紅線」的是天若無情還是藍迪？「不知道，連道士都無法解釋的狀況多想也沒用。」

早雲俯視沙發上的我，眼神似乎在說，「難得這麼務實」。我回憶遊戲裡的體驗，即使是自己帶給自己的幻覺，靈魂還是佈滿了眞實的鞭笞。「阿松的最後登錄時間跟失魂的時刻差不多，靈魂是眞的上了網。」眞是超爆幹強，「在遊戲裡穿著能力都跟阿松一樣，平常明明跑不快，在遊戲裡我呼一下就飛過幾百公尺，一跳就能躍過峽谷，還會動刀子砍人……」

我興奮得比手畫腳，早雲見狀說，「聽起來很享受。」

「誰不想武功蓋世。」

「武功可以練。」

「能練到跳過峽谷嗎？」我戲謔。

「不能，也用不著，」早雲淡然答，「我會坐纜車。」

「哈，妳靈魂如果也能上網，就會懂『隨心所欲』是什麼樣的美妙境界。」

「在一個硬體當機就會結束的世界裡隨心所欲，毫無意義。」

早雲如此輕易就否定我的體驗，令我微感不快，「妳跟玉玫是同種人。」

她也不管這是稱讚還是譏諷，「我在加州跟阿根廷嘗試過跳傘，一開始也很喜歡，後來想通那是個沒有實質危險的活動就停玩了。」

原來妳也有過刺激感，可得記下來。「槍械遊戲不也很安全。」

「所以我改去射擊場，」早雲摸摸鼻頭，「第一次被後座力撞上時，才相信自己是在學習有用的技術。」

她好煞風景，我無法否認離開遊戲世界靠的也是恐懼與痛楚。人是自己會平衡心理的生物，有個故事談到某國王成天享受，夢裡卻在做苦力，而某窮人成天做苦力，夢裡卻是在享受，正是這種互補機能。

早雲跟玉玫都是有實力有自信的人，現實世界有所需要，都會主動學習如何去獲得它，天若無情俠正好相反，是想永遠逃避現實。他天下無敵，財勢兩得，爲什麼要走？一般人在網路遊戲裡只是個代號，下線後還是得面對自己是凡人的事實，天若無情俠活在網路上，代號即是身分，又要如何清算？

相信早雲也早看穿這點。「天若無情已經解僱了你，多想無益。」

「想在下次靈魂上網前準備對策。」靈異之事本來就不會受限於「合約」這種俗禮，「『阿松』是依我本人設計的，會不會是因爲這樣讓靈魂變得很容易跟它連在一起？」

「你這樣講好像巫毒娃娃，」很意外聽到早雲用上玄幻詞彙，「與本人外貌盡可能相似，下咒時還會用到本人的頭髮指甲。」

我愣了半天，起身離開沙發，在會客室裡繞圈圈。

遊戲角色是巫毒娃娃？

這陣子的靈異經驗激發了對宗教與靈學的好奇心，曾在研究古印度教時看到「化身」（Avatar）一詞，那是天神與凡界互動時所使用的一種替身，方便祂們與凡人陽世溝通互動。

遊戲角色不也是玩家的「化身」？社交軟體裡的身分、戲劇的化妝，巫毒娃娃，羊頭、符咒、風水……這些全是化身跟招牌，全是引導能量用的東西，同樣是爲了方便「開門」設計出來的，如果說請神需要用具意義的事物當觸媒，玩家在遊戲裡製造角色代替本人冒險，遊戲角色也是能源指標，我的體質與心理醫生的身分讓我更容易穿過那扇門，更容易接觸人心的魑魅魍魎。

天若無情俠生前沉迷網路，死後便容易殘留在網路上，好比酗酒或有憤怒傾向的心理病患容易再犯一樣，要離開便得關上那扇門。然而早雲說的沒錯，天若無情已經解僱我了，沒理由也沒權限再繼續幫助他，這知識只好用來治療其他病人，譬如藍迪跟那位好像漂在水裡的死人李亞，他倆是怎樣開門的？我又要如何幫他們關上？

「你準備好了嗎？」早雲問。

「藍迪下星期才會來。」

「我問的是星期六的宴會。」

「哎，不提都忘了，」講眞的不是很想去，「妳眞的想去那鴻門宴？」

「已經選好了衣服。」

「薰衣草色的旗袍？」

早雲不理我。「相信這宴會不只是擴充人脈那麼簡單。」

「不可能比玉玫家的派對誇張，唯一擔心的是洪水。」

「那你爲什麼婉拒正一道的護符。」

江師叔送我護符時我順手放進了衣袋，又挑出來還給了他，眞是失禮，經書倒留下了。

「帶符會讓鬼病人害怕，還是不要的好，」我拇指食指互磨，「這樣才不會妨礙我們賺外快。」

「唯一繳錢的只有天若無情俠，他剛解僱了你。」

或許該學姚竹眞收禮了。「再多找病人吧。」

「每天都在找，」早雲輕嘆，「死人你照顧，我負責活人。」

她在暗示什麼？「別太擔心我。」

早雲轉過辦公椅，「擔心的不是你，是沈金城。」

比鬼更叫我頭痛。「榮哥不會讓他胡來的。」

「帶罐茶應付靈異現象如何。」

我連忙搖手，「賣啦，水已經消失了。」

瑪麗剛剛傾聽我跟早雲談話，這時湊近玻璃問，「好久沒出去玩了，不如請那位道士把我裝在模型裡帶去派對。」

好離奇的主意，卻大有可能。「妳也想去？派對很無聊的。」

「無聊你還去。」

「大人有很多無奈的應酬。」

瑪麗睫毛彈了幾下，「爸媽也這麼說，結果就不回家了。」

我驚覺瑪麗沒跟她父母見上最後一面，我跟自己父母連一面都沒見過，看瑪麗沮喪趕緊安慰，「只是一個晚上，第二天就回診所上班。」

瑪麗翹起小指，「打勾勾？」

看來不是所有的可愛傳統都在未來消失殆盡。瑪麗這樣做很孩子氣，令我不忍心拒絕，起身便要跟她做約定，卻發現身體好像被什麼壓住了動彈不得。

「怎麼了？」早雲問。

「起不來，」弓起身體，企圖左右打滾都沒用，「有東西壓在我身上。」

診所裡既看不見又能壓人的就只有彼得潘了，早雲離座到沙發邊觀賞我的醜態，「光天化日被鬼壓床，真難得。」

我狗爬式般亂抓，胸口明明有壓力，卻什麼東西都摸不到。「等會有診療啊！瑪麗叫彼得潘起來一下，用唱歌還是怎樣都好。」

「不好吧，她睡著怎麼辦？」

早雲取出手機錄影。「像隻翻不過來的烏龜，要不要我用樹枝撥？」

「別爽了，快幫我啊！」

Chapter 13

被彼得潘壓了快半小時，最後還是貓咪吸引了她的注意力才離開我胸口，那時只剩滾下沙發的力氣了。

週末轉眼就到，我決定穿玉玫買的全套Valentino，領帶則是印了大學標記的福利社品牌。顧及沈金城常常突然出現的尿性，我早一個小時到診所，豈料還沒上騎樓就聽到診所裡有人談話，開門一看果然是姓沈的混蛋，跟早雲在沙發上聊天。

「松言，你遲到了呢。」

我肚裡偷罵兩句。「是早到好不好，才五點。」沈金城沙發居中坐，還給自己泡了診所的烏龍茶，一副主人派頭。事事都在他掌控中，眞討厭。

「沒關係，晚輩早點去。」

沈金城相貌粗豪，還以爲會學美國黑街組織穿金戴銀，沒想到居然是穿湖藍西裝，配拿坡里黃Versace領帶，幾天前嫌亂的鬍子也修了，粗中有細的野性更有黑手黨的fu。早雲隨話起身，地心引力撫平旗袍上一波波雅紫浪花，光滑緞子望之如秋水。她身材高挑，平時不穿高跟鞋固是個性使然，有一半也是因爲穿了會太高。但沈金城是條凜凜大漢，兩人站在一起居然很登對，心底不由地酸酸的。「坐計程車嗎？」

「拜託，又不是逛夜市，」沈金城取手機撥號，「開來。」

他關機下樓，早雲緊緊跟上，我又落在後邊，剛下樓診所前就來了台跑車，體態流暢地像是潤髮乳廣告裡的美女秀髮，前端一頭黑馬作勢欲飛。「保時捷嗎？」銀銅色的光滑車身，多看幾眼都怕弄髒它。「很貴吧。」

「你不是要我開誇張點的車子，」沈金城一副「恁講廢話」的表情，部下離車後自己上了駕駛座，「這台九一一不快，才五百多馬力。」

我也不知道那多厲害。這車四個座位，後面嫌窄了點，撇眼見沈金城部下離開巷子。

「他們不去？」

「不夠坐。想開嗎？」

「不了，」我推開前座讓早雲先進後座，「開慢點就好。」

沈金城嘿一聲，嘲弄之意明顯多了，「怕的話讓劉小姐坐前面也行。」

我不理他，只覺得安全帶怎麼調都不夠緊。能讓黑道老大開保時捷送我，心底其實也微微有點高興，但沈金城沒帶部下被襲擊的話怎麼辦？他翹辮子就算了，還會拉我跟早雲陪葬。

沈金城真的就慢吞吞地把車開出巷，車速低於五十，不超車不闖紅燈，還禮讓行人，這樣反而像是故意捉弄我，來到中華路紅燈時忽問，「安全帶綁好了嗎？」

我順口答，「綁好了。」

綠燈甫亮，車子已經過了路口。

常聽人用「呼嘯而過」還是「快得看不見」等句子來形容速度，眞的坐上跑車後才知道，除了引擎外根本聽不見任何聲音，車外的景色也沒消失，只霧化成一片模糊迷彩，密閉空間內居然感受得到強烈風壓，逼得眼皮幾近全閉。地震是天搖地晃，坐跑車是一直線的後座力，強得像是落入洩洪的水壩還是高空自由落體，人整個嵌入座位，椅背軟如鐵球。

求生意志全開，連抗議都忘了，拚命愚昧的想，「不要，不要！」好像以爲想快點就能讓車子慢下來，隱約看到前面一輛卡車，中車道一輛車要換到我們的右車道上，左車道一輛要換到中車道，沈金城居然就從三輛車間穿過去，硬是擠入中車道，勉強逼出的一句「小心」也被引擎聲無情吞食掉，接著一個急轉彎把我甩到右側，臉頰重重撞上車窗，差點咬到舌頭，不敢再叫，只得縮起身子緊閉眼耳口鼻，肚裡痛罵司機千百遍。

「可以張眼啦。」

應聲照辦，發現車子在往後退。不，還在動，只是速度落到比別的車子還慢，而且防震特優，才會有退後了的錯覺。手錶告訴我才過一分鐘，路標卻已經表示「中山北路」，求生意志一退，怒火登時大盛，「不是答應開慢點！」

「已經很慢了，這麼無膽是不是男人啊？」

早雲後邊一派冷淡，「沈先生技術很好，從頭到尾沒踩煞車，只用換檔減速，而且對信號瞭若指掌。」

沈金城揚起濃眉，踩煞車降速，「查某居然懂車。」

「網上讀過關於跑車的文章，頭一次在台北坐。」

「妳不緊張。」

「司機夠水準就沒必要緊張。」

沈金城笑裂了嘴，「醫生你看你，被女人比下去，鬍子眞白留了，哪天帶你們去北宜公路賽車，那兒才心爽。」

我馬上回絕，「不要。」早雲卻說，「考慮看看。」

沈金城用問題堵住我的嘴，「你那天跟榮哥談了什麼？」

我抹抹額頭，都是汗，背也全濕了。「何不去問本人。」

「唉，丟係依蝦米都唔講阮才會問哩啊。」

「無可奉告。」

「你又不是他醫生。」

「無可奉告。」

車子本來已慢下來了，突然間又開始加速，我腎上腺跟著爆增。

速度馬上又退了，「榮哥要你別跟我來往，對吧？」

這傢伙想唬人逼供，「我既不承認也不否認。」

「嘿嘿，當他幾十年小弟還這麼見外，也沒說錯啦，畢竟我是個黑道，會弄髒你的地皮。」

這次用罪惡感，眞是無所不用其極。「我可沒這麼說。」

「但你是這麼想的，」沈金城不容辯解，「榮哥有沒有告訴你他殺過多少人。」只提到一位，不提我也清楚能當上幫派堂主的人絕不可能是無辜的，「講大哥壞話？」

「這是稱讚，手段那麼絕，我還差得遠呢，」沈金城語氣輕鬆地像在閒話家常，「換作他審問你，說不定會先打碎腳板。」

不知道是因爲坐姿還是沈金城的暗示，雙腳麻了一下，「你想成爲他那種人，那我的確該少跟你來往。」

沈金城哈哈大笑，車子來到紅燈時猛地對斑馬線上的行人擂喇叭。「幹恁娘，不會走路啊？」

他兇態畢露，行人嚇得急急穿越，我也不自禁縮了身子，沈金城猙獰不過幾秒又變回原來那個紳士，「不想當朋友，那可以請你在這下車嘍？」

「是朋友還逼逼話。」

「不當朋友，那我還他媽的跟你客氣什麼？給你錢，幫你介紹大咖，還替你開車耶，台灣有幾人可以讓姓沈的捧？」

明明整串事件都是你自導自演，拉人下水還講得好像欠你一樣，簡直壓霸。「說你不對大概也聽不進去。」

他露出虎牙，「俺哪裡不對了？」

我懶得回答，有點擔心早雲會在這裡插口，但後照鏡裡的她只是靜靜聽我跟沈金城一來一往。奇怪，難不成我是怕她幫沈金城說話？

車子眞是奇妙的發明，小小一個移動空間裡頭翻雲覆雨，乘客還是能各有各的私人領域，恰如跟病人獨處時無聲勝有聲的互動，沉默是一道很舒服的牆壁。

至少在下車前都還算是。

中山北路有「最幸福街道」之稱，滿街婚紗店。但身爲心理醫生見過太多冷暖，常斷言離婚有時會更幸福。

榮哥的宴會位在這條幸福街道上一家頗富盛名的飯店裡，我跟玉玫也來過幾次，高級車子與衣著豪奢的賓客佔滿整個入口。沈金城將車鑰匙交給門房，見我抬頭望天，「來過嗎？」

「應酬過幾次，」我停頓，「那個……宴會是不是在十三樓？」

「你怎麼知道？」沈金城俏皮地眨眼，笑問，「鬼對你說的？」

「不是。」

只是十三樓在淹水。

初夏橘黃斜陽自下而上地照射在洪水上，骯髒污穢的它斑斕繽紛，夜空提供了微藍的底色，美得像整片天空都成了一塊未琢磨的液態黑蛋白石，被污水困擾這麼多天，還是頭一次覺得它美不勝收，視線都捨不得移開。某樣事物頂著右臂喚回注意力，回頭看是早雲遞來的保溫瓶，接過收入懷裡。沈金城又問，「是什麼樣的鬼？」

「說了你也不會信。」

「講啦。」

「十三樓在淹水。」

沈金城瞪大眼，哈哈笑說，「你眞的很有意思。」

我進門前又多望了天空一眼。本以爲這洪水是無差別淹沒整個都市，現在卻覺得它只出現在我要去的地方，究竟是巧合還是如沈金城說的，有某個鬼想告訴我事情？

我們到飯店直達宴會廳的電梯，這裡有警衛守著，只允許有邀請函與工作證的人上電梯，記者與好事之徒全被擋在樓下。「榮哥今晚是慶祝什麼？」

「某位老相識請他出場當貴賓，已經給你們加位了。」

台北除了榮哥還有人有這種排場嗎？十二樓一過，電梯箱衝進了水底，我馬上打開怪味茶喝了一口，讓奇詭的液體（混著污水）溜下喉嚨，不知名塑膠氣味讓我差點摀嘴壓住嘔吐的慾望，早雲這次在茶裡加了什麼？

沈金城看到問，「那啥？」

我硬是讓舌頭吸收了茶的怪味後才說，「茶。」

沈金城嘖嘖幾聲，「這次沒帶糖果嗎？」

「上次吃的糖是店裡的。」

沈金城笑罵，「幹，是的話頭給你。」

不懂他在賭什麼。「眞的是店員給的。」

「騙肖啊，那家的老闆最討厭品茶的人吃糖，店裡怎麼可能會準備？」

電梯門打開，請入了清雅的蘭桂花香，書籤般點醒被遺忘的詩情畫意，睜眼所見走廊極整潔，除了鵝黃色大理石地板外，還有中式雕塑與屏風，給略嫌冷冽的走廊添增絲絲暖意，但稍微瞇眼還是看得見污水的黃影，也能聞到隱藏在香味下的水溝腥臭。

香味原來是從走廊上一圈圈花環而來，飯店本身就設計得很堂皇，滿廊花環更讓它氣度非凡，更顯得宴會主人風光。沈金城指著最大的花環說，「那是我的。」

花環下掛了張標示「金城花店」的紅紙，寫道，「恭祝洪沐楓老夫人鳳體痊安，晚輩沈金城謹啓」。這宴會是爲了一位洪姓老太太開的。哎呀，姓洪？

走廊中段入口旁兩張長桌排滿賓客，簽名，交紅包，其中一位女性落落大方，談笑接見客人，不是我女友玉玫是誰？

玉玫頻頻抬頭檢視場合，正好跟遲疑的我對上眼，「松言？」她碎步走近，「你怎麼在這？」她看我身後還站了兩人，「劉小姐也在。咦，沈先生？」

沈金城看我倆居然相識，笑問，「醫生認識洪小姐？」

「你認識玉玫？」

「你認識松言？」

三個問題零個答案，大家馬上了然，沈金城第一個說，「你們慢慢談吧，」對早雲說，「我們先進場。」

早雲也沒婉拒，跟沈金城走了，平常我不跟早雲多談玉玫的事，現在卻巴不得她留下來，還不及叫她就被玉玟喚住，「你怎麼會跟沈先生在一起？」

「他大哥來參加宴會，邀我一起來，不知道是替妳奶奶慶祝。」

「你又是怎麼跟他認識的？」我保持沉默，玉玟就懂了，因為我不說的事通常跟病人有關。「呵呵，黑道看心理醫生，簡直是好萊塢戲碼，不過同時參加社交是雙重關係喔。」

「他不是我病人。」我只能說這麼多。

玉玟沒再問，挽著我手臂對迎賓桌後一個男子說，「玉淙，幫我顧一下。」

走廊寬敞，會場又是一番天地，依舊採中式設計，木柱懸樑，書畫匾額，只天花板高了三倍，二十幾張大桌整整齊齊從大廳底端的主桌花瓣般向外綻放，顯得宴會廳十分偉岸，所有傢俱擺設都採金紅兩色，牆上嵌滿整片的落地鏡反射著金光紅霞，喜氣洋洋直如過新年。

會場兩邊擺了自助餐桌，廚師與服務生來往繁忙，還有酒吧提供酒品，角落一架鋼琴演奏巴哈的《哥德堡變奏曲》，還有……那是小吃攤嗎？油條、擔仔麵、碗粿，招牌被油煙燻得變色，是貨眞價實的攤販，只不過後邊的人穿了飯店的制服。

「有位子嗎？」玉玟問。

「沈先生說有幫我加位。」

「幫你換到跟我同桌，」玉玟眼角帶笑，「還是說劉小姐是你女伴，兩人想一起坐。」

「是她自告奮勇跟我來的，」覺得不夠，又補一句，「我本想一個人來，但早雲擔心我來陌生場合會出事。」

玉玟刮我臉，「眞的不是偷吃？」

「我跟早雲是工作關係。」

「都叫本名了還說工作關係？又不是在美國。」刮臉的雙指夾起，擰得我好痛，「開玩笑啦，你平常太乖了，眞的偷吃還比較有趣，多點經驗以後結婚才順。」

「妳偷吃過？」

「相親都去過了，不是嗎？」

玉玫說的是那次把某個財團的少爺給甩了的事，那麼有權勢的對象都看不上，硬要跟我這舊情人在一起，正符合洪家人我行我素的個性。「妳說帶我見奶奶，難道不是這宴會？」

「今晚是慶祝她心臟病癒，你討厭大宴會就省得提了，再說這是二伯辦的。」玉玫領我到自助餐桌邊，捧起一碗韓式糯米人蔘雞湯，「成功才敢慶功，失敗就得服喪，你也知道我家長輩天天爭權，二伯立下大功當然得當著兄妹的面炫耀，爸爸在鏡子前練笑好久，呵呵。」

「母親痊癒，當兒子的也沒理由臭臉。」

「魏君有所不知，兩家嫌隙比這深遠多了。」玉玫學菜市場歐巴桑斜眼遮臉，一副講閒話模樣，「洪家靠賣茶致富，但那時重文輕商，有錢沒風雅擠不進上流社會，所以曾祖那系努力讀書從醫，成了家裡那代唯一的醫生，沒想到身爲長女的奶奶居然想跟當商人的爺爺結婚。爸爸爲了討好曾祖父決定從醫，曾孫輩的也跟著學。」

她舀湯吹了要餵，我用手遮臉後才敢喝，喝完發現衆貴賓忙著打關係，根本沒人理會玉玫親熱的舉止，她接著又說，「我家醫生多，比二伯家搞政治得奶奶歡心，所以二伯生長子馬上要他讀醫學院。」

湯喝完玉玫又取了迷你松露燴飯，照樣吹涼餵。我這次沒遮臉，邊嚼邊問，「妳怎麼認得沈金城？」

「三姑母在中南部炒地皮，托他處理過建設方面的事情。」

聽起來好黑暗。在場不少貴賓都在電視報紙上看過，全是政商界與影劇圈的要角，也有一些打扮土豪卻沒素養的男女穿插在其中，龍蛇混雜，毫無違和感。「妳知道他是道上的人。」

「知道，若非如此說不定早跟他成了親戚。」

若是這樣，與玉玫結婚便會順便跟沈金城當親戚，松露燴飯變得又黏又苦。「沈金城不是好人。」

「怎麼不是？」

我搖頭拒答。對心理醫生來說，結案後就很少會再跟病人或其家屬見面，老師也說，「能讓病人不再懷念的心理醫生才是最成功的。」結果沈金城闖進我生活圈，擅自擺弄我的步調，基於隱私權又不能多談，跟女友說話都這麼辛苦。

玉玫知道我很固執，不再問下去。「帶你去見爸。」

完了。

玉玫領我到尚未坐滿的主桌，她父親洪院長身邊好幾位顯貴爭先恐後，玉玫一來他歡然漠視餘人，「乖女兒，給爸抱一個。」

玉玫貼心的回應，曼妙身材跟發胖的洪院長擁在一起。「松言也來了。」洪院長老眼連眨，才注意到女兒身後的男人，我恭謹欠了身，「洪院長好。」院長低聲問還沒放手的女兒，「不是說別邀他？」

「松言是跟沈先生來的。」

洪院長聽到沈金城的名字臉更臭了，咳嗽幾聲，「讓他跟傭人坐。」

我不因職業歧視任何人，但洪院長這麼安排明顯是貶低人，也不是第一次這麼做，令人火大。玉玫聽了搖頭，「松言會跟我還有玉文坐。」

她小聲講不讓客人聽到，語氣撒嬌般嬌滴，也毫無妥協的意願。洪院長不置可否，拍拍女兒手臂後回到人群，玉玫見狀微笑，「爸答應了。」

「是拗不過妳吧？」

玉玫拉我回自助餐桌，找了一對高挺，年紀與我們差不多的男子過來。「兩位，這是我男友魏松言醫師，心理諮商系的博士。松言，左邊這位是ＸＸ企業的劉董事，還有ＸＸ工程的蔡總經理。」

我伸出手，「兩位好。」

那兩人稍稍跟我碰了手，轉對玉玫說，「洪小姐，妳新拍的廣告真是漂亮極了。」

以前陪玉玫參加小宴會都被人賞白眼，這兩位不過是漠視我，還算有禮貌。玉玫流連上流社會，結交無數權高位重的人物，真虧得她記得所有人的外貌、姓名、身分，連家裡的事都極清楚，光這排自助餐桌邊就給我介紹了十幾人。他們對洪家小姐記得自己都感到與有榮焉，對我這位男友則不打算更深入認識。

台北十三樓被水淹沒，即使喝了怪茶還是隱約能看到充溢宴會廳的黃水。不知道是不是因為所有人都泡在液體裡「洗溫泉」，與這些陌生人間的距離貌似也縮短了，觀察他們與水交流時產生的各種意象時，更有靈犀共通的親密感。玉玫幫我介紹完人，環視現場，「李老的三位公子看來是不打算參加了。」

「李天揚嗎？」認識的大人物裡屬李老最親切近人，還稱讚我自行開診所，「報紙說他最近過世了。」

「李老三個兒子在葬禮上發神經，集團事業岌岌可危，大概忙得無法脫身。」玉玫挑起我那隻企圖不禮貌的手細看，「當時我也在場，他們幾個連說看到弟弟的鬼魂，嚇得腿都軟了。」

「李家不是只有三兄弟？」

「李老有一個很晚生的小兒子，平時不出現在公共場合，我也只見過一次，看三兄弟的反應，說不定在父親病重時害死了他。」

玉玫如此冷淡眞叫人不舒服，「妳相信嗎？」

「李家的戲劇還是鬼魂的存在？我只相信前者，」她輕咬我指頭，「但你是相信鬼魂的，不妨替他們諮詢看看，我可以介紹喔。」

我冷哼，「做壞事良心不安，勝過一百場諮商。」

這時走廊外傳來人聲，引起宴會廳內種種興趣，玉玫又是捏了我的手，「奶奶出場了。」

聲響逐漸增強，歡慶聲從滴水、雨水，直至流水回歸大海，於洪老太走進宴會廳那刻掀起滔天大浪，賓客不論身分長幼，一同上前迎接可說是醫學界奇蹟的社交界巨星——洪沐楓夫人。

洪老太身高約一五〇，比陪伴在身邊的兒孫都矮，白髮盤髻，脖子上掛了一枚碧綠已極的盤鳳玉佩，與辣紅色旗袍形成刺眼的反差，拇指戴的透白玉戒含有幾滴血色，與手背上的老人斑融成一體，精神矍鑠，面色豐裕，沒坐輪椅沒帶柺杖，直不像剛動完手術的人。我問玉玫，「妳奶奶幾歲？」

「九十二。」

「年紀這麼大居然撐得過心臟手術，了不起。心臟原本誰的？」

「醫院有位病人出車禍當場死亡，正好是器官捐贈者，一拍即合，到現在都沒排斥反應。」

「真是奇蹟。」

「命好，沒辦法。」

我瞇眼發現洪老太特別亮麗，不只是健康的關係。老太太身邊一滴水都沒有，這跟姚竹真擋水或是榮哥使喚水不同，而是像盞夜中的燈，黑暗沒消失，是逐漸朝光的中心淡化，有種說不出的神威。玉玫動手術的堂哥跟父親洪二攙扶洪老太，底下所有晚輩一齊登場，比起不受歡迎的政客商賈，洪老太更有權傾天下的陣仗。

但此時吸引我目光的不是洪老太，也不是洪二的兒子或那位看似他妻子的美婦，而是怯生生跟在後頭的男孩，我的病人藍迪。這一驚當真非同小可，看他與洪二伯站得很近，是直系親人無誤。

藍迪是洪家的人，而且是玉玫的堂弟！還有他父親洪二是現任議員，是可能會競選總統的大人物！難怪張先生三緘其口，死都不肯透露洪二的身分。政治家兒子看心理醫生洩漏出去可不得了，新聞界多半會打上「總統候選人兒子腦子出問題」，唯恐天下不亂的頭條，受牽連的政商人物會改寫台灣的未來。

我的病人居然有這種來頭，驚訝之餘也突然糊塗：張先生與洪二伯，一個收房租一個競選總統，是怎樣成爲親戚的？洪二伯又怎麼會找這麼個微不足道的遠親幫他辦事？

新疑惑沒解答，舊問題又浮現了，背後靈「李亞」漂浮在藍迪後腦上方，身後的活人有默契地讓出一大塊空間不靠近隱形的死者，整樓泡水更顯得他是具浮屍。奶奶所經之處人人讓路給過，自行來到主桌坐下，貴賓與家人水槍般「噴」到她身邊恭賀，排了十幾分鐘才輪到我跟玉玫，「阿嬤，這是我男友魏松言博士。」

洪老太捂胸假驚，「哎呀哎呀，怎麼不先講一聲，紅包準備不夠了。」

桌邊的洪家人也包括藍迪，看到我下巴都掉了，我偷望一眼當信號，裝作不認識，恭敬鞠躬，「洪奶奶，恭賀您身體健康。」

洪老太卻沒回禮，先拉我鬍鬚，「留這麼多鬍子，看起來好像鍾馗，」又摸我結實的肚子，「連身材都像。」

照習俗坐主桌全是輩分最長，身分最大的人，居然當著他們的面被抓騸摸肚，實在丟臉，而且還讓病人看到這種醜態，心理醫師協會知道了，肯定會撤銷我的執照。其他洪家人不知所措，有的明擺輕視，有的擔心貴賓的看法，每個看起來都跟洪院長一樣想問，洪小姐是看上這傢伙哪點？

更糟的是，沈金城跟早雲不知何時也來到主桌邊湊熱鬧，我面色此刻不知是紅是白，總之是丟臉，趕緊重複說，「手術成功眞是恭喜了。」

洪老太聽了滿面春風，「是顆好心臟，好像年輕了半世紀，走路都飄飄的。」

「恭喜恭喜，眞多謝了那位捐贈者。」

洪老太眨眨眼，「哪有那麼多人好感謝，」又對玉玫說，「妳這麼開放，還以為會帶個阿多仔來，這位大隻了點，至少是漢人。」

玉玫淺笑，「外國人就不會帶來給阿嬤看了。」

「不是最好，」洪老太對桌邊的人說，「這年頭啊世風日下，年輕人不知怎麼搞的就喜歡跟外國人在一起，白人就算了，居然還有跟黑人，跟東南亞的，還不如找隻狗結婚。漢人就是該跟漢人，嗯？」

所有人如聆聖旨，大聲附和，這話讓我很不舒服，玉玫捏手背提醒我閉嘴，才沒反駁。一波未平，洪家某位晚輩急急跑到主桌上奏，「榮先生來了。」

這話像個巴掌打在所有人臉上，個個裝笑，只洪老太慨然說，「趕快請進來。」

聖旨傳十傳百，宴會廳又開始聳動。榮哥身穿灰色馬褂，沒帶部下，孤身漫步進場，所有人除洪老太外全部離座迎接，招呼聲依舊，也多了幾分敬畏，廳裡黃水從四面八方風卷雲湧，激發出原本隱匿在下的腐爛惡臭，漫天箭雨似是要將榮哥斃於當場，卻在數公尺外轉彎盤旋，改成替他接駕的護法，洪老太樂於讓人貼身服侍，榮哥無言之威則斥退閒雜人等，自行來到主桌邊，手搭上洪老太右側的空椅，「大姊。」

「阿榮，你怎麼遲到了？」

「拍謝啦，衣服挑不好。」

榮哥身邊的水流強得像個龍捲風，但無論多急多猛，污穢一到洪老太身邊立即淡化，再浮現於另個點，水勢軌跡依舊，疑是被她「漠視」了。兩位前輩是颱風遇上颱風眼，談吐友善，水卻在他們的影響下交流激烈，既像戰場又像交涉，看得我頭暈眼花，趕緊再拿出怪茶喝，舉杯的動作吸引了榮哥，「魏醫師，你來了。」瞧我跟女友手牽手，「這不是玉玫嗎，妳跟魏醫師……」

「我們在交往。」

洪老太很驚訝，「原來魏醫師跟榮哥熟識。」

我忙著應付怪茶的味道，簡扼答，「講過話而已。」

「哈哈，都一起喝茶逛街了，豈止講過話？」榮哥抓我另隻手甩了甩，「去城隍廟不拜月老，原來是已經有了絕配。兩位什麼時候結婚，姓榮的一定捧場。」

玉玫很坦白，「我給他一年作決定。」

這話讓眾人更摸不著腦袋，擠眉弄眼都在想，哪個傻子被洪小姐垂青會遲疑？

榮哥也不懂，但這本就不干他的事，沒再多問。「別等，有些事情早點決定也比事後悔恨來得強。」又對洪老太說，「大姊妳放心，松言是位好醫生，不會辱沒妳家的。」

蒙榮哥當眾稱讚，眾人馬上大聲恭賀我，還有人帶頭鼓掌，賓客們包括劉董事跟蔡總經理等都擠到我跟前，連說「佳偶天成」。本來我喝茶後黃水污泥幾近消失，現在卻清楚地聚集在他們身邊，連臉都看不清楚了，好在心理醫生演技不差，都讓我陪笑矇混了過去，忙亂中玉玫低聲問，「你又是怎麼認識榮哥的？難怪最近沒抱怨缺錢，原來是找了道上的貴人擋房東。」

我還沒回話，洪老太朗聲宣布，「好朋友都到了，就別管俗事盡情享受吧。」一句話，會場裡的水霎時煙消雲散，賓客污穢的面目重歸清爽，不知是真的消失了還是看不見而已。

眾人散開加入適合自己的團體，沈金城與洪家一位年長女性在主桌另頭談話，話畢跟早雲走到我們身邊，玉玫搶先問，「兩位在交往嗎？」

「不是。」早雲也搶在沈金城之前發言。

沈金城笑答，「哪那麼好運。洪小姐，借下男友行嗎？」

「別弄成Gay就好。」

沈金城哈哈大笑，不問我意願就攬著我肩膀離開，只聽玉玫在背後說，「劉小姐喜不喜歡小吃，我們請了士林的名攤子。」

「有烏魚子就好。」

我女友跟祕書兩人一起逛位在飯店十三樓的夜市，眞說不出的怪異。沈金城拉了我的馬尾要我跟他到自助餐桌邊，那頭冰沙山上用魚子醬罐堆了兩個金字塔，歡然說，「這玩意兒可以用來繳房租。」舀了幾匙在蘇打餅乾上堆得像座蟻丘，咬兩下就吞下肚，「一點咬勁都沒有，烏魚子還比較好吃。」

話這麼說，他又用同樣的方法吃了三塊，我駭然，「這種吃法跟拿五大堡配可樂一樣浪費。」

「美食好酒就是用來滿足人的，當車馬費不就好了。」

我翻白眼，「來宴會享受還敢要車馬費。」

「可惜沒檳榔，」沈金城隨手指幾個人，「老一輩的很多都喜歡吃，你知道爲什麼沒擺？」

「對口腔不好。」

沈金城哼聲，「你果然是醫生。」

「還能是假的？」

「交際看面子，檳榔是便宜貨，喜歡也不能當衆吃，客人如果喜歡拿五大堡配可樂，我當然就跟著那樣喝。」他接過侍者的香檳，一口灌光，「你是心理醫生，應該知道不同的人要用不同的手段開話匣子。」

「諮詢時當然那樣，社交幹嘛多花心力。」

「難怪沒朋友。」

我不理他，蘇打餅上放一撮魚子醬小口小口品嚐，沈金城湊到耳邊說，「阮小弟是不是附身在秀琪身上？」

這問題來得突然，我完全沒準備，魚子醬不及嚐完味道就下了肚，答案已透過臉色表露無遺。

「金發往生後我定期打聽秀琪的狀況，算是幫小弟照顧七辣，所以知道她入獄了。」他大力拍我的肩，差點又把第二口魚子醬吐出來，「安啦，你沒洩密，不會讓醫生難做人的。」

事情沒那麼單純吧，說不定是藕斷絲連。「分手還監視人。」

「男人不保護女人還算帶種嗎？」

「余小姐有要你保護？」

「查某是嘴巴說不要，心裡想要。」

什麼時代了還大男人主義。「你何時去探監。」

「沒臉去。」

我忍不住好笑，「剛剛還豪氣干雲，馬上就洩氣了。」

沈金城那對虎目跟我對上，「光講我，你又窮又孬是怎麼跟洪小姐搭上邊的？」

眞無法反駁。「在波士頓讀書時認識的。」

「這麼好的對象還不趕快上了，把套仔拿掉讓她懷孕。」

「喂，又不是原始人。」

「哩秀逗啊？洪小姐這樣的頭腦、相貌，更重要的是身分，居然還猶豫。老哥我奉勸一句，有實料的女人不是到處都有的，沒聽榮哥也要你把握機會。」

「你居然能做愛情顧問。」

這話有輕視的意味，沈金城寬廣的背脊微微縮了下，「就當是經驗談，學著點。運氣好應該趁機往上爬，早早成親，洪家資源就隨你用了，不是比待在那間破診所強。」

我沉聲說，「我喜歡的是玉玫這個人，不是她家的錢。」

「洪小姐那麼聰明，會怕被你利用？一個願打一個願挨，順勢而已。」

絕大多數人都認爲我是爲了錢跟玉玫交往，實在冤枉，眞是的話早到洪氏醫院任職了。

「你喜歡把人當墊腳石。」

「喜歡，」沈金城毫不諱言，面對我眼神的質問只說，「阮本來就毋是好人，要叫小人也隨你。」大手轉著香檳杯，甩得酒水四濺，「經濟不景氣，私人診所能維持多久，沒本事自己活就換路走，天經地義，人家對你好乖乖接受就是了。」

「不了，」我斷然，「自己做也可以做得很好。」

「嘖，沒見過這麼孝呆的人。」大手硬轉過我的頭，「你猜她們在談什麼？」

從這距離看得到玉玫與早雲在小吃攤處談得很歡，有沒可能私下見過面。「談我。」

沈金城嘖嘖幾聲，「不想結婚是因爲劉小姐吧？」

我心跳快了幾拍。「哪有。」

「表情很明顯，你啊，沒跟幾個女人有過吧。」

我忘了這大哥乍看粗獷，其實相當細心，「早……劉小姐是稱職的祕書，也跟我一起經歷過不少靈異事件，我們之間最多是朋友，不是情人。」

「眞的？」

「眞的，玉玫是唯一的對象。」

沈金城彎起嘴角，「那我可以動手了？」

「什麼？」

「劉小姐人水又能幹，想約出去玩。」

「這個這個……」沈金城的「出去玩」決不是牽牽手那麼純潔，但我跟早雲的確只是朋友，又要怎樣阻止？

沈金城看我狼狽，賊笑更深，露出尖銳的虎牙，「朋友妻不可戲，劉小姐跟你沒關係我就不必保留了，還是說你其實對她有意思？」

「我，呃……」手指好冰。

「婆婆媽媽的，要什麼就去追求啊，天后等抬轎不成，」沈金城勾肩說，「我們公平競爭，你跟劉小姐天天見面，比我有優勢多了。」

操操操操操……

「我猶豫，不僅僅是因爲跟玉玫身分有差。」

沈金城巨掌冷不防擒住我後腦，拖我到酒吧抽出兩根嵌在冰塊裡的冷凍伏特加，給了我一根。

「一開始在波士頓交往時跟玉玫兩小無猜，讀書外都會見面，甚至還搬到同個公寓住。」閉目回憶，彷彿看見了波士頓秋天被楓葉染成暮色的查爾斯河。「住在一起後才知道她經濟遠比我寬裕，但想說我倆都博士班的，學識不輸她，無需在意身分的差別。」

沈金城乾掉他的伏特加，「沒想到洪小姐身分比你想的高太多。」

「玉玫沒看不起我過，問題是她親戚。」我小口淬伏特加，撇眼看沈金城滿臉不屑，補了一大口，「她家的小型聚會裡也有知識份子，以為會比較好談話，沒想到我們學識經驗旗鼓相當，他們對我卻沒絲毫興趣，簡直像……」

口袋裡的手機忽然沉重了不少。

「簡直像上網去聊天室，插不進話題，人沒有消失卻等同不存在。在他們眼裡我只是『洪玉玫的男友』，別的標籤不存在任何意義。剛剛榮哥出場跟我親熱馬上有人奉承，又多了一個新標籤。」伏特加凍得手好痛，怒火燃燒下把它抓得更緊，「我是個有學識有經驗有成就的心理醫生，但在這我只是『玉玫的男友』，『榮哥的小弟』，要不就是『騙錢的庸醫』，唯獨不是魏松言。你知道這種感覺嗎？」

沈金城聽我發牢騷，途中又喝了兩根伏特加，一根高粱，「他們又不是你馬子，怎麼想與你何干。洪小姐寵你，現在他們拍你馬屁，皆大歡喜。」

「才不要，我寧可他們看我這個人而不是我的標籤，要瞧不起人也請先多了解我。」

沈金城給我點了威士忌，我賭氣乾杯，只差沒呑掉那球冰塊，「心理醫生也有這麼多問題。」

「心理醫生也是人，」美酒齒頰生津，「要不要生蠔？」

「不了，你多吃點壯陽。」

我回到自助餐桌邊，三個產地的生蠔不客氣拿了整盤，沈金城問，「你知道我跟榮哥怎樣認識的。」

「他說了些。」

「榮哥從不跟人結拜，我是第一個，也是唯一的一個。」沈金城對狼吞虎嚥的我說，「那時候幫裡的人不是把我當叛徒，就是『榮哥的小弟』，所以換幫一個星期後，榮哥把我送到澳門那個企圖招攬他的幫派裡去實習，說要我在陌生環境裡闖一陣，順便等台灣的人平了氣後再回來。」他聳聳寬廣的肩，「在澳門被偷襲過好幾次，做了兩年才返台，下面的人不記得我，上面的可沒忘，叫我去管花蓮，講好聽是衣錦還鄉，講難聽就是放逐，讓我跟權勢無緣。」

「所以你也被貼了標籤。」

「無所謂，我現在混得很好，連洪家都托我辦事，那些看輕我的長輩現在只是收保護費等死，」沈金城舉杯，「別人的看法根本沒什麼好掛意的。」

我在意的不是別人對我有負面看法，而是完全沒看法，而聽沈金城坦然闖蕩江湖，敬意油然而生，便與他乾杯。剛才硬幹，心情一放鬆各種酒精齊齊襲腦，重享大學生時的輕鬆寫意，醉眼依稀看見兩個彪形大漢朝這方向走來。

「魏先生，」其中一人說，長臂往宴會廳出口一擺，「這邊請。」

別說酒醉，就是清醒也不知道他們這麼突然是想做啥，兩人外貌就姚竹眞的說法是「短眉，顴骨微突，面帶橫肉」的惡人相，梳頭穿西裝也隱藏不了蠻橫的眞性，不多解釋，不容發問，不把我的意願放在眼裡。沈金城比我多喝好幾杯居然還能保持清醒，移到我身前擋住兩人，「你們替誰辦事。」

那兩人怔住，「老闆找魏先生。」

這話隔著沈金城偉岸的身軀講，氣焰弱了不少，內容仍是可有可無，我用眼神詢問沈金城，對方聳了肩沒答案，「你們老闆找我幹嘛？」

「老闆說見了面就知道。」

這般費周章，我已經猜到神祕人物是誰，對沈金城說，「先告辭了。」

沈金城懂我隱藏的訊息，悄聲說，「記得瞞上不瞞下。」

「跟諮詢一樣，ＯＫ。」

_Chapter 14

我跟兩位西裝大漢出宴會廳，撲撲黃影迎面襲來，宴會廳的水已經看不見了，走廊裡還是瀰漫著污穢的水色，好在已沒有一開始那麼濃冽。

我刻意慢慢走，那兩條大漢緊跟在後像怕我逃走似的，用身體壓迫催促走快點。兩個轉彎後，來到一間比我家還大的休息室，這兒與宴會廳主打金紅兩色不同，檀木黑傢俱與印了吉祥花樣的書卷黃壁紙，應該是這飯店原來就使用的色調。房間底端整面是窗，一位中年男子背對入口俯視腳下的台北，聽到我們進門漠然轉身。

不出所料，是玉玫二伯，傳聞企圖競選總統的洪承慶議員。藍迪的確有父親的影子，故作冷靜的模樣是同個基因印出來的，而且外表就年紀而言十分年輕，除了有點法令紋外肌膚光滑，頭髮黑多白少，眼睛也帶有馬拉松選手望向終點的堅持。

還有個好玩的地方是：洪二身邊完全沒水。跟他母親淡化污水不同，是水完全不存在於洪二身邊，講好聽是蓮花出污泥而不染，講難聽是被漂白劑洗過的假花。

洪二緩步走回休息室中心的沙發坐下，「想跟你談談藍迪的事。」

我當下覺得這人不可能有欣賞夜景的情調。休息室三張沙發呈ㄩ型擺置，洪二選的是對面沒位子的那張，擺明要我站著說話。洪二再權高位重也不過是委託人，我沒必要，也不能讓他擁有太多優勢，不然很難談案子，所以應聲後便在他斜對角的沙發上坐下。洪二跟保鑣們顯然沒料到這招，錯愕了幾秒，他還算有風度，保鑣已經斥喝，「誰准你坐下了？」

洪二打個手勢要保鑣噤聲，「原來你是玉玫的男友，而且有替榮哥辦事。」

這傢伙好小心眼，稱我「玉玫的男友」就算了，說「替榮哥辦事」是不想承認我跟榮哥交情好，擺明貶低人。對洪二本來就沒好感，現在更不想多接觸，但我不是來這發脾氣的。

「需要單獨談嗎？」

這問題表明我對隱私權的重視，也反客爲主提供洪二選擇，暗示兩人立場對等，不屑他的標籤。洪二明白我的小動作，打手勢要保鑣們離開，走後才說，「我只有幾分鐘，請簡扼回答問題。」

「我也有些關於藍迪的問題想請教洪議員。」

我故意稱他「洪議員」，讓洪二知道我對他並非一無所知。平常對病人家屬不會這麼辛辣，但這傢伙必須瞭解醫生替病人服務不代表比他們低等，而且我的確是想幫助藍迪，需要問到沒塡寫在合約上的細節。

洪二自顧自說，「小犬的事沒洩漏吧。」

「完全依照合約。」我答。

他下巴稍稍放鬆，「你有告訴他那鬼是假的嗎？」

我當場便想講，「沒有。」但這樣無法跟家人打好關係，「您覺得藍迪看到幻覺。」

「鬼不存在，當然是幻覺。」

「他有告訴您那鬼是誰嗎，外貌年紀等等。」

「不重要，鬼不存在。」

這樣愚昧霸道，藍迪就算想講也不會講。「人的幻覺都有根據，就算一切都是幻想也能從內容探討起因，加以根除。」我給洪二幾秒的時間，「藍迪說那鬼是位少年，而且……」

洪二搖頭，「鬼不存在，多說無益。」

我心裡暗嘆，「相信同樣的話您已經對兒子說過很多次了。」

「小犬驕縱成性，您是專家，會比我說來得有效。」

我很清楚那鬼貨眞價實，洪二卻不容許反對意見。心理醫生視情況可以透露自己的資料，但心裡警鐘猛響：絕不能對這傢伙透露自己是靈媒，「藍迪現在感到相當無助，年輕人在這時候最希望的是自己父母的支持。」

洪二語氣略微粗暴，「鬼根本是假的，我要怎麼支持？」

「藍迪因爲沒人相信他而感到孤單，您身爲父親如果能趁這時多陪他談話，他至少能瞭解家人願意傾聽心事，病況才不會持續惡化。」

洪二又是搖頭，「我沒時間聽小鬼講奇幻故事，藍迪多半是電動玩太多或是想引人注意。明明什麼都不缺還這樣胡鬧。」

我試探，「如果兒子什麼都不缺，爲何還是想引人注意？」

洪二皺眉，「我哪知道？」

「請試想看看。」

「找出答案是專家的工作，」洪二冷然說，「張先生說你很行，看來也不過如此。」

遠親都這樣稱呼，那我這個外人的地位肯定更低了。「醫生是外人，只有當事人能提供最貼近事實的資訊，尤其年輕人處於成長期，是企圖了解自己與他人關係的階段，急需父母的諒解與指導，需要家人多方配合療程。」

「請不要把藍迪的責任歸到我身上，他也不小了，應該要爲自己負責。」

「藍迪尚未成年，你是他的監護人，依法你有責任去在乎。」這話太過直接，但我火了。

「就是在乎才會找你幫忙。」

「沒錯，我只能『幫忙』，因爲我是藍迪初次見面的陌生人，不像你跟他認識了一輩子，有你協助找結論會遠比我一個人猜測來得有建樹。」

洪二瞇眼，「你眞的是醫生？」

幹恁娘！「如果藍迪今天說肚子痛，你會要求醫生對他說，『肚子痛是幻覺』，還是會跟醫生討論肚子痛的原因？」

「鬼不存在。」

「重點是藍迪覺得存在，那値得你關心！」

洪二面若寒霜。「矯正幻想是心理醫生的職責，辦不到我就換一個更專業的醫生。」

別的醫生看不見鬼魂，肯定會把藍迪當瘋子辦，只有我能幫他，即使是父親也絕不能讓他爲所欲爲。「恕我直言，但這房裡只有『一個』心理學專家，」我身子前傾，「爲了藍迪的身心健康著想，我誠心邀請他父親配合療程。」

政治家是要維持面子的工作，即使是在毫無頭緒的領域裡，也不願意被當面稱作「外行」，尤其對方還是名不見經傳的小人物，再有理也不配指責他，洪二臉色說有多難看就有多難看。「改天吧，肯聽你狡辯是看在榮哥跟玉玫的面子上。」

我冷冷說，「關心兒女需要看外人的面子嗎？」

這時休息室的門呼的打開，兩位保鑣快步來到我身邊，「這邊請。」

看來洪二攜有隱蔽通訊器，偷偷叫保鑣趕人，這招倒是學天若無情的，反正我也不打算再跟他說下去，腳步加快離開休息室。洪二回窗邊看夜景，要我先走多半是怕別人會看到我們在一起。這傢伙不但是個失職的父母，還是個十足的懦夫，丟狠話之餘心裡已經動搖了。

對自以爲是的傢伙講實話，看他們因幻想破滅而動怒，幾次都很爽。哎，也難怪我沒辦法應付玉玫介紹的名流，可是藍迪怎麼辦？難不成就我們倆單獨摸索？最能幫助他的人不負責任，療程要如何進行才好？

宴會持續進行，沒有因爲我的缺席而失色。不對，還是有一點失色，因爲玉玫人不在裡頭，而是在入口等著，看到我身後跟著熟人馬上問，「二伯抓你去幹嘛？」

我還在氣頭上，但保密歸保密，只搖了頭，可以想像兩位保鑣的臉色有多尷尬。玉玫遣走兩人後低聲問，「不會是他家人還是他本人光顧了診所？」

「我不便承認，也不便否認。」這是心理醫生的萬用金句。這宴會公私難分，對早雲說一聲就可以走了，「沈金城打小報告？」

「他說你被人帶走，還說這麼蠻橫多半是我家人。」

我嘆口氣，「那他是懂了我的訊息。」跟她重歸乾淨無瑕的宴會廳，「早……劉小姐呢？」

玉玫側眼看人，「早雲跟沈先生已經離開了。」

我吃了一驚，「什麼？」

「她沒告訴你嗎？」

玉玫語調逗趣多過驚訝，我完全笑不出來，看手機也沒訊息。「怎麼會跟沈金城走。」

「他們聊得好熱絡，五花八門都對得上，看來沈先生有意思呢。」

「劉……早雲不是那種隨便的女人。」

「你想太多了，說不定只是聊天而已，去玩也不需要你同意吧？」玉玫勾著我臂彎，「還是說你在吃醋。」

「怎麼可能，只是沈金城不是好人，我怕出事。」

玉玫順我的手臂往上爬，咬耳朵說，「筵席要開始了，沒別的事就陪我吧。」

「不是吃過了。」

「自助餐是開胃菜，正餐現在才要上呢。」

所以洪二說他只有幾分鐘是這個意思。我人已經半飽，但早雲跟沈金城擅自離開讓我忽然失去方向，任由玉玫拉我到她跟二哥玉文那桌去。我低聲問玉玫，「妳剛才跟劉小姐談什麼？」

「當然是談蕾絲邊。」

「什麼？」

「開玩笑的，」玉玫學奶奶拉我鬍子，「診療時那麼敏銳，平時卻這麼單純。」

她不說我也清楚，自己跟病人獨處諮詢時有異於平時的冷靜，好像繪製地圖。不，好像與病人探索新世界，「成爲」新世界那種感覺，診療室外跟人相處卻像個土包子。

桌子兩個空位對我們招手，左邊是玉玫的二哥洪玉文，看到我點了頭，一字字說，「魏醫生，沒想到會在這遇上你。」他對身邊文靜的年輕女子示意，「這是內人『歐涅蘿』。」

「幸會，敝姓魏。」

那女性深深鞠躬沒出聲，我改取名片給她也呆望著沒拿，還是玉文代收了。這年頭東方人常取英文名字，倒沒聽過「歐涅蘿」，好奇問，「妳名字好雅。」

玉文回答，「外國人念中文很難聽，去年出國旅行前替她新取了。」

全桌只有玉文一個人面前有食物，不是宴席菜而是自助餐的菜點。「正餐吃得下嗎？」

「我拒吃沒創意的食物，自助餐至少可以自由搭配。」

我笑問，「這樣不算對廚師失禮？」

「已經徵求了主廚的同意。」

筵席菜不斷上，都是魚翅燕窩、海參鮑魚等珍饈，玉玫請吃過不下N次，驚喜程度遠比不上那天法國菜，不禁問，「為何不替宴會設計菜單。」

玉文餵妻子吃飯，旁若無人，「二伯的宴會輪不到我插嘴。」

兒女分裂成這樣，洪老太怎麼不想辦法讓大家同心，還是說她喜歡後代互相競爭？同席餘人都是二三等血親，彼此相談甚歡，卻都不敢主動跟玉玫玉文搭話，上下之分極明顯，「你挑選酒菜會讓賓客吃得更融洽。」

「難不成要我一桌桌解釋由來？宴會菜旨在讓賓客有面子，本身的設計沒有錯，二伯不過是仿效基本菜單，然後用貴十幾倍的食材而已，問題在於同樣的東西吃多會讓靈魂失色，」玉文捧起妻子的下巴，望穿她雙眼，「只有創意能讓腦漿呈現美麗色彩，對吧？」

對方聞言嫣然，若不是知道洪玉文嘴裡的「靈魂色彩」是指腦漿的話，應該會更有情調。宴會進行同時，重要來賓一個個上台恭賀洪老太康復，長命百歲，也刻意提到自己跟主人關係匪淺，其中一個高官還藉機發表政治議題，指桑罵槐，最後還加一句，「希望大家為了台灣的未來，投出正確的一票。」

洪老太聽人講話笑吟吟的，這政客扯遠她神情馬上灰了，叫司儀遞過麥克風，「你啊，莫囉嗦，像被欺負的小媳婦似的。」

那高官被打臉，只能尷尬點頭，底下的人只敢嘿嘿陪笑，榮哥渾不理會，洪二則在母親發話後鼓掌拆高官的台，我偷問玉玫，「妳奶奶好不給面子。」

「又沒講錯。」

「不是啦，她不怕得罪人嗎？」

玉玫嘻一聲，「說反了吧，那官員就是怕得罪我奶奶才來參加宴會，講錯話是自己的損失。」

政府怕百姓是應該的，可沒見過洪老太這樣不把官員放在眼裡，呼風喚雨令人又敬畏又不舒服。玉文打斷我思緒，「你什麼時候跟我妹結婚。」

我差點咬到舌頭，「玉玫說等我一年。」

「以往你跟玉玫低調，今天當著奶奶介紹給台北所有名流，不趕快結婚會讓洪家很爲難的。」

又不是我自己要曝光。「私人感情與外人無關。」

「我同意，只是想讓你知道這婚事牽扯多廣，」玉文拉妻子入懷，「感情是當事人的責任與自由，爸媽跟阿嬤不喜歡的話就私奔吧，反正你們履歷優良，在哪都找得到工作。」

他直點頭，我卻猛搖頭，不是因爲主意荒謬，而是因爲它大有可能發生。玉玫要的東西向來會到手，所以現在才能信誓旦旦重複，「我給松言一年決定，沒問題的。」

「相愛爲什麼要等？」玉文斜睨我，撫摸著妻子上臂，「歐涅蘿從病床上醒來第二天我就求婚了。」

她原來是你病患？豪門之子又是救命恩人，對方當然答應得快，我跟玉玫……我跟玉玫……

玉文不知道是沒注意到我在沉思，抑或是不理會我在沉思。「我建議多生幾個，只要其中一個男孩姓洪，圓了家人臉面就好。」

「還沒結婚，談生小孩太早了吧。」

玉玫也附和，「也可能不會生呢。」

玉文沒再堅持，倒滿酒杯說，「該去敬酒了。」

他扶妻子起身，玉玫也跟我一起離桌，其他桌的晚輩們也意識到是敬酒的時候，風吹蒲公英，宴會廳一時雜亂無比。我們照規矩先到主桌，坐那的是與榮哥、洪老太同輩的顯貴人士，「晚輩」只有玉玫父母與洪二夫妻等直系親戚。洪二是議員，兒子又醫好了洪老太，大家積極籠絡他，玉玫她爸洪院長保持微笑跟妻子講話，假裝沒看到。

我們敬主桌酒，洪二做做樣子敬了，酒杯沒碰嘴唇，榮哥卻誠懇跟我敬，「洪奶奶邀你去家裡玩，我也會在。」

「您也去？」

洪院長極度反對我跟他女兒交往，洪二故意對大哥說，「難得玉玫帶男友去找媽，你也去美言幾句吧，魏醫生明年今天說不定就是女婿了。」

弟弟的暗算差點毀了洪院長的面具，「那還用說。」

榮哥跟我有內情，大大不妥，婉言回拒，「見個面而已，不敢麻煩您。」

「沒問題啦，都這把年紀了誰知道還能見她幾次。」

洪老太連呸，「烏鴉嘴，我才不要死呢。」

「大姊，人都會死的啊。」

「閻王爺算什麼，要我死就得死嗎！」洪奶奶手中的葡萄酒泛磚色，比其他桌都來得陳，映得老臉添增血艷，「我交待過家人，就算變植物人插管也不准讓我死，必須等我醒來，花多少時間金錢都行。」

大家都笑，「洪奶奶好霸氣！」

九十二歲的人，這年紀動手術很可能就會死在手術台上，成功也沒多少年好活，佩服她硬氣之餘也覺得她太看不開，而且移植心臟代表至少有一個人要死，若不是這麼巧有人意外身故又正好吻合，她現在也無法在這喝酒說笑。天底下想死的人很多，但只要有良機改善人生的話，都會盡可能活下去，洪老太只是恰好比絕大多數人有良機而已。

「至少謝謝捐贈者吧。」

這句話在洪荒般的歡笑中幾不可聞。洪二家的人這時由大兒子帶頭敬酒，長輩們當然稱讚有加，洪二叫長子謙虛點，自己卻笑得像開心果，洪院長嘴巴不小心往下彎了幾秒。

晚輩們向一位位長輩敬酒，藍迪也對洪老太舉杯，「奶奶，祝您身體健康。」

洪老太轉頭對榮哥說，「這醉雞好吃，你多吃點。」

榮哥順意夾了菜，提醒大姊，「藍迪敬妳呢。」

洪老太欣賞陳酒的秋色，幾秒後才對藍迪身後的女孩說，「玉芩，妳什麼時候長這麼大了？來敬奶奶。」

整桌聲音霎時斷掉，洪二的笑容也僵了，那女孩玉芩才中學年紀，左看右看不知道如何是好，諾諾對奶奶舉了杯。她還只是惶恐，藍迪整個人像被打碎了一樣，額頭湧汗，嘴唇動而無言，霧氣在果汁杯上形成清楚的手印，雙腳激烈顫抖，不知是恐懼或是憤怒，全靠另個年輕人將他拉出隊伍，離開時對上我眼神。

他在求救。

我當下便想繞過桌子去找藍迪，但這麼做會違反隱私權，讓他更難做人，只能點頭代表知道了，這麼微弱的支持不要說鼓舞藍迪，連自己都感受到它凋零的反饋，後腦整個燒了起來。

我跟藍迪才見過兩次，看出他是個怯懦但聰明的年輕人，求知慾豐富，焦慮壓抑著尚未破繭而出的智慧與創意，對之相當有好感，每每期待再次會晤，洪老太居然在這麼重要的場合裡公然侮辱人，她怎麼能這麼殘忍？不管是誰，爲了什麼原因，都不該這樣對待一個成長中的年輕人，許多人待放的才華，就是因爲這種凌辱而永遠再也開不了花，結不了果！

我心下憤怒已極，表面上還是裝得像個沒事人。壓抑心情是心理醫生的本領之一，通常只有在諮詢時會這麼做，現在卻得強迫狂怒的自己維持冷靜，耗盡所有心力，耳鳴的這幾秒都聽不見玉玫的話，直到她指甲敲了酒杯，法磬般的清音喚醒了我，「換下一桌了。」

我看洪老太還跟其他晚輩有說有笑，斷聲說，「去透氣。」

不等玉玫回答快步離開宴會廳，直繞到走廊盡頭處沒有人的時候才重重靠牆鬆口。閉眼睛沒多久，走廊另頭傳來高跟鞋清脆的腳步聲與玉蘭花的問候，「你還好吧？」

我睜眼迎接玉玫遞過來的白酒，花香是它散發出來的。用酒平復情緒固然是上癮的捷徑，我此時卻毫不猶豫喝光滿杯酸苦，好讓酒精加速襲腦，「妳奶奶不喜歡藍迪嗎？」

玉玫神情不忍，「嗯，不喜歡。」

我差點砸破酒精帶來的片刻寧靜，「為什麼？」

玉玫很難得保持了沉默，我立刻明白這是她家不光彩的私事。一個人不想公開祕密，無人有權逼她揭露，當心理醫生更得遵守這點。

但我想逼她說出來。身為心理醫生眼睜睜看著病人被公然侮辱，甚至不能把藍迪叫到一邊安慰，離開宴會廳不止是想離開洪老太，也是無法忍受跟自己的無能相處，恨不得馬上回診所，一個可以幫助人的地方！

玉玫捧起我的拳頭，「別生上個世代的人的氣。」

「我是生自己的氣。」

玉玫點我鼻頭笑說，「奶奶手術成功不代表還有多少年可活，生一個快死的人的氣是很幼稚的。」

「我是很幼稚。」

玉玫纖指向下一滑按住我嘴唇，領著我去剛才跟洪二見面的休息室，看來今晚這間是洪家御用的房間。夜深，都市更藍了，地平線邊緣的太陽泛白，照在夜間冷卻的初夏濕氣上，形成一抹輕薄白紗籠罩了城市，高樓島嶼般突出海面，底下霓虹燈與高解析螢幕充當台北群島五光十色的夜光藻。

玉玫摟著我手臂，輕聲說，「三姑母在中南部狂炒地皮，害慘很多人，我保鑣老張在花蓮的工廠就是這樣倒的。」

我不曉得玉玫為何突然換話題。「結果呢？」

「阿嬤知道後親自南下到工廠要三姑母不准雇新人，還罵了大姑一頓，『賺錢歸賺錢，別害死人』，其他沒工作的像老張她全請到台北辦事。」

我撇嘴，「妳是想說她人其實不壞？」

「還記得我說曾祖那代勤奮讀書嗎？讀書人在白色恐怖時期是第一個被迫害的，昨天還在家裡的親戚，可能第二天就再也見不到面。」她手臂縮緊，「阿嬤活過日本時代，活過白色恐怖，總會有些非理性的恐懼，別太怪她了。」

好吧，就算洪老太有行善，偏見由來有因，當眾羞辱年輕人還是太過分了。但玉玫表明不想聽我批評奶奶，「好啦，不氣了。」

「不想敬酒的話我們回桌子。」

「也不想，」我捲起指頭，「剛剛像躺在手術台上任玉文魚肉。」

「他沒惡意。」

「知道，知道，所以才會覺得好像是自己的錯似的。」

「跟我在一起時也這麼覺得嗎？」

我愣住。「妳至少了解我，不會像其他人那樣隨便替人安排。」

玉玫踮腳咬我耳垂，「我當然有隨便幫你安排過。」

「是，是啦，」我被咬得酥麻，「但妳至少知道我要什麼，其他人……」

「別理其他人，他們懂什麼，」玉玫看我不怎麼信服，鬆了手，「你有別的顧慮。」

「我不喜歡你們家的處事。」

「社交由我處理就可以了。」

「妳是要我變成跟歐涅蘿一樣？」玉文妻子說話時，我驚覺她也不是上流社會出身，看似文靜賢淑，其實是被動地應付社交，冠著丈夫替自己取的名字後，將一切交給他處理。她與玉文或許是兩情相悅，但絕不喜歡身處的環境，跟玉玫結婚就等於要習慣爾虞我詐，怎麼辦得到。「學她逃避還能算家人嗎？」

「你已經在逃避了。」

我低頭默認。

玉玫幽幽地說，「你怕在貴族社會的洪流裡失去自我，失去魏松言這個人，但夫妻結婚後最常面對的是彼此，不是外人，我倆的快樂最重要。」她頑皮地戳我肚子，「在我眼裡你永遠是同個人。」

「妳不怕跟家人鬧翻。」

「你以為阿嬤當初跟阿公結婚很輕鬆嗎，洪家那時候想擺脫『銅臭』，覺得奶奶跟商人結婚是自甘墮落，兩人終究是在一起了。」

「我的確是負擔不起妳的生活，哪天妳出事……」

「那我養你如何？」看我默不做聲，玉玫似笑非笑說，「沒性別歧視吧？」

「沒有，」我擠出一個苦笑，「只是覺得渺小，不想讓妳這麼好的女性吃苦。」

「如果我不在乎呢？」玉玫昂然說，「我願意吃苦，你又有什麼資格去否定我的抉擇？」

我聽了身子一震，想起以前有次玉玫提到婚後的生育計畫時，說想要自然生產。

『妳不怕痛？』

『就是會痛才想趁身子年輕時承受一次看看。』

玉玫那時悠哉的似是要上街買皮包，這麼的有自信，甚至有點驕傲，如同鑽石能夠展現彩光，也樂意展現彩光的魅力，連自願承擔的痛苦都不准別人替她減輕，此刻的話再度給了我靈魂同樣的悵觸。

酒已喝完，杯底依舊殘留了盛開的蘭花，更顯得窗外景色如夢似幻，也替玉玫的勇氣披上了童謠英雄的敬畏。「妳阿嬤姓洪，那阿公是入贅了？」

「對。」

「我連那份決心都沒有，如果我有妳的……」

玉玫拍我手臂，「少來了，我不像你一樣能開診所。」

「妳財力人脈都不缺，差一個學位就能開業。」

「辦不到，」玉玫斷然說，「在封閉的空間裡，即使是將短短一小時的時間精力全部奉獻給病人，對我而言也是個神話。」她走到窗邊，玻璃反射著她縮緊的豐唇。「一考慮能跟全台北的人打交道，如何更有效的增加看診時數，就覺得大衆醫院才是最適合的，」她低嘆，「我是個有計劃卻沒夢想的人，一旦知道自己做不到某件事就會放棄。你不一樣，有個又大又單純的夢想，我想幫你達成它。」

玉玫轉過身，笑容已回到臉上，「別人或許覺得你傻，我卻覺得傻沒什麼不好。」

我捏緊拳頭，「夢想是個人的責任。」

「傻瓜，」玉玫再次拾起我的手，搭在她臉頰上，「婚姻是兩人共患難。」粗糙的指節與嬌嫩肌膚的反差，是極奢侈的快感，縮緊的手掌一寸寸綻放，主動按上了她臉頰。

「我想念波士頓。」

「我也是。」

Chapter 15

玉玫與我選擇早退，去了能紀念波士頓的地方。波士頓有很多愛爾蘭人，愛爾蘭人又是以愛喝啤酒出名，所以一家在信義區的啤酒屋就成了我倆的選擇。

我跟玉玫享受冰啤酒與小菜，談著大學時期的種種，沒有談家族，沒有談婚嫁，只讚揚著快遺忘的青春，當晚也像朋友一樣道了晚安，各自回家。

好久沒有睡得那麼舒服過。

第二天照常去診所上班，直到進門前我甚至沒想起我祕書。早雲那張大型辦公桌上擺滿電器、紙張，卻因爲主人不在顯得空蕩蕩的。問瑪麗時她說，「劉小姐還沒來。從沒看她遲到過。」

昨晚沈金城那傢伙帶早雲離開不知道幹了什麼好事，正要打手機時，診所的門喀拉一聲開了，等不及回頭就說，「妳怎麼……」

早雲穿著一貫的西裝，手上提著貓咪的籠子，人絲毫無損反而叫我問不出話。她瞄我一眼說，「帶貓去獸醫，給你留言了。」

昨晚出去順勢關了手機，現在才看到有未接來訊。「昨晚……」

「沈先生介紹士林夜市幾家名不經傳的好店，」早雲開了貓籠後說，「他沒有性侵我。」

她講這麼白，尷尬之餘也解除了所有的擔憂，結果下一句居然是，「只問有沒有興趣交往。」

「妳答應了嗎？」我聲音比預期高了八度。

「沒有，」早雲不等我吁完氣，「只說會考慮。」

我心跳像飛機遇到亂流，「眞的？」

「眞的。」

鏡子裡的瑪麗看起來有點惶恐，不知道是因爲早雲的話還是因爲我的反應，或許都有。貓咪出籠後陪彼得潘玩，玩具紛紛從角落飄起，我又問，「妳陪我參加宴會卻自己走了。」這話有質問的意味，實在不該。早雲回答，「我陪你去是爲了監視沈金城，他不在就沒必要待下去了。」

我又好氣又好笑，「結果妳居然考慮跟他交往，難道也是爲了……」

早雲打開電腦，「不是爲了繼續監視他，沈金城很實際，時時考驗我的應對能力，是個有趣的伴。」

「妳把他當成遊戲。」

「兩人交往本來就有互娛的成分，還有這是我的私事，請不要太涉入。」

問題是早雲考慮交往的對象是個黑道人物，是個有反社會傾向的傢伙，更重要的是還是我病人的前男友，怎麼想都覺得不妥當，即便不是醫生也有點壞規矩，轉念想早雲說不定也是因爲這樣才說要考慮。

「昨晚還好嗎？」這次換她問。

「遇到了點問題，跟玉玫早退。」

我把洪老太的事說了，早雲當然也看到藍迪跟洪二走在一起，已經猜到箇中根結。「洪老太昨晚那麼捧洪二，卻對藍迪嗤之以鼻。」

「玉玫沒說原由，」我用力摳頭皮，「洪二也沒有給聯絡方式，是要我怎樣跟藍迪聯絡？」

「你沒問？」

「怎麼問？洪二已經當面說可能會解雇我了，那個死外行。」

早雲開了電腦的月曆，「我們跟藍迪是約一星期一次，還得等幾天。」

「藍迪現在就需要幫忙！」

「發脾氣解決不了問題，沒聯絡資料就只能等病患回來。」

「可是這樣我們也無法確認他願不願意來，」我狠狠搥了沙發，「這案子從一開始就縛手縛腳，該有的資料沒有，家人又不理我，根本沒辦法進行。如果我是警察或是法官還可以要求當事人配合，但我不是！我只是一個……」怒火全消，「一個心理醫生。」

早雲起身要去廚房泡茶，我打手勢暫停，「我沒事。」

她沒堅持，只說，「你的工作是治療心理疾病，那只限於病人在場才能辦到，連絡不上藍迪固然可惜，也無需太在意。」

心理醫生有責任定期跟病人保持聯絡，因爲任何心理壓力都可能會釀成悲劇，但如果病人沒留下聯絡方式，依法醫生的確不需要爲超出自己能力範圍的事負責。

但我想負責！不但擔心藍迪，也氣憤他家人的冷漠無情，想盡可能幫助一個無辜年輕人成長。

然而這是個人的願望。某方面來說幸好我無法跟藍迪聯絡，因爲心理醫生爲了自己的心情找病人，極可能會成爲單方面的發洩，這是大忌。

自律，自律。

我甩頭讓自己清醒。「今天有誰要來？」

「下午有兩件案子，」早雲答，「一點的范先生跟三點的吳小姐，需要改日子嗎？」

「不了，他們沒耐性，再改只怕會……」

話沒說完，門口傳來幾下虛弱的敲門聲。

我跟早雲互望一眼，示意不勞她離開座位，自己去開了門，門開後出現在眼前的是跟敲門聲同樣孱弱的年輕人。

「藍迪？」

對方擠出一個微笑，那件皮衣掛在虛瘦的架子上不住擺動，緊緊漂浮在藍迪頭上的是雙目空洞，四肢楊柳般下垂的李亞，眼睛跟他一對上立刻移開不敢看，我想問，你怎麼來了。但這是明知故問，改口說，「想談話嗎？」

藍迪點點頭，在我引導下碎步進了診所。基於現在的心情應該叫他在約好的日期來，但藍迪需要跟人講話，只能盡量控制自己了。

「劉小姐，請幫我們泡兩杯熱巧克力。」

我領藍迪進辦公室，藍迪逕自走到單人沙發前把自己甩進去，身後李亞如影隨形。李亞昨晚也是冷眼旁觀，好像藍迪遭遇什麼苦難都不干他的事，究竟是冷漠，無知，還是一個睜著眼睛的「植物鬼」？

更離奇的設想是：李亞會不會是個寄生蟲？人跟動物身上數不清的寄生蟲都靠宿主過活，宿主本身發生什麼事是不管的，最多是在宿主死去後更換對象。李亞不溝通不插手，用被動的方式干擾藍迪的生活，跟寄生蟲的確有共通之處。

靈魂能用生物學理解嗎？就心理學來說，人的思考方式與進化學並無二致，都是在嘗試困難後逐漸矯正自己的態度、知識，而人心即是鬼神，靈魂繼承了活人的習慣也說得過去，而現實世界的人際關係裡，也是有很多彼此憑依/寄生的例子存在，譬如「家裡蹲」或家暴者（天若無情俠生前可能也是此類）。

藍迪忽問，「您當爸爸了嗎？」

我愣了下，「還沒。」

「可是你有鬍鬚跟大肚子。」

這標準眞低。「還沒結婚。」

藍迪有點忸怩，「跟我堂姐？」

我除了苦笑還能怎樣。「世界眞的很小，不是嗎？」

藍迪迅速問，「昨晚爲什麼裝不認得我？」

他在求救。我實在應該改天的，但說不出口。「那是爲了保障你的隱私，因爲你親戚不知道我們在做諮詢。」

藍迪雙唇收入嘴裡，「昨晚本來想馬上找你講話，但看到你點頭好像在說『明天見』，想說今天再來就好。」

眞是個善解人意的年輕人，但看起來又有點懊惱，莫非是希望我昨晚採取行動嗎？這麼纖弱、疲倦，比上次見到時又憔悴了不少。「你看起來很累。」

藍迪垂然說，「爸爸罵我說沒好好做診療，還是一直在談鬼故事。」

「我是你的心理醫生，不是你長輩，不需要聽我任何意見。」

「爸爸覺得是我太頑劣，說他這麼忙還惹麻煩。」

我五指押進大腿。「你父親難道不氣奶奶當衆羞辱你。」

「爸爸是先氣奶奶再氣我，」藍迪淺笑說，好像習慣了這種事。「他是個政治家，又自詡救了奶奶的命，應該不會當衆給他難堪才是，結果……」

「他覺得奶奶忘恩負義。」

「可以這麼說吧。」

「奶奶爲什麼……」自律，自律。「她好像不喜歡你。」

「嗯，不喜歡。」

藍迪的反應比我預期的平淡，或許是接受了被討厭的事實。「可以問為什麼嗎？」

藍迪不講話了。早雲這時敲門送來我要的熱巧克力。平常喝怪味茶能幫我穩定心神，今天我想觀察李亞與藍迪的互動；如果他們能互動的話。藍迪心智年齡很輕，想說熱巧克力比較適合他，添加的白巧克力粉其實就是高濃度的奶精跟砂糖，能幫助放鬆心情。藍迪連吮了好幾口，看得出很享受乳製品，應該幫他在診所裡放幾盒冰淇淋。

藍迪留下最後兩口巧克力不喝，放在茶几上。「我可以談某位朋友的事嗎？」

「當然可以。」

有了許可，藍迪還是等了會，決定喝掉剩下的熱巧克力才開始講，「我朋友是轉學生，就讀大稻埕附近的高中，成績好，運動強，很陽光，很受歡迎，是全校都認識的名人。」

聽起來好像是……「可以稱他為朋友A嗎？」

藍迪點點頭，「朋友A有天在學校一隅看到同學被霸凌，出手搭救。A跟……朋友B成了好友，上下課都一起走，朋友B功課不會的地方朋友A都會教他，所以朋友B把他當哥哥看，什麼心事都講。」

久久不言。

「有天，朋友B身體不舒服，身子發冷，腰腿無力，朋友A帶他去熟識的醫院看診，醫生說要做精密檢查。」

沒下文。

「結果呢？」

「朋友B死了。」

「死了？」一股恐懼從心底升起，「怎麼死的？」

「朋友B……」藍迪瞳孔放大，「……就在我後面。」

我呻吟，「李亞！」

「你果然看得到！」藍迪開始發抖，「你果然看得到！」

「你是朋友A……」我聲音嘶啞。很多病人在諮詢裡談論朋友，都是用假想人物來借喻自己，把自己放在旁觀者的角度述說故事，本以爲藍迪嘴裡那個完美朋友是李亞，被欺負的是怯懦的自己，眞相卻截然相反，表現傑出的是自己，看起來健壯老成的李亞才是被霸凌的對象。

藍迪現在身子縮成一團，眉毛斜垂，欲哭無淚，無法想像是個萬人迷的運動健將。但死的確實是李亞，不是藍迪。我深呼吸，緩緩吐出，「你說李亞被霸凌，因爲他是原住民嗎？」他默然點頭。「上次你叫他『山蕃』。」

「我怕你會瞧不起我，」藍迪聲音很低，「我怕你歧視原住民，會瞧不起我跟他作朋友。」

我在美國讀書常被無腦人士歧視欺侮，回想起來都十分憤怒，爲此督促自己多培養世界觀，省得無意義的偏見，沒想到台灣歷史上與異國文化多有接觸，二十一世紀裡依然有欺壓原住民的蠻行。

我穩住思緒，正色回答，「我在外國學到最重要的一件事，就是人不論種族文化都是平等的，都有善惡優缺點。」

藍迪面上肌肉抽搐，緊緊閉上了眼睛，兩道眼淚劃下臉龐。在霸凌文化裡受害者不只是被霸凌的人，也包括了與被霸凌者站在同一邊的人士，藍迪生在洪老太家，又在一所缺乏包容心的環境裡讀書，我只怕是他接觸到第一位有同樣看法的人。「所以你保護李亞也跟著一起被欺侮。」

「他不姓李！」藍迪低聲咆哮，「那是平地讀書用的假名，他眞名叫『Riyar』，是阿美族語『海』的意思。」

「海，」我重複，「全校只有他一位原住民嗎？」

「就他一位，」藍迪按住發燙的臉頰，對剛剛的宣洩感到不好意思，趕緊抹去眼淚，「欺負他的不只平地人，也有他自己族人。」

「怎麼會呢？」

藍迪咬牙，「因爲李亞是混血兒。」

洪老太昨晚的話在我耳裡爆響，「混血。」

「李亞媽媽在台北一位法裔老師家幫傭，兩人相愛結婚。」藍迪解釋，「不知道這事是怎麼在學校傳開來的，大家知道後對李亞更是瞧不起，罵他雜種，要不便是……罵他山蕃，說他會獵人頭。」

來台灣定居的外國人很多，跟本地人結婚的也不少。即使台灣已經是國際社會，台北是數一數二的先進，孩子們就算集體霸凌人也要被同學接納的心情是全世界共通的，理想的狀況是由家人師長出面教育，但如果連大人自己的心病都沒解決的話，就無法理會小孩了。

藍迪代替已死的朋友發言，登時平靜下來。「李亞父母出門時，別人都會把他媽媽錯認成傭人，被羞辱過好幾次，回家鄉拜訪也會被族人排斥。跟平地人或別族人結婚沒關係，跟歐美人結婚就很受排斥。」

「他父母現在在哪？」

「李亞爸爸在他小學時離開了，」藍迪低吼，「原來那傢伙在法國已經有家室，跟李亞媽媽結婚是爲了方便申請永久居留權。李亞媽媽離婚後無法回到族裡，自己工作養小孩，李亞自己也常常打工幫忙家計，累到上課打瞌睡，都靠我補作業。」他露出一絲淺笑，「就算累，就算被欺負，李亞總是很開朗。我的陽光是裝出來的，因爲同學都希望豪門子弟表現完美，至於我心底想什麼就不管了。眞好笑，他們佩服戴面具的我，卻瞧不起眞心快樂的李亞。」

我嗯一聲，「介不介意我問個私人問題？你父親姓洪，母親卻姓陳……」

「那是在台灣用的中文假姓，」藍迪眼瞼半開，「我母親本名是溫蒂妮・施密特（Undine Schmidt）。」

「德國名字，」果然……「你也是混血兒。」

我從一開始就覺得藍迪膚色淡，頭髮漂染完美，當時以爲是年輕人刻意打扮，原來是天生的。玉玫昨晚說，「阿嬤活過日本時代，活過白色恐怖，總會有些非理性的恐懼」，當時聽了不知其意，現在揭曉是指對外來族群的排斥，台灣老一輩的被外來強權欺壓大半生，恐懼是雕刻在記憶上的傷痕，不像新一代在年輕時就能出國接觸異文化。

但洪老太的嫌惡顯然不止於血統。那晚伴隨洪議員出場的妻子是台灣人。換言之，藍迪是私生子。親兒子不但外遇，找的還是個金髮碧眼的外國人，肯定讓保守敵外的洪老太憤恨到了極點，即使洪二救了她，也不想給孫子留情面。

一個人的身分極度影響成長，華人的藍迪與混血兒的藍迪，獨生子與私生子的藍迪，是截然不同的故事，短短幾秒間我對藍迪的第一印象有了天翻地覆的轉變，而他看起來卻比我更驚怕。「你奶奶那晚侮辱的不只是你，還有你父親。」

「她侮辱我家人！奶奶連媽媽都沒見過，連話都沒說過，卻不斷地批評她，批評我爸，連我一起罵，」藍迪恨恨說，「我出生就是混血兒，這沒得選啊，她爲什麼要爲我無法控制的事情生氣？我眞的做錯了什麼嗎？」

「錯不在你。」我平靜答。

藍迪捂著臉陷進沙發，好一會才說，「我爸媽很少跟我談他們的事，只知道是爸爸去德國出差時相識的，短暫交往，沒想到媽媽在爸爸回台灣後才知道有了我，」他視線落到杯裡，又繼續了「陌生人」的故事，「我猜爸曾要媽墮胎，但她拒絕了。」

「幸好沒有。」

藍迪又開始抽噎，「媽帶我回台灣，爸也認了我。當時爸跟奶奶住山區，爲了我鬧到待不下去，搬到洪家在台北的行館。那時我很小，像華人多過像洋人，聽大哥說爸本來要洪阿姨……他的妻子把我當成親生的來關愛，但洪阿姨不肯，只允許我叫媽，爲的是掩人耳目。」

「你母親還在台灣嗎？」

「在，爸每一兩個月才准我跟媽媽見面，不想讓政壇對頭握有把柄。」

我肚裡痛罵洪二，兒子需要他，他卻只想到自己的政治生涯，但想想十七年前洪二也才剛起步，洪家勢力又大，才有辦法藏住私生子的醜聞，現在聲名大噪，傳出去傷害可大了。

藍迪小狗般望著我，「你不會說出去吧？」

這孩子……即使父親如此冷漠也不想看他受害。「我不會說。」

藍迪吁氣，「那就好，爸是不准我講的。」

「我會保密。你跟李亞有很多相似處，想必常談心事。」

「李亞也是被排斥的混血兒，跟他在一起很開心，我身邊酒肉之輩很多，李亞是我第一個朋友，但家人都歧視原住民，更別說是一位混血兒，我不敢帶他回家。」藍迪語氣發顫，「他現在一定很恨我。」

「恨你，爲什麼？」

「我唯一的朋友，居然沒早點察覺他身體不好，」藍迪揪住自己柔順的棕髮，「我應該早點帶他去醫院的！」

「你大伯的醫院，」藍迪點點頭。「他們有沒有說李亞是怎麼死的。」

「我帶李亞問診，只能告訴我他死了，細節不能講，我要答案不肯走，醫院就叫人把我趕了出去。」藍迪淚水又滴滴搭搭滾下蒼白泛紅的面頰，「兩個人進醫院，出來時只剩我一個，我根本不知道那是最後一次見面，最後一次交談，學校沒公佈消息，同學們也不在意，他就……他就這樣從人世間蒸發了。」

藍迪緊緊抱住沙發上的枕頭，「而我家人連談話都不肯！我爸很忙，我也不知道什麼時候才能跟媽媽見面，能對誰說？洪家瞧不起原住民，李亞在學校又是被欺負的對象，世界這麼大，只有我一個人知道他是好人……」他狠狠抓著胸口，皮衣糾成一團，「只有我記得他是誰，一個人弔念，一個人哀傷，我從來，從來沒有這麼孤單過，好像我自己也死了一樣。我沒有要家人了解我的感受，他們也不可能瞭解，但至少可以聽我講講心事，聽聽我的痛苦，我好恨……」藍迪仰天哀嚎，「我好恨他們！」

我闔眼逼回差點洩洪的感傷，「如果你能對家人講任何一句話，你會說什麼？」

「我要殺了你們！」藍迪十指凌空掐扭，忽然驚醒，拔開盤虬交錯的手指，「不要！」他抱頭狂叫，「我不要恨家人！我只希望他們能聽我的心事，這很難嗎？」

「會很難嗎？」我刻意重複。

「爸爸是議員，平常那麼忙，我每個家人都忙，有自己的人生要處理。他們……他們沒惡意，又不認識李亞，這樣鬧脾氣好像是自己的錯似的。」

「真的是自己的錯？」

藍迪不說話了。愈明理的人愈會替施虐者找藉口，這是聰明反被聰明誤，我傾身點破，「發生在你身上的事十分悲慘，最好的朋友往生了，為自己沒有盡力感到自責，家人同學又不聽你傾訴，這份孤單換作是我也會不知如何是好，」我語氣下沉，「但這眞的不是你的錯。」

「那他爲什麼不講話！」藍迪對身後的朋友一指，依舊不敢回頭。「我試著跟李亞說話，卻怎麼都不回，以爲是妖怪假扮的，要不然就是我瘋了。」

「所以才想要趕他走。」

「眞的是李亞怎麼會不理我？」藍迪捂面哭了起來，「怎麼可能不理我？」

生前是焦孟不離的好朋友，死後卻如此絕情，的確奇怪，這份沉默遠比任何言語都來得驚悚。

李亞你會什麼保持沉默？藍迪需要你啊！

「李亞媽媽呢？」

「我到學校找他家的聯絡電話，學校不肯講，說是……個人隱私。」藍迪苦笑，「本想用爸爸的權力逼學校說出來，但這樣豈不是變得跟爸爸一樣了嗎？」

「相信李媽媽也在弔念兒子。」

「我應該早點問李亞他家的住址電話，可是他沒手機，也沒想到他轉眼就不在了，一直拖延沒問。」藍迪說到這又開始哽噎，「都是我不好。」

我不給藍迪空閑沉溺於罪惡感。「你想不想找她？」

「想啊，可是我沒有……」

「找地址法門很多，」我盡量不去想某位黑道，「李亞家境比較辛苦，應該是住跟學校同個區。」

藍迪臉色一亮，「他是住大同區沒錯。」

「哪天你想，我們一起去問郵局或警察，都不行的話也可以請徵信社幫忙。」

藍迪聽得抬起了頭，呼吸開始急促，但高興沒幾秒又沉了下去，「我沒臉見她。」

「李媽媽一定想知道兒子在學校的狀況，這只有你能告訴她，」我誠懇說，「讓她知道，也讓你自己知道，世界上不止一個人在懷念李亞。」

「我們去找！」藍迪聲音發顫，「我們一起去找。」

「一起去找。」

_Chapter 16

送藍迪出門後，心中一塊大石幾乎落了地。

他不是我第一位喪失親友的病人，失去身邊重要的人事物，都會跟藍迪一樣覺得無比孤單，覺得世上無人能瞭解他們的感受，心理諮商師常常是他們第一位願意打開心房的人。

藉著分享記憶與情感，讓更多人知道死者的過去，藍迪讓我也成爲能紀念李亞的人，死去的朋友不再沉默，自己也因此不再孤獨，期待不久後，李亞的母親也能追思自己的兒子。

「早雲，妳認識好的徵信社嗎？」我把剛才諮詢的內容說了，「想幫藍迪找李亞的母親。」

早雲眼裡帶著疑慮，「這樣不會逾權？」

「當事人同意了。」

「李亞母親知道藍迪的事嗎？」

我皺起眉頭，「知道還需要找？」

早雲不讓我喘息。「那她如果問起你是怎麼知道她在哪的，又要如何回答？還有洪二是實質監護人，他同意了嗎？」

「到時候再說！」我擺手，「上次去找沈金城妳都沒這麼質疑。」

「那次是因爲信必須親手交到沈金城手上，也曾假設地址可能是虛構的。」

「所以？余小姐的病情因此好了不少，不是嗎？」

早雲視線移回電腦螢幕，又打起字來，以爲談話結束時她又說，「上次你決定自己去花蓮，那時候就想你是不是意氣用事。」

我哈哈兩聲，「妳覺得我現在也是？」

「那次你心情很不穩定，但我沒資格管你，就讓你走了，」早雲離開辦公桌到我跟前，「你以前對討厭的病人發脾氣，也沒有像這次一樣非插手不可。」

「嗯，老師曾說，『當心理醫生無可避免會接觸到社會上衆多不公平之事，我們應該對這些事情感到憤怒。』他當然不是說心理醫生要抱著怒氣進諮詢室，只是說我們應該想辦法去改善社會。」

「心理醫生的答案就免了，」早雲打斷，「我要的是魏松言的答案。」

她眼神銳利，我對不上，說服不了她，也說服不了自己。我的確是憤怒，的確是心疼藍迪，氣洪老太，氣洪二。但藍迪並不是第一個家裡有問題的病患。

「第一年在波士頓讀書時，教室旁邊有一棵校友前年捐贈的幼樹。」我坐到沙發上，早雲坐到我對面，「少年少女每天上課都看到那樹一天天成長，每個人都很高興討論它會長多高。春季第一天，那棵樹戴上了碧葉皇冠，像個神氣的小王子。」

「結果那天晚上有了急凍（**Flash Freeze**），小樹無力抵抗，第二天開始掉葉子，十幾片十幾片的掉，全班只能眼睜睜看著那顆幼樹整天下著新綠色的雨，直到變成一棵枯樹。教室早上還籠罩著新綠色的蔭影，下午就成了原來的灰白色。」我狠狠咬了拇指，「美國東部天氣變動很快，急凍並不少見，但那棵樹……每次我跟小孩做諮商時都會想到它，在長完整以前就被環境因素給摧毀，讓我很不甘心。」

「我記得在心理學這稱作【移情】（Transference）。」

「是啊，醫生經驗跟病人重疊，想藉著諮詢補償自己，」我吁氣，「以為很小心了，還是差點滑倒。」

「心理醫生也是人。」早雲重複我的口頭禪。姚竹眞說我容易被鬼魂滋擾，而人心即是鬼神，那滋擾我的不只是死者，也有病人心中的魑魅魍魎，我自己的魑魅魍魎。心理諮詢的訓練不是要醫生完全無感，而是要學著控制情緒，藍迪把邏輯當成壓抑感情的蓋子，這點倒跟我一樣。「你還想去找李亞媽媽嗎？」

「我認為藍迪跟李亞母親見面有好處，但決定權在他身上。」

「在洪二身上，」早雲糾正我，「藍迪未成年，對外人透露案子需要監護人同意。」

我忍不住罵粗口，「他決不會同意的。」

「你甘心嗎？」

「不甘心又如何？既然違法也只能叫藍迪放棄了，」我閉目沉澱心情，「好險有妳阻止我。」

「你誤會了，我不是想阻止，」早雲說，「我也很好奇李亞是怎麼死的。」

李亞目前只知道是「病死」，母親是至親，醫院一定會把死因對她講，也會找學校詢問聯絡方式，然後依她的意願安葬李亞。醫院有沒有跟李亞母親聯絡不得而知，嚴格說起來，藍迪是最後一個見到活李亞的非院方人物。

一個健康的人突然猝死並非不可能，但李亞死後附在藍迪身上總覺得有隱情，再加上李亞辭世的地方是洪氏醫院，讓人有了很恐怖的設想。

洪老太的心臟，會不會是李亞的？

任何臟器移植手術都是可遇不可求，更別說洪老太這種高齡病人，稍有排斥都會致死，卻那麼巧有個遭遇車禍的捐贈者，心臟正好適合移植。

榮哥說過，許多原住民傳說都有談到洪水，而且都必須有所犧牲才能退水，且他殺會使鬼魂變成惡靈。李亞這幅模樣，怎麼看都是個惡靈。

洪老太不體諒任何人，對捐贈者無絲毫謝意，甚至當面羞辱家人，可是……

「這種事她做得出來嗎？」我問地板。

不把人當人看的富豪所在多有，但會有人爲了活命去殺死無辜的少年嗎？

早雲說，「動手術的是洪二長子，眞有內情她昨晚絕不敢當眾羞辱洪二，那會逼他洩密。」

這是早雲一貫的合理邏輯，但她心底又是怎麼猜的？能當眾羞辱親兒子跟恩人家的洪老太還有什麼事做不出來，或許該去問玉玫……

我馬上撤銷這主意，因爲她們家內鬥很厲害，洪院長若知道弟弟用枉死人的心臟沒道理不揭穿。然而洪老太是家裡最尊的長輩，玉玫也說過，別生上個世代的人的氣，說不定早知道了內情，決定跟全家一起隱瞞。幾天後就要去找洪老太，該怎麼辦才好？

這時辦公室裡手機的簡訊軟體響起耳熟的音效，回房接起一看，果然是天若無情俠。『醫生。』聊天室裡只怯生生兩個字。

我關門坐上常用的位子，淡然回覆，『你好啊，最近如何？』

一陣沒回應。

天：『還生我的氣嗎？』

松：『從沒生氣。』

天：『那天大聲眞對不起。』

松：『不打緊。』

天：『我在想，醫生願意的話能不能繼續跟我做諮商？』

病人在氣頭上解僱心理醫生，事後懊悔又重新雇用是家常便飯，所以我也說，『當然可以。』

天若無情送來幾個煙火跟大拇指，『太感謝了。』

松：『最近如何？』

『很好，非常好，』黑字裡孕育著興奮，『記得我前陣子對你提起的女孩嗎？』

我咽了口口水，所幸聊天室是看不見眞實表情的，『你說很古錐，會打扮，而且講話很武俠的那位。』

『就是她就是她，最近愈來愈漂亮，做什麼事情都不會出錯，又很體貼。』

以前不認識這女孩就算了，現在知道是姚竹眞的女兒，聽天若無情稱讚別有番黃蓮滋味。『聽起來眞的很棒。』

天：『嗯，我打算求婚。』

我把手機扔到對面沙發上。

求婚！

這個幸福字眼在我腦裡堆滿燒夷彈，立時想把頭塞進馬桶沖掉。

自律，自律。

撿回手機一時不敢看螢幕，但遲來的答案跟錯誤答案同樣有害，所以還是開了視窗，那兩個字讓我忍不住瞇了眼。『你想在遊戲裡跟她扮演夫妻的角色？』

天：『不，是眞正的求婚。她人很好，搞得人家不要不要的。』他寄來好幾個大心跟親吻，『不止是我，每個看過的人都覺得優秀無比，臉蛋個性都是無瑕的。』

這女孩背後可是個有道士屬性的宅男啊！我在無人的辦公室裡嚎叫，然後回覆，『所以，你是眞的想跟她終生在一起。』

『對啊，很多人在網上認識後都成了伴侶，不是嗎？』

松：『玩遊戲的人多半是尋個輕鬆，很少人會想藉機完成終生大事。』

天：『問問看又不會怎樣。』

糟糕糟糕糟糕。

在網路遊戲裡認識，之後交往結婚的玩家也不是沒有，但莫說天若無情俠是個活在網路上的鬼，姚竹眞又怎麼可能會答應結婚？雜毛不是我病患，但任何人的網路身分都不該隨便透露，該如何阻止才好？『她怎麼稱呼？』

天：『姚玉衡，好美的名字。』

松：『我建議多了解對方後再決定要不要告白。』

天：『玩這麼多天很夠了。』

才不夠！『如果玉衡答應結婚，你要如何表明眞實身分？』

天若無情靜了會兒，『她如果也喜歡我，當然就能容忍我的……我的缺陷了。』

容忍老公其實是個死人？我看不見得。『你告訴她了嗎？』

我心臟怦怦跳，天若無情的答案替我胸口止疼，『還沒，只要彼此喜歡就不會在意這種小事。』

『隱瞞身分告白，對玉衡公平嗎？』天若無情一會沒回話。『結婚通常得先瞭解彼此的身分背景。』

天：『死人就不能尋求幸福嗎！』

松：『不是這意思。假設玉衡答應結婚，哪天她想在現實世界見面牽手，要如何辦到？』

天：『不見面又怎樣，就一輩子在遊戲裡相愛啊。』

讀到這心底突然又覺得有點古怪，順口便想說，這些事至少得先跟對方剖白，但馬上想起姚玉衡她爸是個捉鬼的道士，而且女兒跟父親是同一人！正常人交往還可以瞞著父母，在這兒對姚玉衡說眞相即是對姚竹眞說，跟女兒談戀愛等於跟父親談戀愛……什麼東東啊！

至此，我對網路身分的混雜已經不是一般的頭痛了，唯一能確定的是姚竹眞不會答應。『我建議你剖白身分前先問問對方的意願，對方不肯也不必說太多。』

天：『我不是來徵求許可的！』

松：『你也不需要我的許可，但身爲醫生有些事還是得講。』

天：『我開始後悔重新雇用你了！』

我如果不認識姚竹眞，不知道他是個可以驅鬼的道士，或許就不會這麼僭越。但既然知道危險就得提前警告。天若無情當然只覺得我是存心刁難。『這些事我自己擔心，找你是有事想拜託。』

不會是要我送情書吧。『什麼事？』

『我跟玉衡約好兩個小時後參加一個節目，想在那時候求婚，希望由你當證婚人。』

這麼快！

天：『人家已經準備好陣仗，有你在會更有勇氣開口。』

天：『團要去打怪了，等你嘍！』

他馬上下線不容拒絕，我也跟著軟癱在位子上。

怎麼辦？

我來不及對早雲解釋，飛地衝下樓搭捷運趕往中山北路的青雲網咖，上樓時是江道長當掌櫃。「找姚道長。」

江道長手裡捧著一本既像月曆又像天象圖的冊子，答道，「姚師弟在忙。」肯定在忙電動。「包台多少。」

「三小時一百。」

我心不在焉付了錢，選了離姚竹貞辦公室最近的電腦上線，登上阿松後給姚竹貞捎了訊，『姚道長。』

他遲了十秒才回，『都說你兒子不准跟我女兒講話了！』

『我是在跟你講話，』好在雜毛沒有連我的用戶也封鎖了，『你忙嗎？』

『團正在打怪，等會天若無情要宣佈驚喜。』

天若無情跟姚玉衡一個死人一個虛擬人物，兩人結成連理就不是驚喜而是驚駭了。如果我分剖天若無情的計畫，就能促使姚竹貞早一步回拒男方，但說了是洩漏委託人隱私，不說會危及委託人的鬼命，實在兩難。

我沒個主意，姚竹貞又密我，『那小子做事誇張，對我家玉衡卻眞心不錯，什麼好東西都由她先拿。』

那些都是聘禮啊！『他不會是喜歡上玉衡了？』

『誰不喜歡玉衡？』

我重重撫額。

姚竹貞又密，『那小子說事關重大，已經在遊戲論壇裡宣佈過，屆時整個伺服器的玩家都會參加。』

現實世界裡這樣求婚很浪漫，被拒絕也是一等一的丟臉，我趕緊密了天若無情俠，『你要在所有人面前求婚？玉衡拒絕了你怎麼辦？』

『她不可能拒絕的，再說拒絕又怎樣，人家我是遊戲裡最強最受歡迎的玩家，怎樣都不會丟臉。』

這傢伙如此不懂事，急得我按得鍵盤喀喀亂叫，『你別……』

「他媽的胡鬧啊！」

乾燥的空氣繞過這句話衝進喉嚨，登時抽搐大咳，低頭時金沙反射著灼烈熱陽，逼我關上眼睛。

就算看不到，我也很清楚發生了什麼事——靈魂又跟遊戲連線了。

有了上次的經驗，我不急著回復視線，先調整呼吸讓自己的聽覺與虛假的音效分開，準備好心裡的【第四面牆】，才慢慢睜開眼睛。

這裡是角色復活用的墳場，也是上次登錄的地點，不遠處天若無情俠與他的「敬天愛人」團正在跟一隻張牙舞爪的飛龍搏鬥，怪獸單調的攻擊根本不是對手，天若無情俠一人動手很快地將牠砍倒在地，怪物落地激起的風沙直射進我視線，這次我眼睛瞪得大大的，目空一切，沙子打在臉上感覺不到丁點疼痛。

我踏前一步，兩步，腳下輕飄飄跟武功不同，是無視虛擬世界障礙的行動，心思落在哪個點腳就落在那個點，幾個起落間便飛躍到「敬天愛人」團中間，天若無情一來沒看到我，二來不相信有人能在他沒注意到的情況下出現，嚇得叫，「阿松？」

我點頭示意，還好突然上線，不然剛剛的句子寄出去有失風度。姚竹貞扮演的姚玉衡在一旁身影翩翩，雙目亮如朝露，淡粉色的臉頰像株待放的花苞，說不出的優雅親切，今天領口多戴了枚玉佩，耳邊也加了珠墜，看起來更華麗了。本來對面相學半信半疑，現在不由得相信它實在很有效，咳嗽幾聲，「兔崽子，借一步說話。」

對方一改平時扮演的敵對態度，空揮手掌，「人家很忙，明天再說。」

「怕了我嗎？」

「敬天愛人」團那虯髯大漢低嗥著，「手下敗將配講這種話？」

那半裸女子也說，「團長有喜歡的人啦，去追別人吧。」

我嘆口氣，「算我求你，可以吧。」

姚玉衡表情不動，我耳邊卻響起姚竹貞的聲音，『你幹嘛，難不成是想入團？』

他語調跟平時一樣，是從我記憶裡擷取的風格，裝沒聽到，用念頭傳訊給天若無情，『一下子就好。』

對方有點無奈，只好說，「算是對閣下的不屈不撓聊表敬意，就分享幾刻鐘吧，」又對玉衡說，「姑娘稍待，在下去去就回。」

「大俠小心，阿松匪名甚偉，莫著了下三濫的詭計。」

玉衡意外地居然是楊麗花的聲調，看來這是我心底對她的感覺了。我領著天若無情俠到另個山丘去，等「敬天愛人」團消失在沙丘後才說，「我本來在網咖，打字打到一半突然又跑回遊戲裡。」

天若無情怔了兩秒才聽懂，「又是靈魂上線，不是很好嗎，等會有大場面吶。」

我急說，「你不知道玉衡會不會答應，卻在這麼多人面前要一個……嬌羞純樸的少女承認喜歡你，怎麼做得到？」

天若無情好像此刻才想起女孩有女孩的矜持，「喜歡卻不講，豈不是傲嬌？」

「就說是傲嬌吧，你不怕玉衡在大場面說不出話很失態嗎？」

「人家在誰敢笑她？」

這傢伙簡直白目！「就算玉衡喜歡你，但還不到想結婚的地步，那又如何呢？」

「早說她拒絕也無所謂，別人看到只會當成是角色扮演。」

我怕的不是全世界，而是姚竹眞的反應。「你要做的事不只跟你有關，也跟玉衡有關，請好好考慮對方的心情。」

天若無情俠已經開始走回頭路，聽到這句驟地轉身。

「那我的心情呢？」天若無情俠咆哮，「爲什麼總是我在顧別人的心情，別人的期望，那我呢？誰顧過我了，誰在乎了！」

我被他突然的怒火嚇到，控制語氣說，「我在乎。」

天若無情俠冷笑說，「只要你想，隨時可以離開房間去玩，去找朋友，我可是離不開的啊！人家難得有一個眞心喜歡，可以在網上交流的人，憑什麼不准我追求，不准我傾訴眞性情了？」

「沒有不准，只是請你三思。」

「已經想過很多次了，」天若無情俠恨恨說，「你根本不知道在感情上踏出第一步對我有多困難。」

我知道。

我也不善社交，也被無數人拒絕過，如果沒有玉玫我說不定連「討厭的人」都接觸不了。

我也知道天若無情俠認識的網友一個個離開，變得不敢交新朋友，姚玉衡是最近第一個想要連結的人，這需要多大的勇氣！但我知道玉衡背後的人有什麼本事，就是因爲在乎天若無情俠才會想阻止他，卻又不能說得更明白。

但我可以選擇「認輸」。

「我的確沒你清楚，」天若無情俠身形稍微放鬆了點，「我見過很多人因爲渴求與人親近而躁進，造成對方無法接受的情況。如果你眞心喜歡玉衡，就請想想一個女孩子在那麼多人面前接受求婚會有多尷尬，其他人又會怎麼看她。」

天若無情俠佇在那沒動作，可能在考慮我的說詞，最後仍是那句，「他們能對玉衡怎樣？我是全遊戲最強的玩家啊，一起上也不是我對手。」

「有些事情靠蠻力也無法解決。」

「我已經決定好了，等伺服器的人聚在一起後對玉衡表白，也雇人在那時放煙火，開設筵席，還請了朋友唱歌奏樂，將廣場弄成祭典般熱鬧，連GM①都會參加喔。」

「你難不成想馬上舉辦婚禮？」

「對，」天若無情俠作忸怩狀，「人家一直很憧憬童話裡王子跟公主歷盡滄桑後的結合。」

「那是童話。」

「這是遊戲。」

遊戲你還談人生大事。「那請答應我不要太逼人家。」

天若無情俠大小眼瞪我，「你這麼關心玉衡，莫非也愛上了她？」

「絕對沒有。」

我忐忑不安跟天若無情俠歸團，玉衡正在跟團員說話，對方卻都不理她，正納悶間見到我們，高興地說，「回城鎮吧。」

天若無情俠高聲答應，我只好也跟他們走。城鎮離這兒近，我們又都是「絕頂高手」，兩三下就到了。鎮裡張燈結彩，處處有人準備飲食音樂，都是爲了天若無情俠的大宣佈在準備，果真人脈夠廣。但衆人愈興高采烈，我只有愈來愈緊張，想說該不該脫離網路免得被過多訊息踐踏，但病患約我觀禮總不能說走就走。

廣場終於聚滿了人，天若無情俠將一本聖典交給我後，與團員走上佈置好的舞台，我則在階梯邊等待。

「各位朋友，大家好，」跟團外的人說話省了文言文，「謝謝大家今天來這兒聽我發佈重要消息。」

台下觀眾歡呼了起來，有人叫名字有人丟鞭炮。

「相信大家一定很好奇人家想發表什麼事，嘿嘿，別擔心，我這就說了。」天若無情俠頓了頓，「這是『敬天愛人』團最新的團員，姚玉衡。」

玉衡走到台前福了福，引來一陣讚美，看來認識她的人也不少。天若無情俠說，「玉衡跟我相識很短，卻是一見如故。」

「大俠謬讚，小女子才真是相見恨晚。」

兩人口調男的中二，女的楊麗花，聽起來好詭異，卻不改俊男美女在舞台上互動的確美觀，天若無情俠更是興高采烈。「所以在下想趁今天講真心話。玉衡姑娘，妳願意嫁給我嗎？」

天若無情俠開口前很多人都猜到了他的打算，一出口全場嘩然，口哨與歡呼聲在每個角落響起，還有人要他們趕快親熱。

這些胡鬧言語卻馬上被天空的爆雷斬斷，『你說什麼！』

我聽到愣住，這聲音是姚竹眞的，但不是傳私訊也不是對全區作宣佈，更像是他在陽世的聲音還是心聲，居然直傳到了網路上，可見有多驚駭。

台上的天若無情俠已經跪了。「玉衡姑娘，我在網路上庸庸碌碌這麼久，從沒見過比妳更可愛清純，體貼溫順，聰明機智的女孩子，有妳在身邊是我這輩子最充實寶貴的一段時光。」他字打得極快，「以前上網只是破關除怪，現在卻單純是想見到妳的笑容，看不到時心裡也都是妳的容顏，妳的話語，妳能了解這份思念嗎？」

他又說，「不答應結婚沒關係，我只奢望妳能考慮一下，即使不長相廝守也希望能跟妳做永遠的朋友。」

天若無情俠是如此誠懇、謙卑，縱然是向一個虛擬人物求愛，卻也讓我有了莫名的感動，甚至對姚玉衡祈禱，『假裝也好，請答應一聲吧。』

玉衡臉色不變，維持著美麗的微笑，許久後才啓皓齒。

「我可是男人啊！」她用楊麗花的聲調，與美麗不貼切的粗暴口吻說，「一起玩遊戲而已，居然當眞了？」

她表明眞實身分，廣場三教九流聽到都呆了。

玉衡櫻桃小嘴急遽張合，「臭小子，以為你是正人君子，原來是覬覦我女兒的美貌，簡直居心不良，眞是看錯你了！」

台下一人忽然問，「妳是人妖？」

玉衡怒罵，「你娘個仆街，誰是人妖！」

道觀裡不准爆粗口，遊戲裡罵大概不算，居然還是廣東髒話，旁人可沒被嚇到，此起彼落，「人妖啊！」「打扮得那麼漂亮是想騙誰啊！」「媽的，褲子都脫了你給我看這個。」

台上台下互相抨擊，本來肅穆快樂的氣氛整個毀了。我就是怕會這樣，角色扮演遊戲裡玩家操作跟自己性別不符的角色很正常，但不知爲何，男性玩家往往以爲女性角色後面也是女孩子，知道眞相後的排斥心也強烈無比，換作女性玩家用男性角色反而就不會被罵這麼慘。

姚玉衡跟群衆幹譙，火藥都被吸走了，反而是當事人的天若無情俠一聲不吭呆跪在原地，動也不動，瞧了眞叫人擔心，私訊他，『你還好吧？』

他沒作聲，問了幾次都沒回覆，這時我發現廣場有點暗。

沙漠裡的城鎮別說白天，就算夜晚也有明月高掛，現在卻是日蝕前的灰暗，引導世界穿越陰陽，也是在這刻我聽到天空傳來啪擦啪擦的怪聲，抬頭一看，無煙無雲的蔚藍不知何時被密密麻麻的細小事物給填滿了，聯想到聖經裡摧毀古埃及的蝗蟲。

但當其中一隻落在身上，伸手拍掉時才看出那不是蟲子，而是兩個串在一起的漢字，接觸的刹那間耳邊響起了它的內容。

『活該。』

我胸口像被個鐵鎚，不，鐵錐給洞穿，痛到我也跪了下來，伸手按撫後才知道，也不相信，自己的胸口居然沒事。

僅僅兩個字，不用查字典都能懂得的意思，卻完完整整地讓我感受到了發言人的情緒，遠超過兩個字的千言萬語包含了怨恨，痛快。

我痛得站不起來，佈滿天空的訊息已經降臨於小鎮，灑落在所有人身上。

『哈哈哈哈哈哈哈哈哈～～～』『居然有人傻到對個人妖求婚！』『蠢斃了！』『標準

肥宅，活該。』『我就知道他是個白痴。』『平常那麼屌，還不是個傻B。』『以爲稍微強一點就要屌，現在可不是跌慘了。』『僞君子，色鱉，終於露出眞面目了吧！』『本以爲多棒，原來是個變態。』『肯定是個宅男，多半肥到老二都看不見吧！』『一定是台灣人。』『去檢查腦袋吧，多半沒裝東西。』『兩個男人搞基，噁心死了。』『天若無情，你要用你那把寶劍照顧人家喔！』『操你祖宗十八代，斷子絕孫死基佬。』

中文、韓文、日文、英文……各種語言都在抨擊天若無情，每句話落到我身上心口都是刀割般劇痛。這些惡毒言語網路上讀到都會背脊發涼，現在親耳聽到，吱喳聲如同蝗蟲過境，內容已經聽不清楚了，令我幾欲發狂

姚玉衡止了罵聲，對地區宣佈，「你們吵屁啊？」

『人妖你才吵，你是他媽還是他爸？』『男扮女裝還敢這麼大聲。』『你也是基嗎？』『基佬應該全閹了，反正他們也不是男人。』『你去上吊，你們兩個快去跳樓，死個一萬次。』『這社會不需要你們，死了也沒人會哭的。』『去死，還不趕快去死！』

「別說了！」我跪倒在地用斗篷蓋住自己，但這只能擋住群眾講話的聲音，卻無法抵擋那些蝗蟲，枉然掩耳哀求，「求你們別再說了！」

我的乞憐是被海嘯吞沒的一滴水珠，聲音只有愈來愈響，蝗蟲刮破斗篷，刺穿耳朵耳鼓，切得它們血肉模糊，再也沒有聽力後又開始切割皮膚、眼睛、口鼻……用痛楚告訴我它們還在不斷的凌虐，不准我逃避，每個字都雕鑿在我的肉體上，強迫我用保護自己的手去讀它們，身體再也沒有一寸完整。

就在我快要化作肉泥時，背心突然傳來一陣暖意，好像出現了一枚方正至剛的太陽，無比的溫暖成了心船的錨。

我用殘餘的思緒緊緊抓住它，讓它將我拉出水面。

背上的壓力喚醒了我，迫出了我肺裡的空氣，我不由自主張嘴大叫，發燙的手掌才離開了背。

我抬起頭去看它的主人。「姚道長。」

「你剛才著魔了。」

他救了我。我差點死在網上，是他不知道用什麼方法把我拉回陽世。姚竹眞神色正派湛然，沒有絲毫平時的小丑模樣，旁邊站著的江道長也是相當肅穆。

知道自己安全後視線也跟著矯正集中，看清了電腦螢幕上的混亂場面，應該說混亂只存在於訊息欄那一小角，但發話的人之多，訊息更新之快，流動不盡的殘酷言語比驟雨還要密集，不斷地，不斷地，不斷地滋潤盡情成長的惡念，其中有人嘲諷欺凌，對當事人吐痰小便比中指，也有支持他倆而進行反駁的正義之士。但不管是誰在說話，都充滿了傷害對方的意思，偶爾幾位中立人士發言也馬上被打成彈靶。

我人在陽世，無法切身感受言語的殺傷力，但看到每分鐘數百還是數千件訊息這樣侵蝕著訊息欄，還是能感到身子被蝗蟲蠶食身心的痛楚。天若無情俠身處風暴眼全不理會週遭的人事物，不知是無法反應還是放棄反應。姚竹眞也問，「他怎麼了？」

我沒有答案。幾分鐘後訊息風暴絲毫沒有慢下來，A講狠話，B反駁，C起哄，還有不少故意釣魚（以極端發言誘導人吵架）的玩家，溝通的可能性已經被剝削殆盡，終於忍不住將訊息欄關了，但代表系統訊息的欄還在閃著，裡頭只有一行字。

『你的朋友：天若無情俠下線了。』

「下線？」短短一句話，卻無法理解。「怎麼可能？」

開啓「阿松」的朋友名單一看，天若無情也從單子上消失了，姚竹眞第一時間回到辦公室，撿起落到桌下的滑鼠開了朋友名單，也沒看到天若無情俠的名字，搜尋整個伺服器也找不到他。姚竹眞只是愕然，我比他更不知所措。

天若無情俠怎麼了？

他……難道死了？

註：

① Game Master，遊戲管理人員。

_Chapter 17

兩個小時後我搖搖晃晃回診所，幾乎是用摔的進門，滾上沙發同時早雲離開辦公桌去關正門，還上了鎖。「剛去哪？」

我摀眼將世界擋在意識外。「上網。」

「天若無情俠出事了？」

早雲光看我的狼狽樣就知道有意外，她要的是細節。「天若無情俠下線了。」

「他不是……」

「不能下線，」矛盾像塊半熟的年糕塞在嘴裡，「但他真的不見了，查遍聊天室，搜尋了跟他有關的論壇話題，都找不到人，有也是伺服器眾人在熱烈嘲諷他。」我想起早雲尚不知情。「天若無情俠當眾向姚雜毛的女兒求婚，被拒絕了。」

「他事前不知道玉衡是男性玩家？」

「現在全伺服器的人都知道了，」我說了經過，「事發前我警告天若無情俠不要當著那麼多人的面讓玉衡難堪，他卻覺得只有大場面才能表達誠意。」遮眼的手掌重重往下抹，橘紅暮色穿透眼皮，「不能告訴他玉衡老爸是道士。」

「你盡了隱私勸阻，別太自責。」

「隱私個頭啦，姚雜毛現在知道我認識天若無情俠了。」

但我也沒料到事情會發展到這地步。天若無情俠很受歡迎，振臂一呼全伺服器的人同時捧場，怎麼突然有這麼多敵人，況且網上誤認對方眞實性別是家常便飯，何必如此非難？現在想想伺服器我也算熟了，訊息欄內大部分的名字卻都沒見過，這些取巧之徒說不定本來就已經存在，只是天若無情俠太強勢壓得他們不敢說話，一直等待打落水狗的機會，求婚成功肯定第一個恭喜，失敗就毫不留情地嘲弄。

欺負人既不會讓他們成爲更好的玩家，也不會幫他們交到女朋友，根本是損人不利己，何苦呢？但網路上每天都看得到這種人，戴著免除責任的虛幻面具，袒露心底殘酷的一面。

早雲喚回我，「姚道長怎麼說？」

「雜毛叫齊道觀的人開會，說要『戒備』，」我重複姚竹貞的話，「他曾稱網路爲慾望的集合體，用戶的慾望會指向出事地點。」

早雲長長喔一聲，「道士也走在科技尖端。」

「靈媒都能上網跟鬼做心理諮商了，還可以讓鬼玩平板電腦，」我忍不住好笑，現代科技放到古代其實跟魔法無異。「雜毛忙他的我就自己先回來，他還不知道天若無情俠是鬼，也不瞭解我跟天若無情俠的關係。」

然而我們究竟是什麼樣的關係？說是醫生與病人，卻無可避免地跟外人接觸，是否早該揭穿姚玉衡的眞實身分？這樣等於犧牲姚竹貞的隱私去保護另一人，道義上根本說不過去。

天若無情俠已經「死了」，思量這些或許是亡羊補牢，但與他的曖昧關係令我想起了藍迪。他是我女友的堂弟，最近又常常跟洪家見面，紙遲早包不住火，到時候又要如何維持諮商關係？當醫生無法貫徹職業道德，實在愧對恩師的教誨。

突然間手機鈴聲響起，乍聽以爲是自己的，接電話的卻是回到桌邊的早雲，傾聽幾秒後說，「請等一下。」

她按靜音出門，我問，「是誰？」

「私人電話。」

早雲輕巧開關門，我還是不得半絲安寧。是沈金城打來的嗎？就算是他我又有何資格插嘴？

「醫生，你臉色好差。」

聽到話語讓我嚇了一跳，才想起這診所不只我跟早雲兩位成員，走到瑪麗鏡子前一面看她一面看自己，彎腰駝背，眼睛帶血絲，不像鍾馗而像被祂抓的鬼。我面對鏡子時才能聽到瑪麗的聲音，她當然也能看清我的鬼臉了。「果然很差。」

「你擔心天若無情俠眞的死了，」瑪麗歪著頭，長髮傾向一邊，「這不是達成願望了嗎？」

「他其實不想死，」我若有所思，「也不想活。」

「還能有第三種？」

「嘿，說不定還有好幾百種，」我用力跺步，「太無知了，難怪姚雜毛老叫我外行人。」

瑪麗秀眉微蹙，想安慰我卻找不到話，「你也擔心李亞是被害死的。」

我忘了她會讀唇，跟早雲的對話都被看到了。「那是假設，我可不大信。」

這設想最初還是瑪麗提的，眞的有這可能性時她也笑不出來，「是的話會報警嗎？」

我苦笑，「沒證據，是眞的也不能怎樣，反正就算李亞肯開口別人也聽不見。」

「心裡想的話不講，別人也聽不見。」

我鬱悶非常，煩的不僅僅是我的無助。來診所求診的鬼魂愈來愈多，瑪麗住診所每天互動反而忘了跟她獨處，「妳最近如何？」

「很好啊，天天都有事做。」瑪麗也想起兩人難得講話，情緒亮了起來，「除了讀書看電視，就是唱歌安撫彼得潘，還有給小Baby想名字。」

「妳覺得想出名字後就會投胎轉世嗎？」

「那是可能性之一，對吧？」

「但，投胎時是去哪裡呢？」

「不知道，故事書說是陰曹地府，聖經說是天堂或地獄。」

瑪麗用期盼的眼神看著我這個「專家」，希望擁有解答，但我下巴鬍子摸了半天也無法回覆。「我有次瀕死，親眼看見一個發光的通道，看到的人都會想往那裡走，不清楚是去哪。」

「天若無情俠是不是也去了那。」

「不知道，我甚至不清楚他是否走了，」轉念一想，「張爺爺是貨眞價實的死者，卻能介紹天若無情俠跟其他鬼魂與我聯絡，難不成是想回來就能回來嗎？」

「這樣也好，我投胎的話會很想念這裡的。」

「但瑪麗妳是未來人，投胎轉世是會回到未來還是留在現世？妳的小Baby也是在未來往生的。」

這次換我用熱切的眼神詢問，瑪麗也學我摸下巴，「我不用睡覺，所以也想了很多。」對喔，都忘了瑪麗在鏡子裡永遠是醒著的，「有答案嗎？」

「沒有，看書也沒解答，就算了。」瑪麗笑起兩個酒窩，這是她舞台上的招牌萌點，不是演戲而是發自內心。「你那位和尚朋友講過一句話，『天賦永遠都是應得的，並非是你有資格才獲得這力量，而是你獲得了這力量所以才有資格去使用它。』」

「他好像是要我接受現狀。」

「不管我是爲什麼原因來到這個時代，來到這個鏡子裡，既然在這了就該好好過。」瑪麗說，「我很喜歡你們，眞要走也捨不得。」

「即使永遠待在鏡子裡？」

「我只知道當下很安心。」

「當下。」我喃喃。

「那麼多活人想留在陽世，終究得走，那我就算想繼續當個鬼，也不見得是自己能決定的。」

人逃不過一死，那鬼是否逃不過一「活」？這是我從未想過的觀點。「妳想再次懷孕生子，不是嗎？」

「我連小baby的名字都還沒想好，」瑪麗幽幽地說，「我生前丟下他不正是因爲我逃避眼前的責任？你說你父母罔顧小孩，我跟他們可是同罪。」

我忙說，「沒那意思。」

「事實如此，但那個蘇瑪麗已經是過去式了，」她噗哧一笑，「應該說，我不想在未來世界還成爲那種人。」

第一次跟瑪麗見面時她是個稚嫩，愛耍脾氣的女孩，不知何時已經變得如此堅強。當了這麼久的醫生，病人的成長仍會令我感到驚艷。

「這都多虧了醫生您，」她魔鏡般看穿心思，「遇到醫生後才會去想這些事。」

我聽了高興，也有點歉然，「沒妳講的那麼了不起，我犯過錯，甚至有病人告過我。」

「告你？」

「她覺得我太冷淡，」簡直像在談情侶關係，回想起來只能苦笑，「她問，『你覺得辛普森（原美式橄欖球選手）有沒有殺死妻子？』我說我不了解這案子，不能下定論，她就回，『你太冷靜了，我不要你當我的心理醫生。』」

瑪麗不知道辛普森是誰，也聽得出那女病人在無理取鬧。「結果她告了你。」

「說我不盡心。我那時也的確犯了錯，那位女士平時沒有講話對象，心理醫生應該借題發揮，而不是直接澆熄她說下去的動力，現在的我一定會鼓勵她把自己的觀點說出來。」我直視鏡裡的自己，「我常說心理醫生也是人，但當了醫生就是要盡可能爲病患做好療程，縮小自我放大對方是本份。」

「因爲你是心理醫生。」

我笑出聲來，「老師教訓我時我也這麼回答，結果他更氣了，說，『你不只是個心理醫生，你是魏松言！跟病人連結的不是你的學位，而是你的人！』」

我學老師的獅吼嗓門，瑪麗退了幾寸，「好有魄力。」

「到死都是這副樣，」我眼眶發熱，「如果還活著，該請益的地方可多了。」

「我同意他的話，但不覺得事事都得照他說的做。」

「啊？他是心理界的大前輩，學術司法的知識都比我來得……」

「法律沒有規定你要幫助孤魂野鬼，」瑪麗迫到鏡邊，「你當初是可以選擇不幫我的。在問法律，問宗教，問上司之前你先問了自己的良心，所以我得救了，」她一字一字說，「這世界需要醫生這種人。」

「我……沒那麼了不起，也不知道自己要什麼，只知道跟病人見面，看他們成長，令我感到快樂。」

「也會爲他們煩惱，」瑪麗說，「你在擔心藍迪跟天若無情俠。」

「天若無情俠就算了，藍迪還在，不知道該怎麼做比較好，」我咬唇說，「一步走錯全盤皆墨，能賭嗎？」

「不知道，我不是心理醫生，」瑪麗語氣轉柔，「但我相信您的決定。」

這話驚醒了我，我下意識開始緩緩吸氣，吐氣，控制自己的呼吸頻率。

自律，自律。

呼吸一穩定，腦袋霎時乾淨了不少，能開始考慮我的立場。

我是心理醫生。

跟藍迪很不幸的成了雙重關係，但現下只有我倆看得見李亞，別的醫生肯定會把他當瘋子，所作所爲都必須以他的福利爲主旨。

對洪老太的看法是私人情感，跟李亞之間不管事實爲何都與療程無關。藍迪需要的是治癒創傷，而不是再多一個心結，不可節外生枝。

想得太用力，腦袋都充血了，好燥熱，但終於想通了。

「瑪麗，我不懂輪迴，未來的事也沒人說得準，」我起身到鏡子前，將手印在鏡面上，裡頭的瑪麗也伸手與我互印，腕上的割痕怵目驚心且乾淨無瑕。「但我知道這裡是我最想來的地方。不管離開多久，我都會回到診所，回到這裡。」我收起四指，「打勾勾。」

瑪麗嫣然微笑，也比出小指，「打勾勾。」

_Chapter 18

「還在生氣嗎？」

我驚醒，「什麼？」

「是不是還在氣奶奶。」

玉玫明知故問，但沒有責難。我不需要對她說謊，只前座有司機與保鑣，簡扼答，「有一點。」

「輕鬆點，」玉玫瞭解我的顧忌，「老王跟老張在我們家做了十幾年，什麼難聽話都聽過。」

司機老王笑著附和，「我們這些下人在休息時間都會聊彼此聽到的消息，總統府哪位喜歡什麼東西，誰跟誰有仇，沒人比我們更清楚。」

意味著只要他們想，也可以造謠影響老闆的事業。玉玫對部屬向來親和，一方面是尊重，一方面也是知道他們擁有的潛在力量，相信已不少次利用過這個資料網。

但我心裡眞正在煩惱的不止是洪老太，還有天若無情俠，那天被所有人攻擊後就消失無蹤，無論官網還是遊戲裡都找不到人，他眞的死了嗎？

司機老王那粗糙的嗓門打斷了我的思緒。「魏醫生，你跟玉玫什麼時候結婚。」

開始採集資料了，反正這不是祕密。「約好一年內決定。」

「玉玫每個月都有好幾位求婚者，別等太久。」

老王是家人，玉玫也不拘小節，都要部屬直呼名字，聞言笑說，「松言對我們的家風有意見。」

「哪位?是玉岫還是玉殷，」老王問，「還是老太太？」

「我阿嬤。」

老王呵呵笑說，「洪阿嬤個性強勢，得罪的人可多了。」

保鑣老張一直沉默，突然開口，「老太太對我們恩重如山，希望魏醫生別太計較。」

玉玫說老張家裡工廠因爲她三姑母炒地皮而倒閉，被洪老太請到台北工作。好吧，就說洪老太有行善，這不改她九十幾歲的人勞師動衆就爲了多活幾年的頑固。錢是她的，要怎麼花是她的自由，但想到手術可能牽扯到一條枉死的人命就覺得不舒服。看車子盡在城裡繞，我問，「妳奶奶不是住山區。」

「今天去醫院檢查，乾脆就在台北的行館裡見我們。」

洪家在台北有很多「行館」，除了自家人住也會用來招待客人，洪院長跟洪二工作繁忙也是住台北，今天玉玫帶我去的那間位在師大附近，兩闢雕獅鐵門厚重的跟城牆一樣，關閉後將颯然綠意與蟬子的交響樂擋在外頭，車子繞大理石噴水池一圈後在入口停下，兩列黑衣人員迎接我們下車進銅色大門，穿過蘇式中庭迴廊，才來到主院。

迎賓大廳門口站了兩位不認識的男子，沒穿黑西裝不似洪家人，說不定是榮哥的跟班，看到我倆恭謹地鞠了躬。進迎賓廳後玉玫吻我臉頰，「去洗手間，馬上回來。」

她進了內堂，留我這個格格不入的外人跟兩個陌生人在皇宮裡等待。不懂爲什麼一個家需要這麼大個迎賓處，近百坪大的廳連往兩道樓梯，前後院，跟標示了上下共五個樓層的電梯，一對松柏盆栽守著大門，窗外庭園內種滿山茶與海棠，水塘裡立了比一樓還高的太湖石，白牆上掛滿國寶級書畫，那幅張大千的山水居然是用來裝飾門口……

等一下，張大千的山水？

我記憶洗牌，想起某件模糊訊息。迎賓大廳右側是通往二樓與B1的樓梯間，這時不知從上下哪個方向傳來腳步聲，一頓一頓逐漸與我平行，突然止住，又迅速遠去，視線追捕到一個瘦小的身影消失在兩樓層間的隙縫，探頭偷看，不細瞧也知道除了是藍迪不可能是別人。

藍迪察覺是我，碎步下樓，半個身子躲在牆後。「魏醫生，你找玉玫姐？」

「跟她一起來的。」我壓低聲音兗得玉玫聽到對話，暗罵自己好蠢，居然沒想過藍迪可能也住在行館裡，只是爲何這麼巧這時候撞面？而且藍迪住這，豈不代表……

右側電梯燈閃爍幾下，從地下二樓直升到這一樓，電梯門打開，走出的正是洪二，兩位壯碩的保鑣，還有一位不認識的削瘦男人。洪二看到我兩眼瞪得圓圓的，只怕撞鬼也沒這麼吃驚。「你……」

那位削瘦男人在場，我只能裝傻鞠躬，「二先生好，洪老太太找我有事。」

洪二也很機靈，甩手說，「罷了。」

我們倆都不想要外人知道藍迪在做諮詢，頭次有了默契。這傢伙舉手抬足都如此傲慢，若不是看在藍迪份上才不會跟他這麼和氣。

洪二對牆角後的兒子介紹那位四十有餘的削瘦男人，「藍迪，這位是洪氏醫院的羅主任，他來給你作治療。」

「治療！」藍迪跟我同時喊，前者詢問，後者質問。

洪二對我的失態感到不滿，但沒時間理我，「羅主任來給你打針。」

我聽了駭然，「打什麼針？」

那位羅主任戰戰兢兢點頭，從藥箱裡取出藥劑跟注射器，看標籤就知道那是對付正性狀況的抗精神病劑，用於降低幻覺、幻聽，與妄想等癥狀。

但藍迪沒有幻覺！李亞是眞實的鬼魂！哪有給腦子清醒的人打抗精神病劑的道理？而且各人體質不同，沒做檢查就直接注射可能會出現【抗精神病藥物惡性症候群】（Neuroleptic Malignant Syndrome），副作用包括高燒、神經失調，與白血球數降低等等，最壞情況會致命。洪二不相信有鬼且認爲諮詢無效，想用強硬手段解決麻煩，卻沒想過可能會害死兒子！

羅主任身爲精神科醫生，應該是知道風險的，莫非洪二威脅他就範？手抖成那樣，就算藥物對症多半也會打偏，怪模樣嚇得藍迪退了一步，又是一步，洪二溫言說，「如果討厭打針，羅主任也有口服用藥，不過打針比較有效。」

藍迪牙關打顫，斷斷續續說，「我，我……」卻接不下去，也無法拒絕，腳被無形的鐵鍊牢牢鎖在現場。

「羅主任是專業人士，不會把你的病說出去的。」

這傢伙拐彎抹角假裝安慰兒子，旨在用隱私條約威脅我不准插手，簡直卑鄙，插嘴問，「羅主任，你診斷過藍迪嗎？有驗血嗎？」我的行動出乎洪二意料，不等他反應過來繼續質問，「你用的是Flupenthixol Decanoate Fluanxol，那是治療精神分裂症（Schizophrenia）的藥物，對吧？」

精神科方面的知識玉玫比我強多了，但基本藥物每位醫生都懂，羅主任當然知道我沒說錯，茫然望著我似乎在求救，我順水推舟，「我已經診斷過藍迪，他沒有精神病，打藥對他只有害處。」

洪二大怒，「魏醫師，你不管隱私權了嗎？」

我昂然說，「病人身心健康出現危險時，心理諮商師可以越權預警，你難道沒讀合約嗎？」我手指對準縮在樓梯口的藍迪，「給沒精神病的人打抗精神病劑是很危險的！」

洪二神情冷淡下來，「藍迪有精神病。」

「我診斷過了，他沒有。」

「鬼魂不存在，」洪二還是那一句，「看得到鬼的人都有精神病。」

「他沒有精神病！就算有，也得經過體檢跟心理分析後才能決定要用什麼藥，不是像抽菸一樣隨便找個牌子解癮。」

「我已經對羅主任解釋過了，藍迪有幻覺，用最有效減低幻覺的藥物即可，」洪二低頭對綁來的精神科醫生微笑，「那藥沒錯吧，羅主任？」

羅主任慘白的點了頭，我看了差點氣暈過去，「他們連見面都是第一次，不可能選對藥的。談政治你是專家，醫藥跟心理學你是外行，請不要擅作主張！」洪二超級忌諱那兩個字，偏要在這時候講，不然好言好語根本聽不進去，「人命關天，請你跟專家合作，而不是把我們當僕人使喚。」

洪二話是聽進去了，臉色卻只有更難看，正以爲要發難時突然回復平靜，還有些許愉悅。「那好，」他神色燦爛，「我決定解雇你。」

他的話像一個鐵鎚擂中我太陽穴，「什……」

「按合約，你一旦終止了療程就不會再涉入了吧？」洪二微笑說，「你是玉玫的……不管是玉玫的誰，終究是外人，洪家的事不勞你插手。我是藍迪的監護人，要怎麼做全由我決定。」

我冷笑，「你不是說藍迪的事由他自己負責嗎？說穿了果然只是爲了滿足控制慾。」

「不干你的事，」洪二對姓羅的小狗示意，「動手吧。」

我怒極抽出手機，其中一位保鑣反應好快，手指還沒按上螢幕就抓住了我雙腕，夾手搶走手機，再將我手臂彎到背後，動都動不了。

「眞的報警也沒用，我只是省了你的麻煩，」洪二淡淡說，「沒有人能違抗洪家。」

唯一的救星被制住，此舉驚醒了藍迪，「不要！」他迅速退上樓，腳跟被階梯絆到，整個人坐倒在樓梯上，不住慘叫，「我不要！」

「藍迪，鬼是不存在的，」洪二輕輕說，「你看到鬼是因為生病，打完針就好了。」

「不要！不要！」藍迪抓起樓梯間的擺設跟牆上的相片框往羅主任砸去，「別靠近我！」

羅主任慌亂閃避，額頭還是被個瓷碗打中，痛得哇哇叫，踩上粉碎的瓷器摔得屁股落地，又是一陣嚎叫。洪二對另一位保鑣下令，「抓好他。」

藍迪亂丟東西，但那保鑣比羅主任強悍多了，躲都不躲。少年看不管用轉身逃上樓，那保鑣瞄準他領子一拉，藍迪襯衫鈕扣登時迸裂了四枚，衣服也被保鑣扯裂了，但這下用力過強，竟然將藍迪襯衫脫下大半，人還是沒抓到，藍迪面朝下跌摔在階梯上，就不動了。

那保鑣吃驚住手，不敢再前進，我跟洪二也倒抽了口氣，「藍迪！」

迎賓大廳一時萬籟俱寂，沉靜中我們定神看清楚藍迪在輕微顫抖，隱約聽到啜泣聲。他撐起上半身，抬頭望向他最好的朋友，他一個月來都不願意回頭面對的事實。

「李亞……」藍迪對漂浮在空中的死人伸手，「救我……求求你，救救我……」

在場除了我跟藍迪，沒有第三者看得見李亞，藍迪眼淚無助地滾下，每聲喘息都引得更多求救聲，李亞仍是無動於衷，空洞的眼神怔怔望著底下的朋友。藍迪爬起，摔倒，四肢軟如學走路的幼兒，掙扎上樓要抓朋友，卻怎麼都搆不著。

洪二對羅主任乾笑，「沒騙你吧，這不就是精神病的徵狀，」臉色又是一沉，「還不快辦事。」

證據擺在眼前，羅主任也有了虛僞的勇氣，保鑣也再次擒住藍迪，後者只差一點便要碰到李亞，揮了個空。保鑣轉過藍迪讓他面對羅主任，橡皮管跟注射筒離藍迪手臂愈來愈近。

藍迪連反抗的意願都沒了，朝我看了最後一眼，不知如何鼓起了勇氣。

「醫生，拜託你！」他呼喊，「拜託你救救李亞！」

藍迪的期望刺激了我，猛力掙脫保鑣的束縛，突來的反抗只掌握到兩秒的自由就又被制服，人抓得更緊了，千鈞一髮時玉玟走出了內堂，眼前的亂象令她止步。

「怎麼這麼吵？」

玉玟接著看到我的窘態。她不知道這裡發生什麼事，但我的狀況很好懂，美麗的容顏立時罩了層冰霜，「放開他。」

保鑣兩面難做人，主人一時沒阻止就乖乖放了手。我雙臂發麻，勉強揪回手機，玉玟也回復了冷靜，妙目掃視全場，「這不是羅主任嗎，大駕光臨怎麼不說一聲？」羅主任手中的事物跟樓梯上的藍迪，告訴了她所有該知道的事。「二伯，給兒子開藥怎麼不先找我。」

洪二哼聲說，「妳跟那蒙古大夫有私情，不值得信任。」

「松言？這跟他……」玉玟秀眉緊蹙，「藍迪果然是你病人。」

我宴會那晚沒透露，但玉玟豈是笨蛋，講不講都若有所感，現在隱私權也顧不得了。媽的，我沒資格當醫生。

玉玟又對洪二說，「二伯言重了，我是職業人士，就算知道松言跟藍迪的關係也不會徇私的。」

「我不信任妳。」

我鼓起胸膛喊，「藍迪沒有精神病！」

玉玫甜笑，「你都這麼說，當然夠準。」

洪二火了，「哪裡沒病了，他剛剛還指著牆壁自言自語。」

「二伯，我跟松言是精神科與心理諮商的博士，比您內行多了。」

「外行」兩字倒過來講，效果差不多傷人，玉玫也故意不理洪二接下來的反應，自顧自對羅主任說，「主任你有給藍迪驗血嗎？有調查過敏源嗎？可別爲了討好我二伯而迴避正規程序。」

洪二沉聲，「一個個試過去，總有一樣有效。」

玉玫的笑容被這句打散，「你兒子不是白老鼠。藍迪需要用藥我全力支持，但開藥有安全程序，可不是憑一己喜好隨便來。」

「他是我兒子，由我決定如何照顧。」

若不是有保鑣在場，我一定會痛毆這個狼心狗肺的傢伙。「洪先生，虐待親屬依法是可以舉報的。」

「那你去舉報啊，」洪二抬起下巴，「法院跟警方都在洪家勢力範圍內，你要怎樣舉報？上法院，我們反過來一句話就能吊銷你執照，關了你的破診所。」

活了三十幾年，從未見過這等蠻橫之輩，眞難相信與我同是文明人。玉玫悠悠插嘴，「他不能，我能。」

洪二一愣，勃然大怒，「妳！」

「我怎樣？」沒見過玉玫臉這麼難看過，「打針吃藥有規矩，這樣亂來真看不下去。」

「妳是大哥家的人，別來管我家的事！」

玉玫冷笑說，「剛剛還在講洪家這洪家那的，馬上翻臉不認親了。」

洪二氣得耳根子都紅了，「就知道大哥家個個向外，妳跟妳兄姊一樣賤。」

我腦袋嗡一聲，怒喝，「連兒子身心健康都不盡心照顧的無能父親，還好膽罵人賤？」

洪二肩膀跳起，被我猙獰的模樣震退幾步，冷笑說，「我就是要罵她是個人盡可夫的婊子，你能怎樣？」

「婊子也比人渣好。」

洪二怒道，「什麼東西，敢在洪家大呼小叫，把他攆出去！」

玉玫喝聲，「阿嬤要見魏醫生，你敢逐人？」

洪二再霸道也不能違抗洪老太，咬牙恨恨對我說，「你已經不是藍迪的諮商師了，不准再管他的事。」

「你問過藍迪的意願嗎？」

「未成年人的意願有什麼好問的。」

「藍迪就是因為你不跟他講話才會想找我，連這點都不懂？」

「笑話，藍迪是被我逼去找你的，他才不會想……」

「我想的。」

那聲音微弱至極，卻成功堵住了洪二的嘴，引得全部人朝樓梯間看。藍迪緊緊抱住自己肩膀，身子抖個不停，但語氣堅決，「我要魏醫生當我的諮商師。」

我問呆然的洪二，「你可聽到了？」

洪二被我弄醒，對藍迪吼，「不准！我不准你跟他說話！」

藍迪閉緊眼睛不去看父親，「我已經跟魏醫生見過三次了。」

洪二瞪大了眼，「三次？」

「因為我想做諮詢，」藍迪與父親面對面，「而且我拒絕打針。」

「想跟這庸醫說話隨便你，先讓羅主任……」

「我拒絕！」

洪二大怒，「你說什麼！」

藍迪縮起身子，但仍是堅持，「我要做諮詢，不要打針，」對羅主任吼，「你給我滾開！」

藍迪對主任大聲，更像是強要冷漠的父親聽他的心中話，那削瘦男人巴不得停手，給藍迪讓出好大一片空間。

人的堅強面只有在為其他人奮鬥時才看得出來，洪二不知道藍迪此舉不單單是為了自己，也是為了保護李亞，只氣得牙關打顫，我插口說，「二先生，父母再不甘願也得接受小孩會長大自主的事實。」

洪二全身肌肉抽動，兩枚眼珠往左角一滑，直是要用視線殺死眼前這可恨的庸醫。「你那家破診所隨時可以讓它歇業，看到時你要怎樣替藍迪做諮詢！」

這傢伙遷怒於我。講眞的我對洪二已經很容忍了，不過這傢伙不斷要挾我珍貴的診所，可不打算再留情面。「可以啊，如果你願意賭上你的選票。」

洪二不懂，「這跟選舉有什麼關係。」

「我跟藍迪的母親連絡上了，她簽名同意我與藍迪做諮詢。」

「溫蒂妮？藍迪他怎麼知……」洪二呸一聲，「胡扯，他媽沒監護權，沒資格決定這種事。」

「是嗎，那爲什麼諮詢合約上是用她的簽名？」

洪二不抖了，汗珠取代怒火覆蓋著全身。他用藍迪母親的簽名當然是因爲不想讓身分曝光，這種小伎倆玉玫在醫院也看得多了，笑吟吟幫腔，「二伯，讓沒監護權的人簽醫療合約可是僞造文書啊。」

洪先生托遠親找名不見經傳的巷子醫生就是爲了保密，看死我不能抵抗，卻被反咬一口，惡狠狠說，「你敢威脅我？」

「是你先威脅我的，」我冷然說，「你這種爛到骨子裡的爲人，才眞的是腦袋有問題。」

這不是魏醫生的話，而是魏松言的話，也是我對所有濫用權勢的人的批判。洪二這輩子敵人無數，連自家人都可能會陷害他，也沒有像現在被一個他看不起的陌生人當面指責，甚至威脅他辛苦建立的政治生涯，狂怒寫滿他整張臉，竟也有些惴惶，兩位部下更是手足無措。

洪二的狼狽模樣讓我感到很爽，很爽。但多年磨練而成的心底警鐘馬上響起：藍迪人就在這，我居然當著他的面損他父親？父子再不合，洪二依舊是監護人，我應該盡可能修補保護這層關係直至成年，講真心話只會加深藍迪與他父親間的嫌隙。

身為心理諮商師，居然為了一時的痛快破壞當事人的家庭，這，這，我可犯了大錯啊！

玉玫沒有我想得深，也看得出我從滿臉快意，瞬間落到比他二伯還要驚慌，正不知道怎麼回事時，一位（不知道在牆外躲了多久的）傭人趁眾人沉默時進迎賓廳，怯生生說，「小姐，老太太在等您。」

依禮數晚輩是不能讓長輩等的，更何況是約我們前來的女主人。但藍迪與洪二的僵局尚未解決，是要怎樣離開這兒去見人？洪老太用一如既往的率直手段解決了我們的難題，親自到迎賓廳抓人，還沒進門就聽她喚，「玉玫，魏醫生怎麼還不進來？」

她雙手一振，裝飾通道的珠簾向兩旁飛開，在珠子落下前穿過了入口，對擁擠的場面大皺眉頭，跟在身後的榮哥與洪院長也相當困惑。迎賓廳輩分最大的自家人是洪二，若要解釋也得從他開始，人卻失了魂般站在原地，本來想把我打成馬蜂窩的犀利眼神也成了斷線風箏，不知飛到哪去了。

常有人形容心死的人眼神很「空洞」，代表失去了指標的狀態，如同還漂浮在樓梯間的李亞一般。洪二眼睛不空洞，眼前卻好像有個無底深淵，把他的靈魂拉進了黑暗，我心底也總算有點不忍。這幾分鐘洪二連續被言語轟炸，對他再不滿也講得太過火了點。

然而我現在不過是對自己感到羞愧，十分鐘後才真正嚐到了悔恨的滋味。

Chapter 19

我的老師曾說人生跟裝沙子的玻璃瓶一樣，每份元素都是一粒沙子，對自己影響比較大的元素則是石頭跟物件，難以被時間之沙所覆蓋。

被霸凌的小孩也不是一開始就想在學校裡開槍，動機是逐漸堆積起來的，心理醫生偶爾也會成爲別人人生裡特別大的石頭。

我當時沒有這份自覺，只肚裡不斷叫糟糕。洪老太、洪院長，跟榮哥三人闖進迎賓大廳，剛剛的吵架他們聽到了多少？我就算被解僱，講話也不該這麼大聲，讓外人聽光了隱私。失職，太失職了。

洪老太再次問現場最尊的晚輩，「你在搞什麼？這人是誰？」

她指的是衣衫凌亂的羅主任，洪二忘神沒回答。洪老太從沒被同一人漠視兩次過，不耐煩改問玉玫，「這裡怎麼搞的？」

玉玫輕嘆一聲，「這位是我們醫院精神科的羅主任，二伯說藍迪病了，請他來這裡打針。」

洪老太望向坐在樓梯間的藍迪，見他滿臉涕淚，嫌惡說，「打針就打針，怎麼……」

轉眼看到地上碎裂的瓷器，唏叫一聲，用非人類的速度閃到樓梯口，「我的碗！」十指像要把自己的頭拔下來，「我的碗！」

一位莊重老人發了瘋似的慘呼，不懂古董的人也猜得出它們在洪老太眼裡比人命還重要，洪院長趕緊去扶母親，「媽，只是兩個碗而已，不用……」

「你懂什麼！」洪老太喝退發福的兒子，「這是明代的景德青花，是無價之寶，世上再也找不到另一對！是誰，是誰敢摔我的碗？」她雙眼如電，落在羅主任身上，「是你！」

羅主任如一隻被蜘蛛盯上的小蟲，速速向後爬行，「不是！不是！」

青黑的血管在洪老太燙紅的脖子上成了條連結頭部的水蛇，往誰看誰就顫抖，唯榮哥無懼色說，「大姊妳先坐下，別氣壞了自己。」

洪老太怒得連好友都聽不見了，視線飄過榮哥，周轉一圈後回到原位，「是你！」她跳上階梯揪住藍迪領子，「是你這小雜種弄碎的！」不等孫子辯解，一個耳光狠狠掃上藍迪，他臉頰馬上多出幾道血絲，腫起五個紅指印，洪老太接著反手又是一掌，不住叫，「我殺了你！我殺了你！」

這幾巴掌沒打得藍迪求饒，卻打醒了洪二，衝上前拖開母親，「媽，住手！」

洪老太回頭一掌把洪二打倒在地上，「我這輩子犯最大的錯，就是容許你帶這隻小雜種回家！」染血的指甲對準地上的兒子，「生你養你這畜生，居然跟洋鬼子有苟且之事，對得起我嗎？」

洪二喘著氣，咬牙忍痛，「藍迪不用妳操心，我會自己照顧。」

「這就是你照顧的成果？發神經需要打針，還摔我的碗？」

「生病找醫生，沒什麼大不了的。」

「他是病了，」洪老太看都不看藍迪，「那小雜種流著納粹豬的血，那是治不好的病。」

洪二閃過一絲怒色，叫道，「藍迪體內也有妳我的血啊！」

洪老太森然說，「我跟那雜種才沒關係，他不是我孫子，你也不是我兒子，你不配！」

他們肯定不是頭次這樣吵，在場有不少外人，簡直有失體統，誰又膽邊生毛敢去阻止？傭人保鑣下班後又多話題可聊了。

榮哥嘆口氣去牽洪老太，「大姊妳剛出院，碗再珍貴也沒健康重要。妳喜歡，我保證幫妳找對新的，好吧？」

「我不要新碗！」洪老太掙脫榮哥的手，「我要跟這不孝子算總帳！」

「哎哎，妳就是這副脾氣才會搞到高血壓心臟病，不冷靜點又要復發了。」

「稀罕嗎！再移植一顆心臟罷了。」

洪二陰笑幾聲，靠著牆壁站起，「妳以爲合適的心臟是天上掉下來的，說有就有？半年就找到妳這顆是好狗運。」

洪院長失聲，「承慶，你少貧嘴！」

洪老太神色不變，淡淡說，「台灣有兩千萬人，漢人至少也有一千萬，會找不到合適的捐贈者？是你們太廢材才會花這麼多時間。」

「有合適對象也得是個剛死的人，妳當活人會願意為妳送死？」

「願不願意有干係嗎？」

我聽了勃然大怒，玉玫趕緊抓住了我的手。

洪老太當然不知道我的心情，知道也不會理。「犯錯還敢頂嘴，以為翅膀夠硬能不聽話了？哼哼，區區一個議員，隨便下個令就能毀掉你的政治生涯。」

洪二氣得渾身打顫，「忘恩負義的是妳！明明吃藥養身，控制脾氣就好了，妳卻執意要動手術，只為了一顆沒缺陷的心臟！大哥每天打電話跟醫院警局聯絡，我放下工作南北跑，用盡人情，妳什麼時候謝過我們了？」

洪老太冷笑說，「哪有那麼多人好謝的？當兒子本來就該盡心盡力照顧母親。」

「既然當我是兒子，就請把話聽完！」

「我是你母親，是你聽我的話才對，哪有反過來的道理？也難怪，一個會跟外國流鶯苟合的人怎麼可能懂倫常？別以為有點小功勞就會饒了你，告訴你，我永遠不會原諒你跟那德國婊子上床！」

洪二怒得血湧上頭部，「妳連溫蒂妮都沒見過，話也沒說過，居然好意思侮辱她？」

「豬在哪個農場養的都差不多，你兒子是雜種，連狗屎都不如。」

洪二雙手握拳，指節都泛白了，他離洪老太那麼近，氣過頭動手根本沒人能阻止。

但他卻笑了。

「雜種，」洪二翻白眼重複，「這兒可是有兩位啊。」

洪老太兩道白眉撞在一起，第一眼居然就朝我望來，有夠可惡。洪二懶洋洋說，「妳以為那心臟是誰的？」

洪院長驚叫，「承慶！」

洪二不理哥哥，「那心臟，不是漢人的。」

洪老太臉色微變，舉手要搗胸，途中放下了，「胡說八道，玉丞都說是……」

「妳要移植心臟，又限定非漢人不可，眞以為有那麼容易？那天有捐贈者過世，恰好又跟妳合，就直接動手術了。」洪二無怒無怨地說，「我叫玉丞隱瞞了這件事，說妳的性命比尊嚴重要。」

洪老太瞇起滿是皺折的眼睛，冷笑說，「你以為我會信這種臨時編的鬼話？」

「不是鬼話，」洪二如釋重負，有股異樣的輕鬆感，「不信妳問大哥。」

洪老太驟地回頭瞪他大兒子，急躁的動作背叛了心裡的恐懼，洪院長被她看得呼吸困難，「是眞的，四位弟妹都知道，怕妳不答應只好騙了妳。」

洪老太開始發抖，不知是憤怒還是恐懼，說不定都有，衣襬首飾劇烈搖晃，才知道她衣服大了兩號，掩飾了其實枯槁的身形，她顫聲問，「是哪種人的？」

「是白……」

洪老太慘叫，「是鬼子的心臟？」

「媽，我們只是想救妳。」

洪二插口，「妳體內或許有洋人的血，至少是活命了，順便讓孫子名利雙收，」他不無快意，「妳很高興吧，娘親大人？」

洪老太根本沒聽見兒子的譏刺，「你們……養你們五個到大，居然這樣報答我？」

「是妳執意要動手術的！」洪二嚎叫，「九十幾歲的人還那麼看不開，把全洪家，全醫學界搞得雞飛狗跳，就只為了多活幾年，為了自己不斷要求他人付出，妳可知道我們過得多痛苦！」

洪老太仍舊在那重複，「你們忘恩負義……忘恩負義……」不是對兒子說，而是對自己說的，低下的頭只看得見沾滿碎瓷的手工波斯地氈，再華貴的物質也無法阻止她滑落，滑落……呼吸過度急促，頭一暈，腳下跟著軟了，玉玫趕緊放開我的手去扶奶奶。

今天來洪家只是跟長輩們見個面就走，沒想到竟會發生連環車禍，很不幸的這還只是個開端，當所有人都專注在洪老太身上時，藍迪突然仰天嚎叫，其中包含的錐心之痛比洪老太更甚，「是你！」他尖叫，「是你們害死了李亞！」

洪二斥，「胡說什麼！」

「我帶李亞去洪氏醫院看病，他卻莫名其妙死了，一定是你們害死的！」藍迪眼淚不受制地湧出，「你們殺了李亞，搶了他的心臟給阿嬤！」

果然如此，洪老太很早就表明自己歧視非漢人，若知道心臟的來源肯定不會要，所以害死李亞的不是她，而是洪院長跟他弟妹們，這份懷疑也在他們揭穿眞相後得到了證實。

天底下居然有如此為富不仁的家庭，為了臟器殺害無辜之人！李亞是藍迪朋友，枉死在他家的醫院裡，可以理解為何會緊跟著藍迪卻不肯交談。想到兩個年輕人因為大人的卑鄙殘酷飽受折磨，恨不得有權逮捕這群不配做人的鼠輩！

洪二聽了指控卻有點茫然，「李亞是誰？」

藍迪吼，「還裝傻，就是你挖了心臟給阿嬤的山地混血兒，他死不瞑目才會一直跟著我！你知道我看到的鬼就是李亞，諮商打藥都是爲了讓我忘掉他！」他雙腳在空中亂踩，「你是殺人兇手，殺人兇手！」

藍迪愈發歇斯底里，洪二神情卻逐漸冷淡，甚至有點無奈。

「亂講話，什麼山地人，」他嘆氣，「捐心臟的是個歐洲人。」

藍迪聽了一呆，回過神來又叫，「就是他！李、李亞他是山地人與法國人的混血兒！」

「捐贈者是義大利拿坡里人，來台灣旅行時死於砂石車事故。」

這話一出，不只藍迪說不出話，連我腦袋也一片空白，愣愣問，「眞的不是李亞？」

洪二不耐，「我說了，不認得什麼『李亞』。」

「他是跟藍迪一起在大稻埕上高中的朋友。」

洪二臉色更怪異，「藍迪讀的是北投的貴族學校，什麼時候讀過大稻埕了？」

我望向藍迪，對方滿臉是汗，喃喃自語，好像是在辯解，卻聽不到在說什麼。如果他跟李亞是讀北投的學校，爲何要說謊？

三人中最先了解過程的，居然是洪二。

「原來如此，」他感慨說，「我兒子從小就有編故事的壞習慣，動不動就說跟誰出去玩，跟誰在一起，根本沒這回事，老師跟保鑣都說他容易被同學欺負，上下課都躲躲藏藏，眞的有『李亞』這個好朋友的話怎麼可能會沒見過？」

藍迪哀嚎，「你騙人……騙人！」

一聲聲「騙人」鞭打著父親，洪二也有著不忍的神情，「還有你說去洪氏醫院，唯一的一次是我帶你去的，因爲你一直說『身子發冷，腰腿無力』，醫生檢查後都沒問題。眞人都沒鬼魂了，虛構的人物又怎麼可能有？」

這段話極有力，聽得我手腳冰冷，但鬼少年確確實實就在藍迪後腦勺上方。如果李亞根本不存在，又怎麼可能會有鬼魂，我又怎麼看得見？

回想藍迪對我說的一切，他講過的人生經驗，混血兒的身分，與家人的關係，跟李亞不尋常的舉止，我終於恍然大悟。

李亞是【幻想友人】（Imaginary Friend）。

幻想友人是孩童想像出來用以陪伴社交生活用的虛構存在，特徵千奇百怪，有極似一般人類的，也有近乎鬼怪的。擁有幻想友人不代表孩童有病，也不代表生活有缺陷，通常只是腦部學習成長時的副產品，大人偶爾也會有。李亞這角色彌補了藍迪的孤獨與缺陷，一個差不多年紀，擁有他所沒有的優點，同樣是混血兒的朋友，就如在網路遊戲裡設計的新人物，希望能感同身受的「分身」。

那，我爲什麼看得見呢？

人心即是鬼神，我看見的李亞的確是死者，是在藍迪故事裡死去的朋友，他幻想友人的殘骸被我先入爲主以爲是眞人，才會有這麼大的誤會。

洪二提出證據，藍迪卻還不肯放手，眼睛死盯著他本來不敢看的朋友，而李亞的形象已經開始龜裂了，澆了海水的沙堡一點一點因自己的重量崩潰。藍迪轉向我，眼神哀求我說話，而寫滿我臉的疑心也感染了他。

「醫生，你看得見李亞……」他嘶啞地說，「請告訴我你還看得見他！」

我或許還看得見李亞，但已經知道他並非眞鬼，又要如何安慰？

連我這個看得見鬼神的人都懷疑了，藍迪已無法維持那個假象，但他仍是盡力盯著朋友，以爲將他燒灼在視線裡就能保存李亞永生不死，諷刺的是眼裡那個幻想友人早已殘破不堪，愈看愈無法相信是個實在的東西，反而崩塌得更快更嚴重，砂作的骨牌一開始傾倒，再也沒有別的力量能阻止了。

李亞就在唯一知道他存在的兩人面前沖刷殆盡。藍迪在同一時間昏了過去。

洪二彎身檢視兒子，看還在呼吸，對驚嚇備至的兩位佣人說，「帶他回房，」接著對羅主任說，「你也去看好他。」

三人攙藍迪上樓，洪二對我投以狐疑的眼神，「你看得見那個『李亞』？」

李亞已經消失了，回答沒有意義。如果藍迪確實相信李亞是眞人，爲何會寫出「死亡」的劇本呢？可能在他心底他已經知道李亞並非眞人，想放棄卻又無法完全割捨，結果李亞以鬼魂的身分復活了。

假人居然有靈魂，這才是藍迪不敢面對李亞的眞正原因，更重要的是李亞擁有他所沒有的「希望」。藍迪殺死李亞是以爲自己對未來不抱期待，心裡其實是寄望更美好的日子，好友半生不死的狀況正是藍迪心裡的寫照。

而李亞現在又「死」了，那藍迪是絕望了嗎？以後說不定還會有第二個李亞或是別的心魔出現，到時候又要怎麼辦？

一旁洪院長跟玉玫陪伴洪老太都不知道發生了什麼事，榮哥知道我通靈的異能，若有所思沒插嘴。玉玫是聰明人，看不見李亞也知道我有事情瞞她，眞是兩邊難做人。洪院長問，「承慶，你兒子到底怎麼了？」

「生病。」洪二還是那句。

「不會眞的跟他血統……」

洪二大怒，「媽不懂事就算了，你一個醫學博士居然也講這種蠢話？」

「不然我要怎麼辦！」洪院長手對還跪在地上的洪老太一擺，「你一直都這麼不聽話，一直惹媽生氣，明知道她不喜歡白人還去跟……」

洪二反罵，「又不是要她去愛白人，我跟誰在一起關她屁事。」

「你，你還這樣放肆……」

「放肆是她！被所有人尊敬服侍，卻永遠不滿意！」洪二怪笑，「早知如此我們也別這麼辛苦，讓她死了乾淨。」

玉玫怒斥，「二伯！」

洪二哈哈兩聲，還欲再說，我暴喝打斷，「講夠了吧！你母親再有不是，非講到她死不可嗎？」

他冷目回視，「藍迪說你也看得到李亞，兩人一樣瘋。」

「別給我換話題，這不是政治演講。」

洪二下唇抬起，「洪家的事你管不著。」

「那你問問自己的良心吧，」我露牙，「這樣對待自己家人應該嗎？」

洪二還未來得及回答，洪老太突然從地上躍起，口吐慘嘯，嚇退了攙扶她的家人。

「醫生呢！」她雙爪挖自己胸口，扯得絲質華服發皺，碎裂，「叫醫生來，我要換心臟！」

看到洪老太的模樣，無人敢接近，但嚇到我的卻不是洪老太的瘋樣，而是離我最近的洪二，在他母親跳起的那瞬間，髒臭的泥漿從他七孔裡噴了出來。

接著，黃水從每個窗戶，每個門口，每個隙縫倒灌而入，迎賓大廳馬上陷入水底，沖倒了古董，盆栽裡的土壤在水裡爆散開了來，牆上的字畫也旗幟般一起浮起，與牆壁呈垂直，轟天水聲中還是聽得到洪老太的叫嚷，洪二製造的黑泥，寄生蟲般鑽出他身體，試探性地環繞著洪老太。

那天在宴會裡我注意到水會因洪老太的意願淡化，現在才知道她身邊一直都存在著非常污穢的水流，髒到連她的人都看不見了，只有陣陣尖叫聲不斷切割著黑泥的攻城戰。

而洪二，原來他不是沒有污水，而是污水都被他吸進了體內，與母親之間原來有這麼多污穢，成了綁起兩人的臍帶，失去自制力的他放出哺養的怪物，勒緊了洪老太的身子靈魂。

洪老太目中無人，水跟污泥一到她身邊就淡化了，現在心防一瓦解，洪二的惡意排山倒海般湧向母親，強到連榮哥身邊的水花都有感應，捲簾般掀起保護主人。污穢卻不理榮哥，只不斷進攻洪老太，她的抵抗愈來愈弱，第一股污泥終於黏上了她皮膚，嘶叫不再有力，呼吸不逮，第二聲叫也發不出了。

「我不要這顆心臟了……」

那句與淒厲神態不合的懇求打開了「門」，滿廳污水黑泥全數沖進了她的身體，震得她身子手腳劇烈抖動，成了線一根根被剪斷的傀儡，跳著瘋狂的舞蹈，當污泥黃水全部鑽入洪老太後，她發出夜梟的慘叫，癱倒在地。

古董回到台位上，土壤再次覆蓋盆栽，字畫也垂下了，現場一滴濕氣也無，像什麼事都沒發生過一樣。

在場除了我沒有人看得見剛剛的異象，呆然的衆人只知道洪老太再也不動了。洪院長咽口水，出來的聲音仍是乾澀無比，「媽？」

「阿嬷？」

洪院長給洪老太探鼻息，把了脈，連抽三口氣，「她死了。」猛力搖人，「媽！媽！」

現場的沉靜瞬間被哭喊聲轟得粉碎，樓上樓下的佣人跟保鑣奔進迎賓廳，榮哥門外的跟班也奪門而入，有人打電話叫救護車，有人連問主人該怎麼辦，現場亂到極點，哄鬧聲中洪院長放下母親，雙手飛起擒住弟弟領子，「你殺了她！你害死了媽！」

洪二愣在原地沒反抗，直到洪院長手勒緊時才漲紅了臉掙脫，「我，我……」他推開哥哥，坐倒在地，「我沒有，我不是……」

洪家人屬玉玫最冷靜，對佣人們下令，「叫車子，送阿嬤去醫院，兩個人留下看好爸爸跟二伯。」

榮哥蹲下看洪老太眼睛還睜得大大的，替她闔上了，對玉玫說，「讓下人送就好，我們先待在這。」

洪院長馬上說，「送去洪氏醫院，我，我也得跟去……」

「你跟承慶留下，玉玫去就好。」

洪院長止了步，玉玫沒空閒質疑，逕自差遣人抬洪老太，準備事宜。我想陪她去醫院，卻也被榮哥叫住，「醫生，給你看樣東西。」

這節骨眼還有什麼好看的？但榮哥神情凝重，說不定是要緊事，只好對玉玫說，「我陪你家人，妳快去醫院。」

玉玫點點頭，秀麗的臉龐與嘴唇失了血色，這份堅強卻讓我覺得美不可方物。

洪二對榮哥的吩咐沒抗議，也沒聽從，只是垂著頭坐在地上，榮哥也沒在意，叫洪院長跟他進別廳，招手要我快一點。我遲了十秒才跟著他們走，因為我看到洪二的後腦勺上漂著一個熟悉的身影。

洪老太四肢軟軟下垂，像隻畸形水母，空洞的雙眼死盯著洪二的背，身子隨著他呼吸一上，一下，一上，一下。

空曠無人的迎賓廳裡，緊緊陪伴著兒子。

洪家的別廳是眾多客廳之一，一張台灣檜木雕成的太師椅居中靠牆，上頭還鋪了紅色綢緞包裹的椅墊，看來是洪老太生前的位子，左右五張自然是五位兒女的了。

榮哥等我進別廳後叫部下守門，居然就坐上了那張太師椅，還示意要洪院長坐旁邊。洪院長還沒從母親死亡的打擊中醒過來，沒反抗照做，我是晚輩本不該僭越，爲了方便說話只好坐到另一邊。

「你們可眞闖禍了，」榮哥嘆氣，「就算是自家人的手術也不該違背病人的意願。」

「我們是爲了媽好！」

「阮知影，阮知影，但這事洩漏出去，別的病人肯定會懷疑醫院亂動手術，媒體抓到風聲，洪氏醫院的名譽就毀了。」

洪院長曉得嚴重性，附和說，「您對，這件事我們幾個知道就好。」

他馬上對我投以嚴厲的眼神。我畢竟是外人，不怪他懷疑我，而且可憐他裝腔作勢。其實這種事我有責任舉報，但牽扯到玉玫的家庭後果不堪設想，只得軟下來，「我不會說出去。」

「那就這麼決定了，榮哥，還請你交代小弟們保密。」

「行，」榮哥挖耳朵，「那你願意付多少遮羞費？」

我跟洪院長同時一怔，洪院長乾笑，「榮哥，請別開玩笑了。」

「你媽年輕時就跟我打交道，來往幾十年了，」榮哥摩擦指頭，「認識這麼久卻死都不肯讓我買醫院的股份，很不給面子哪。」

洪院長臉開始發白，「那是家族的私產。」

「人會死，規矩也可以改。」榮哥上身傾向洪院長，「洪家敵人很多，大姊剛死，在上流社會的地位肯定會出現變化。我能幫你們穩定局勢，但辦事可不便宜。」

「你沒證據！」

「要證據幹嘛，」榮哥陰惻惻笑著，「付錢找幾個斷了腿的老人家上新聞，你覺得人民會信殘障人士，還是有錢人？」

洪院長喉嚨卡住。

「這是網路時代，一句謠言……」榮哥摩擦的拇指食指分開，「能傳到世界每個角落，讓醫院名聲一落千丈，臉書跟官網會塞爆抗議文跟嘴炮，洪家敵人會上節目做文章，一般人也會湊熱鬧罵著爽，贊助商也會為了名譽與你們斷絕關係。」洪院長臉愈聽愈白，「絕大部分人都是蠢貨，讀什麼信什麼，這年頭弄垮一家餐廳醫院，臉書上寫幾個字就夠了。」

洪院長怒喝，「誰敢動洪家！誰敢！」

「這年頭政府做錯事都會被罵慘，人民會管你是貴族？上網的多是年輕人，更會以『打倒強權』為樂煽風點火，這就是人性。」

洪院長幾次張嘴欲言，無法打岔，最後只能垂首，「你要多少？」

「三十趴。」

「三十！」洪院長驚叫，「你想掌控醫院？」

「才不是哪，只是怕以後生病住院會被暗算，知道自己有點控制後才能安心啊。」

洪院長狂怒難以抑制，弟弟不在，家人又都跑去幫玉玫，門口也有榮哥的人守著，終於意識到這是個陷阱，「我，我媽剛死，能不能給我們點時間考慮，等股東大會正式提出？」

「怕什麼，又不會虧待你們。你說是私產，文件都在屋子裡吧，大家都知道洪氏醫院歸你管，別跟我說你沒股份。」

洪家警備的確不輸任何銀行，榮哥台詞如雲流水，覬覦洪家的產業肯定早有計劃，洪院長也在此時才瞭解他母親的好友是匹趁火打劫的豺狼，頭髮花白的他控制不了決提淚水，「我，我媽剛死啊！屍骨未寒，你怎能，怎能……」

「今天換我翹辮子，洪老太也照樣會啃我骨頭，只是好運晚她一步而已，」榮哥微笑說，「還是說你們寧可不要醫院。」

洪院長身子顫個不停，無話可說。

榮哥續道，「你弟目前準備選舉，這事洩漏出去會有多大影響，要是醫院跟政壇兩邊都受損，洪家就垮定了。」他搔下巴，「本來只要三成，但想想你弟氣死母親的事也得保密，就買四成吧，」想了下又補兩個字，「半價。」

洪院長身子冰冷，目光挪向平時最討厭的我，希望我出手救人，但這是他們家的買賣，於公於私我都沒有權利，也沒有實力去抗爭，去駁斥。

榮哥連這點希望都不留給洪院長，「根據法律，若有病患身心受到傷害，當醫生就得報告。沒說錯吧？」

我咬牙點了頭。榮哥拍著洪院長僵硬的背，「當然啦，如果你答應魏醫生跟玉玫結婚，兩家便是一家，就不會把事情說出去了。洪老太不在，你是洪家最長的人，相信會做出對家人最好的抉擇。」

「你不是人……」洪院長牙縫裡迸射著深怨。

「哪的話，」榮哥聲音幾不可聞，「跟你家比起來可差遠了。」

_Chapter 20

七點不到，床頭的手機已經響過三次。

我的手機同時用鈴聲跟震動模式，床頭櫃喀啦喀啦的搖晃聲下，連披頭四的《Hey Jude》都變得刺耳了，但還沒有難聽到讓我想接的地步。

鈴聲斷掉，換訊息說，『他死了，吉姆』，告知我來電者至少還有重要的事想講。

但還沒重要到讓我想查的地步。

我忘了我在家裡待了多久，在床上躺了多久，有沒有用餐洗澡等等，都沒心情去理會，反正我是老闆，什麼時候去上班都無所謂。這陣子騷擾我的污水沒再出現，被褥乾爽鬆軟，我像隻貓捲曲在晨曦的溫暖下。

手機又響了，響沒幾下就因爲自己的震動掉到床下，披頭四的歌原汁原味呈現，完美的令我惱怒，匍匐緊貼著床墊鑽到床底撿起電話。

「松言，你兩天沒工作了。」

早雲總是用最短的句子表達所有的意思，無可辯解，「我知道。」

「有兩位病人決定終止你的服務，建議你打電話給他們，要不也得維持還沒落跑的案子。」

我不爭氣地呻吟，「明天就來。」

「你是老闆，診所不能放著不管。」

我知道我是無理取鬧，所以馬上掛掉電話。早雲沒問我為什麼要翹班。但電視、網路，跟電郵裡的垃圾郵件都在報導洪家女主人逝世的事，肯定猜得到緣由。網上假哭者有之，嘲諷者有之，但沒人知道事情的來龍去脈，發話者也不認識洪老太，只是趁機對她的身分發洩不滿而已。

那天我搭榮哥的車下山，沒去醫院找玉玫，也沒回診所，直接回家倒在床上，靠泡麵枕頭維生，連玉玫的電話都不想接。憤怒、悲哀、紓解，諸多心情在心中打成千千結，最多的還是自責。

我大概是在懲罰自己吧，因為我間接造成洪老太的死，無心成了別人生命洪流中的大石頭。洪二跟母親積怨已久，終有一天會迸發出來，但如果我當時沒那樣逼迫洪二，他說不定就不會找母親發洩，洪老太說不定也不會死，至少不會讓榮哥有機可趁。

而我之所以對洪二發洩不滿，又是因為我太過相信藍迪的故事，產生了【移情】，把應該是心理醫生的自己代入了藍迪的經驗，諷刺的是那「經驗」大部分都是假的，是沉浸於悲劇的心魔，為了讓悲劇持續下去的虛擬體驗。

如果我看不見鬼神，「說不定」就不會犯這種初學者的錯。但我早該在發現藍迪是洪家人時就終止療程，卻因為對藍迪的關切，對洪二的厭惡，對自己的同情，而讓雙重關係持續下去，這可沒藉口。

我還配當一個心理醫生嗎？

老師如果還活著，一定會要我先處理自己能處理的責任。但一個失職的醫生回診所又能怎樣？

心理醫生也是人，但人有分很多種，我現在屬於逃避的那型。心安理得，令我浮起微笑。

手機又開始震動。我將它拋上天空，打定落在床上時如果是正面我就接，反面就拒接。

手機轉了幾圈噗一聲，是個聖杯，我接了問，「幹嘛？」

「榮先生跟沈先生來了，說想見你。」

「改天。」

「他們說會在這待到你來爲止。」

我只好穿上發皺的襯衫跟褲子出門。

幸好還記得鎖怎麼開。

進診所時榮哥人在沙發上喝茶，看到我打招呼，「醫生。」

我點點頭，沈金城在沙發後看到我也只點頭沒說話，他大哥喝完茶又要了一杯，讚道，「泡得眞好。」

早雲端出叉燒酥，「多謝稱讚。」

榮哥等我也拿到茶後才說，「這次你可眞辛苦了。」

我壓不住冷笑，「哪點辛苦？」

「你是洪二雇的醫生，不但跟他鬧翻，還目睹了他母親的死，好在洪院長不會再阻止你跟玉玫交往……」

榮哥現在掌握了洪氏醫院大部分股票，洪院長一定連我也恨上了，與玉玫的關係搖搖欲墜，愈聽愈火大，「承蒙關心。」

榮哥嘆口氣說，「我知道你生我的氣，但請相信我那麼做是有必要的。」

「你勒索了他們。」

「沒錯。」

看他毫無悔意，我更怒，「他們母親剛往生，竟然下得了手？」

「趁心亂勒索最有效。」榮哥看我不滿意又說，「你以爲這是洪氏醫院第一次違規？」

「你有的是資源，大可採取法律途徑檢舉他們。」

「法律是養羊用的，人需要的是正義。」榮哥正色說，「洪家勢大，提告根本無法懲戒他們，只有恐嚇才能永久根絕問題。不這樣，誰知道他們醫院還會做出什麼事，除了我又有誰能懲罰他們，又要如何替其他病人伸冤？我保證今後會監督洪氏醫院的營運，不再讓類似的事情發生。」

「順便大賺一筆。」

「沒錯，」榮哥臉上發光，取茶杯說，「正義就是賞罰分明。」

我沉下臉，「這才不是正義。」

榮哥茶杯剛觸到嘴，抬起視線，「什麼？」

「這不是正義，」這兩天沉默的怒火開始燃燒，「你不過是看準時機做了趁人之危的投資，受惠的只有你一個。不，這連生意都不算，只是直接了當的搶劫！」我倒光心裡的垃圾，喉嚨都被話語刮傷了，背上汗水從涓滴刺痛匯流成數道河流，窗外風起，撕去那片沸騰的皮膚，「『正義不能用來自我滿足』，這可是你告訴我的，敢說你沒爽到嗎？」

榮哥手握茶杯，白冽的水蒸氣輕撫臉龐，沒有羞愧，只有些許欣慰。

「眞好，還有人敢指責我。」他破顏喝茶長聲吁氣，「記得那天在城隍廟我丟了筊杯？」

「你說忘了問問題。」

「其實問了，問該不該退休，」榮哥苦笑，「願意丟筊杯卻又不相信答案，眞可笑。」

「我也懷疑過，但想說你若眞的有決心做一件事，神明也阻止不了。」

「貫徹心理醫生的準則嗎，」榮哥哈哈幾聲，「洪老太像是我親姊姊。」

「親姊姊還搶。」

「『青蛙與蠍子』的故事你聽過沒有?蠍子要渡河，請青蛙幫忙，說服牠說，『不會毒你的，因爲你死了我也會一起淹死。』」

「結果蠍子還是刺了青蛙，」我接口，「因爲這是蠍子的本性。」

「我跟洪老太都是蠍子，都不把趁火打劫當壞事看，」榮哥陰森說，臉圓圓的好好先生蕩然無存，「那是我們共同的本領，所以也才能當好朋友。」話鋒突然一轉，「那天逛廟完後我去了信義區的地盤，百貨裡有個賣洋茶的專櫃，好奇下喝了杯荔枝紅茶。」

「好喝嗎？」

「比普洱好喝，」榮哥看我聽傻，笑得鼓起臉頰，差點又騙過了我。「一輩子喝苦茶，那天居然買了三包果茶。」

「您很訝異。」

「非常，」榮哥搖搖頭，「果茶是洋人喝法，荔枝跟茶葉卻都是台灣產的，追根究柢真的有大差別嗎？前陣子我的確是對當黑道感到厭倦，但我生來是當果茶的料，又何必強迫自己去當普洱？世上若真的有『綠之門』能讓我回到過去，我或許還會有不同的決定，但既然擁有的只是當下，就先求個心安吧。」

「當下……」我在哪聽過這字眼。

「我決定留在幫裡了，找不到更好的歸所就不打算勉強搬家。」榮哥從運動外套裡取出一張沒有名字的支票，「這錢請拿去給藍迪，要不自己收著也沒關係。」

我沒接。「為何要給他錢？」

「藍迪不適合待在洪家，而且父親事業也很困擾他，拿這筆錢跟母親去更接納他的地方，換換心情。」

我氣極反笑，「你拿從洪家污來的錢去幫助他？」

「洪家打從一開始就不是藍迪的歸所，跟家人的關係也不是金錢可以替代的，至少可以不用再擔心吃穿。即便不完美，彌補也是正義的一種。」他頓一頓，「我懷疑江湖永遠會是我的歸所。」

我忽然爲榮哥感到一陣悲哀，因爲他是如此篤定自己只有一條路可走，這決定有多少是期望，多少是責任，多少是恐懼？他畢竟不年輕了，身上還有千絲萬縷的權力遊戲，眞要重頭來過也沒時間。許多病人面對不能改變的過去也會靠別種方法求心安，這並沒有錯，我只是希望事情不必做到這麼絕，不是建立在別人的痛苦上。

「你快樂嗎？」

「我問心無愧，」榮哥將支票放在桌上，「國外不是有句諺語，『要看清一個人的本性，就是給予他最高的權力』，我想我是看清了自己，所以才能感到自在。」

「錯，」我斷然說，「要看清一個人的本性，是在給予他最高的權力後奪走那權力，因爲人面對絕望時的態度才是他最眞實的一面。」我直視愣住的榮哥，「洪老太也是到死前才知道自己是個什麼樣的人。」

榮哥平然回應我的視線，但那只是他要身體擺的姿態，思緒並沒有在我身上。我也看得出榮哥不能，也不敢想像自己失去所有的權勢，他甚至放下了身體的假象，低頭想了會。

「我沒有答案，」榮哥最後說，「但我保證在死前一定會讓你看到我眞實的一面。」

我哂笑說，「請先讓我看見正義吧。」

榮哥哈哈大笑，轉身對小弟說，「金仔，你交了個好朋友。」

沈金城點頭莞爾，我只敢偷翻白眼。榮哥又取出張名片給我，「以後有麻煩打這電話。」

我謝了接過，心裡卻打算永遠不再去看它。我跟玉玫的關係因爲榮哥遭受打擊，他卻還能說「問心無愧」，已足以告訴我他是什麼樣的人，實在不想再涉入他的圈子。有點小遺憾，但心知這是最明智的路。

榮哥講完話看起來清爽多了，好像做了場成功的諮詢還是表演，「你們慢慢聊，我去逛萬華。」

榮哥出診所下了樓，才發現他腳步很輕，幾乎聽不見。沈金城繞過沙發坐在大哥原本的位子上，我問，「他去萬華幹嘛？」

「回味吧，」沈金城就不客氣地揀起招待榮哥的叉燒酥咬，「聽說他跟大嫂第一次約會是在萬華。在大稻埕一舉一動都會被注意，有甜蜜話也講不出口了。」

他笑，我側眼看瑪麗退到鏡子底邊，貓兒躲在籠子裡叫都不敢叫，想起以前早雲說貓看得見鬼魂，而既然人心是鬼神，那牠們看不看得見人心呢？

沈金城吸吮手指，抓起榮哥的茶喝了才吁口氣，「洪家這次鬧得太大，讓你看了場好戲，聽那天守門的小弟說，你好膽當著洪二家人的面教訓他，厲害厲害。」

他說著又是捧腹，我冷然說，「不好笑。」

沈金城哪理我，笑了陣才說，「結果榮哥那阿叔究竟見到了沒？」看我沒回答又說，「阿叔是幫裡出名的小人。」

我將信將疑，「榮哥說阿叔擅長交朋友。」

「是啊，可惜都是爲了出賣人，中傷暗算樣樣來，沒耐心的很，榮哥就懂得等待。」

我親眼見識了榮哥耐心的成果。

沈金城摸著一陣子沒修又開始雜亂的鬍子。「阿叔若眞的跟榮哥聊天，多半也會勸榮哥留在幫裡吧。」

聽到這句，我耳朵後面一陣痲木。「你利用我。」

沈金城聞言大笑，「古錐啊哩，這還要問嗎？榮哥是我靠山，眞的跑路還得了。」

事實一直擺在眼前，我卻沒膽承認，背部癢痲得像是爬滿床蝨。「你拿他當踏腳石。」

「沒錯，」沈金城還是在笑，笑得我手腳愈來愈冷，「實績也要看機會，管花蓮在幫裡連屁都不如，就算榮哥指定我當接班人，大佬們不同意也沒法接任，有他在機會就多了。」

「如果我們沒見到阿叔……」

「不怎麼辦，」沈金城從衣袋裡拿出最喜歡的萬寶路，抽出一根給我，我不接，就自己點了，「講眞的，阮很欽佩醫生哩，在花蓮兩三句說服我就覺得是個巧巧人，傻了點而已。」

「謬讚。」我臉一定很臭，眉心都發痛了。

「所以醫生應該也清楚，榮哥根本走不了，」沈金城按老習慣深吸一口菸，再徐徐吐出，「幫派平時連一個小弟要走都不輕易ＯＫ，榮哥這種大咖想走就能走嗎？」

在說自己嗎，「我想也不行。」

沈金城虎目瞇了起來，不失銳利，「這就對啦，醫生不會昧著良心說話，所以怎麼談都只會讓榮哥更想留下來。我跟其他人說好話別有用心，醫生是外人又一副濫好人樣，榮哥就聽得進去了。」

我深吸口氣，吐出，又吸了氣，「大哥對你有恩，你卻算計他。」

沈金城攤手，「事業重要，沒辦法。」

「你不怕我告訴榮哥？」

沈金城停了笑聲，取出手機遞給我，「你講啊？」

我望了沈金城，望那手機，又望了它主人，沒接。

「還是要我親口說？」沈金城這麼問，卻把手機收了起來，已知道我無言之意。「你當榮哥矇啊，他早知道了。大哥需要我，刀山油鍋都會去，除此之外是公平競爭。多虧了醫生，大哥總算下定決心留在幫裡了。」

我氣得渾身發抖，「你，你跟榮哥簡直是同種人！」

「謬讚，」沈金城學我語氣，「你勸榮哥找接班人，他馬上要我搬來台北熟悉環境，咱們不就成了鄰居嗎？」他哈哈大笑，「說起來俺還欠你一聲謝哪，改天咱們……」

「滾出去，」我低吼，「這裡不歡迎你。」

沈金城頭側一邊，又換一邊，「怎麼，不高興啦？」

「隨便闖進我的生活，拉我進政治遊戲，還敢嬉皮笑臉，把我當成什麼了！」

「好啦，係阮沒講清楚，給恁道歉。」

沈金城抱拳作揖，渾不在乎的模樣只有讓我更怒，「沒講清楚？一下叫朋友一下叫兄弟，從頭到尾都只是在利用我！」

沈金城舉手作投降狀，「算阮不對，今晚我作東，吃哪都我請。」

「免了！」我到早雲的辦公桌處取出沈金城給我的信封，扔到茶几上，「我不收黑道的骯髒錢！」

沈金城望著那信封一會，「這次是我不對，醫生大人大量別計較好吧？」

我冷笑說，「別計較？跟你再多交往一陣，連內臟都被你拔了賣。」

他壓住額頭，「醫生，別講了。」

「怎麼，敢做不敢當嗎？虧你一直講男人怎樣怎樣，原來只是個……」

沈金城忽地猛擂茶几，拍得杯子全數倒塌，「幹恁娘，瞧小弟面上忍你，當我眞的怕啊？」

我被他突然的暴行震退，驚駭抽光了肺裡的空氣。

沈金城冷笑說，「連間破診所都維持不了的雜牌醫生，榮哥寵一點就以爲可以大聲嗎？」

我咽口口水，沉聲說，「這裡不歡迎你，請出去。」

沈金城探手進外套，伸出時握了把黑色手槍，放在茶几上，「噠」一聲給對話劃上數秒中場。

「你要怎樣請我出去？」

沈金城老師般問話，我盯著那把槍像是作弊被抓到的學生，黑油油的L型生物結實，穩健，直如在起跑線上等待信號的國手，我的無言出自於敬畏，而非恐懼。

沈金城獰笑說，「是你診所又怎樣，恁北就是要在你地盤上做主。說什麼要別人看你的人，哼哼，」每說一句就將一個餐具彈下茶几，杯子碗盤逐個落地摔得粉碎，食物茶水四散，「我看到一隻只敢在狗屋裡靠夭，出去就什麼事都做不成的吉娃娃。」

最後連裝飾用的盆栽玩具書籍、榮哥的名片支票、裝鈔票的信封都被他掃到地上，只留那把烏黑的武器在茶几中心對準了我。

「洪小姐肯跟你交往是把你當隻稀有狗兒養，得了便宜還賣乖，躲在這以爲多清高。」他瞠目一瞪，「操你娘機掰，你配嗎！」

我還是說不出話。

沈金城左手食中指轉著槍，「對了，那宴會上有你的病人吧，誰啊？」

「你知道我不能講。」

下意識答了，但那不是我的聲音，沈金城手也同樣自然地提起手槍對準我眉心，

「說。」

我雙眼望進無光的槍口，思考也陷了進去，那刻只覺得槍口不斷放大，放大，整個世界沒入黑暗，白晝與黑夜的絲線從兩邊拉扯我這個傀儡。

也在那刻，我發現黑暗開始沸騰，蠕動。

槍口又開始縮小，縮小，直到光明回到視線內，發現剛才佔滿天地的黑暗其實只有七點

六二毫米寬，也注意到黑暗的主人在發顫，望著我背後。

我擺脫了槍口回頭，看到診所窗戶上一個鮮紅色的掌印正在磨花玻璃上塗著：

救我！

我殺了我爸爸！殺了我媽媽！

我殺了我朋友！

我停不下手！

求你救救我！

掌印愈寫愈多，一行行字佈滿窗子，東牆霎時被血虹籠罩，將診所空間分成陰陽兩個空間。

早雲離桌到雜物室裡取了抹布跟水桶給我，我愣愣接過與她一起清理窗戶。她問，「要不要買個她專用的白板，讓她寫個夠。」

「這樣別人還是看得到。」

「面對牆角就沒問題了。」

「說的也是。等會再談，這裡有外人……」

我這才想起那個「外人」是沈金城，發直的眼睛上下緊跟著我跟早雲的動作，手槍卻還指著我剛才坐的地方，直到用眼神提醒後才身子一震，速速將槍收進外套。

早雲擦完血跡將抹布水桶都放進廁所，出來對沈金城說，「診所要處理的事情很多，沒別的事還請先離開。」

沈金城漠然將大手伸向桌子取茶，看到地上的碎瓷又慢慢抽回。早雲到廚房泡了杯新茶給客人，他卻只瞪著我，一會改往乾淨的窗子看去，又回瞪，「這是什麼把戲。」

「什麼什麼把戲？」

「別裝蒜，你是怎麼讓窗子出現血字的？」

這麼大聲幹嘛。「那是我某位有點不大懂禮貌的病人，下次見面會好好告誡她。」

「黑白講！根本是那查某按的機關是不是？還是你設了時間？說！給我說！」

沈金城滿額是汗，吼得上下排利牙都翻了出來，雙眼也瞪得跟銅鈴一樣，老虎的笑容丁點不剩。他從沒這麼兇過，我也被罵得滿頭霧水，「就說是我病人，你還想……」

他褲管在抖。

沈金城視線隨著我下移，注意到自己的腳，立馬大力按住，結果手也跟著開始打顫，我才明白了狀況。沈金城是少數知道我有靈媒體質的人，嘴巴上說相信靈異之事，心底其實還是半信半疑，至少對其不存尊重，去廟裡拜拜多半也是嘴上祝禱心裡罵三字經。

一個叱吒風雲的黑道老大，不相信善惡報應，現在卻在我診所裡發現世上真的存在著超乎他理解的事物，豈能不畏懼自己的立場？更可惡的是，一個被他當弱鱉的雜牌醫生居然能完全不當一回事！

沈金城魁偉的身子佔據半個沙發，發起抖來也如同地震，還在那緊閉著嘴裝威武，卻連正視我都做不到，巨大的影子跟那把收起來的黑槍一樣愈來愈渺小，突然可憐起他，不想看他繼續出醜。

「沈先生，要動手還請到外頭，我的病人對這種事很敏感，別嚇著他們。」

沈金城是老江湖，當然聽得出我是給他台階下，充滿殺氣的雙眼似乎能將我跟早雲滅口，又忌憚隱形的鬼魂會對他不利，深吸口氣後站直了身。他也眞勇，起身後神色已經回復正常，高大的身子動作無礙，回復成了那個彬彬有禮的紳士，剛才的對恃跟恐懼已被他掃到潛意識的床底，平靜走到門口時早雲忽然說，「沈先生，您上次的問題我有了答案。」她等對方回頭，「我拒絕。」

沈金城哼哼幾聲，微笑極眞誠，「連考慮都不用？」

「我考慮了一星期。」

沈金城又是發噱，這次是苦笑，「爲何不，因爲我得罪妳老闆？妳喜歡他？」

「不是那種膚淺原因，」沈金城勉強抱胸做出個洗耳恭聽的姿態，早雲答，「我拒絕是因爲貓咪討厭你。」

沈金城的酷樣垮了，「就這樣？」

「就這樣。」

沈金城搖搖頭，無言離開，走前沒再多看我一眼。我怔怔站在原地，等到瑪麗叫了幾次「醫生！」時我這才驚覺，「他，他走了嗎？」

「樓下傳來引擎聲，走了，」早雲回儲物櫃取掃帚拖把收拾地上的碎餐具，「短時間應該不會再回來。」

我聽得車聲，等它遠走後還是怔了幾分鐘才發噱說，「哼哼，什麼黑道大哥嘛，看到鬼居然會嚇成那樣。」早雲將她泡給沈金城的新茶遞給我，「一個流氓想勒索人，卻反過來被唬了，哈哈哈。」

我伸手接茶杯，手指居然沒力，茶杯溜過掌握在地上摔得粉碎，熱茶淋得滿褲都是。我呆了幾秒彎身去撿，右手卻顫個不停，左手去抓兩隻手一起顫，搖得手錶在手腕處喀喀連響。

早雲停了清理到我身邊說，「別怕，他走了。」

「我，我……」想罵人，想辯解，想吼叫，「他……」

「先坐下。」

我乖乖照做，腳一軟差點跌倒，扶自己回沙發。茶几上空蕩蕩的，那把槍的影子仍是清晰地印在桌面上，我嘶啞著嗓門，「他想殺我。」

「不，只是嚇唬你而已，」早雲將碎片掃作一堆，「但情勢允許的話也不會有所顧忌。」

「相處得好好的，爲什麼……我還當他是……」

「我瞭解，眞的很遺憾，」早雲輕聲說，抽紙巾擦地，「因爲他就是這種人，一直都是，所以才不放心你跟他交往。」

沈金城本來就是黑道，本來就是個暴力份子，我親眼看過他開槍打自己部下，也會用謊言渲染善行，本就猜到這份委託不懷好意，跟榮哥是互利關係。他還闖入我的隱私，干涉我的自由，企圖對早雲出手。

但……他一直對我很好。

我們談了心事，談了經驗，談了對未來的期許。我們應該是朋友。我希望他是朋友。我以爲找到了朋友。

他不應該是這種人。我希望他不是這種人！就算壞到骨子裡，至少對我有點眞誠，但他沒做到，還拿槍指著我的頭，害我，害我，害我……

「……差點透露了病患的隱私。」我語氣如此平靜。

「面對生命危險，職業道德可以先放一邊。」

「可是我是心理醫生，我是職業人士，這陣子犯了多少錯，違了多少規？」我抱頭，「我害死了洪老太。」

「那不是你的錯。」

「妳懂什麼！」

早雲將溼答答的紙巾丟入垃圾桶，坐上對面榮哥與沈金城原來的位子，「我清楚你的爲人，洪家那天不管發生什麼事都不是故意造成的。」

我冷笑陳述，「有人死了，兩對親子反目成仇，保不住病人的隱私，我就是良心不安！」

「有良心，已經比大部分人善良多了。」早雲看我頹然垂首又說，「幫你取消下午的會唔吧。」

我猛地抬頭，「那怎麼行？」

「總比讓病人看到你這模樣好，況且你今早已經決定不上班了。」

「不必，我……走走就好，走走就回來。」

我喃喃自語，搖搖晃晃起身離開診所。

「走走就好。」

_Chapter 21

說走走，我卻搭了捷運到北門站，離西門町只兩分鐘捷運車程，走路也只花了十五分。那段時間裡五感除了視覺外都是麻木的，甚至沒有思考任何事，被看不見的線牽引到霞海城隍廟後，才發現自己身處熟悉的環境，陌生的時間裡。

我不知道爲何要回來，說不定是因爲這兒是所有事件的源頭。想到榮哥，接著聯想到沈金城，瞬間全身盜汗。

他想傷害我，我卻一個人出診所來到他的大本營，豈非自殺？而雙腳早在有危機意識前，越權帶我跨進城隍廟的偏殿。這空間有兩個出口，沒看到沈金城，沒看到其他可疑人物，只有幾位香客對我驚駭的模樣感到好奇。

我不安全。

怎麼辦，該回診所嗎？我最初爲什麼要離開？那兒至少可以鎖門，而且早雲也在，現在沈金城隨時都能出現，拿槍指著我的頭。

香煙鑽進鼻孔令我劇烈咳嗽，也發現我的呼吸剛剛已經開始加快，幾乎煞不住車，再晚個幾秒說不定便會因【過度換氣症候群】倒在地上。冷靜，冷靜。

我緩緩數起數字，讓呼吸跟數字的節奏配合，逐漸降低呼吸的頻率。這是治療焦慮症用的呼吸法，也能減少腦裡的非理性思緒，廟裡的香煙容易嗆鼻，此刻反而助我不至於過度吸取氧氣，呼吸回復正常後才容許自己多吸一口，去想適才發生的事。

沈金城在我的診所，在我的聖域裡對我拔槍，若不是馮太太突然鬧事，天曉得會不會眞的殺了我。

我爲什麼要離開診所？發生那種事後拋頭露面，簡直跟送死沒兩樣。

這想法卻不可怕，爲什麼？

抬起右手，冰冷的手指在眼前打顫，連大腿也在顫抖。我在害怕，但怕的不是死亡，而是沈金城，怕他的手段，怕他的背叛，怕他的暴力，怕得我離開診所，光天化日讓自己成標的，怕到寧願犧牲性命也要證明他的可怖。

我想死？我不想死？

之前收下榮哥的名片時，我信誓旦旦認爲自己不再需要他，現在卻猛地驚覺他恐怕是唯一能保護我的人，但榮哥向來把話說得好聽，現實裡可能會爲我與結拜兄弟反目嗎？就算肯，也會附加我無法償還的代價。

如果去找玉玫呢？洪家已受到榮哥掌控，連洪院長都恨上了我，又怎麼幫得上忙，再說我豈能牽連她？診所有早雲在，但她總要下班，一個人的時候又如何是好？在家躲一輩子？可是沈金城也知道我家地址。

台北沒有安全的地方！整個台北沒有人能幫我！我甚至懷疑出國也逃不走。

「怎麼辦？怎麼辦？」

撇眼看牆上壇上數百還是數千神祇，心底一股怒火燒了起來，一狗票神仙平白受人祭拜，有危險時沒半個能救我，要來幹嘛？想著便要拔起桌上的法器掃光這群一無是處的神像，但雙手舉起後沒伸向神壇，而是伸到太陽穴用力壓著，壓到頭骨發痛。

這不是祂們的責任，我無權懲罰祂們，就只能懲罰自己了。

「可惡，」我額頭印到磚牆上，「可惡……」

回台灣開業一直都不平順，還是首次感到如此無力。沒做錯事沒說錯話為何要被折磨？錯的是沈金城，他現在卻多半在吃香喝辣，輕鬆想著要如何玩弄我。

不公平！不公平！

焦慮引起生理反應，汗水浸濕了衣服，冰冷的指尖無法安撫滾熱的頭顱，呼吸再次加速，但鑽進鼻腔的不是香煙而是濃冽的酸臭，是比那黃水更加騷弄感官，更加具侵略性的噁心味道，因過氣開始頭暈的我聞到立刻清醒。

「又在胡思亂想了嗎？」

我驚然回身，一個偉岸的邋遢和尙雙眼緊閉，正笑吟吟地看著我。「虛空！」

欣喜若狂下便要上前擁抱他，帶煞氣的臭味馬上又逼得我連退三步。臭和尙翻白的眼睛左望右望，摸下巴說，「我聞到悲情的味道哪。」

「是你自己的體臭吧，」我憶起對方的身分，澀然說，「你……果然也是個鬼。」

虛空呵呵笑，「是麼？我說不定只是你的妄想。」

「不可能的，我認識你在先，之後才在榮哥的照片上看到你。」

「說不定是你一廂情願看錯了。」

臭和尙，講話老兜圈子，「既不是鬼又不是妄想，那你到底是什麼？」

「你認爲我是啥，我就是啥。」

我登時啞了，不是因爲無話可說，而是這幾個月來發生的事千言萬語也說不盡，玉玫的約定，張爺爺的委託，盧空不告而別的沮喪，與新舊鬼魂各式各樣的交往……現在最大的渴望是呈現內心的黑暗處。

「我剛剛差點被殺了。」

「喔。」盧空搔著腋下，好像抓癢比我的命還重要。

「對方是黑道，利用我去操弄老大，我發脾氣就拿槍指著我，還訓了我一頓，」我苦笑，「最糗的是，我之前當他是朋友。」

「他背叛了你。」

「但我之所以怕他，是因爲我覺得他講的完全正確。」在衆多神祇之前有種不得不說，說也沒關係的勇氣，「我從醫是爲了助人，開診所是爲了證明自己的實力，追根究柢是希望有人聽我講話，能備受尊重，找到感同身受的對象，結果一離開診所就像啞了一樣。社交不行，經營不行，想結婚始終下不了決心，專業分寸也掌握失敗，成了一隻只能在自己籠子裡吠叫的吉娃娃。」我猛力搖頭，「人如果連自己都不能接受，天底下又有哪裡能讓他心安？」

「答案有這麼重要？」

「怎麼沒有？」我怒問，新鮮的心情如此提神。

「那你恐怕要失望了，因爲你永遠不會擁有最好的解答，」虛空明杖摸索廟裡的凳子，坐了下來，「人若覺得擁有某樣東西就能解決一切問題，才眞的會引起一切問題。」

「你要我舉白旗投降？」我的語氣比預想的受傷很多，「一輩子當隻狗？」

虛空笑道，「狗有什麼不好，很可愛啊。」

「我是人！」

「氣什麼，人又沒有比狗高尙。」

我燥得掩面住口，虛空總是這副德性，既心煩又懷念。「我是人，不是狗。」

「你也是宇宙裡的一片塵埃，」虛空懶洋洋解下腰際的葫蘆，「十幾二十年後你回首前塵，也會覺得這幾分鐘與其自怨自艾，還不如用來打手槍。」

我看他咕嚕咕嚕喝酒，不禁茫然，「我這麼渺小。」

「沈金城不也渺小？」

虛空灌完酒，哈出濃濃酒氣，我眨眨眼，「虛空，人死後究竟會回到哪裡？」

「回家裡。」

「那……家究竟在哪？」

「呵呵，你問錯人了。」

這時一位歐巴桑持紙錢走過我倆之間，經過後凳子就空了，留我獨自接受千百神祇目光的洗禮。

我取出手機打診所，「早雲，下午的病人是誰？」

「是藍迪。」

「怎麼不早說！」

「你本來今天不上班。」

我掛電話趕回西門町，到診所時藍迪還沒來。也難怪，現在才中午，藍迪是一點的約。洪二解雇了我，洪家現在又陷入混亂，不敢肯定藍迪今天會回診，心裡卻覺得他如果有辦法一定會履約，得在那之前做好身心上的準備。

「肚子餓的話，廚房有便當。」

早雲這麼一說我才想起我沒吃早餐，到廚房一看，居然有兩個還在冒熱氣的火車便當，提進會客室問，「多少錢還妳。」

「不必，」早雲讓貓咪咬嚙一張廢紙，「用的是沈金城的錢。」

「什麼！妳怎麼……」

「松言，錢是沒有身分的。」

一句話卸了我的怒氣，「要不要一起吃。」

早雲點頭加入飯局，我輕巧的將好奇的貓咪隔開，對鏡裡的瑪麗說，「抱歉，當著妳的面吃東西。」

瑪麗笑笑說，「沒事，我懷念便當的味道，但又不會餓。」

「對喔，妳沒有胃。」不餓是因爲沒有胃，但瑪麗沒有腦卻還能思考，要如何解釋？

瑪麗看我發呆，安慰說，「醫生，藍迪就算不能來，也一定是想來的。」

我希望他來，但看診是病人的權力，不是醫生的。我記得恩師第一次教【羅哲斯派】理念時的情景時，他舉著玻璃杯倒入了液體，直至杯緣。

『患者是杯子，心理醫生是水，依患者需求改變自己的形狀。』

他說完乾掉整杯威士忌，與我們分享剩下的美酒。跟醫學界其他職業比起來，心理醫生並不是個很好賺的工作，時時吸收負面情緒，還要跟自己的心情掙扎，加入這科時連同行的前輩都會勸新生三思，眞正留下並能夠貫徹心理諮商的人，多少都有著強烈的助人渴望，支持他們的旅程。

即便如此，心理醫生自己對病人的期許，也沒有病人自己的行動來得重要，所以恩師也警告我們，不管多麼熱心都不能強迫病人接受治療；度化者不能執著於度化。

時間一秒秒飛過，意外地很平靜，幾天悶在家裡沒做事，腦子裡可還動著，對藍迪療程的後續有了好幾部策劃，正是憂鬱與焦慮症狀帶來的奇妙矛盾，當然不管療程多麼細心完美，病人不來也沒用。一點過了十分鐘，幾乎確定藍迪不會來了，我不怪他，洪家畢竟經歷了那麼嚴重的事，有時空白也是個很好的療癒手段。

但診所的門開了。

藍迪探了半個頭進診所，話語細得跟蚊子沒兩樣，「醫生。」

我壓抑著想蹦跳的心情起身歡迎，發現藍迪牽著一位髮色白金的女性進門。那女子高鼻子，微帶雀斑，視線堅毅且柔和，儀態優美有豐韻，是位能讓希特勒臉紅的雅利安美女。那女性一手與藍迪相連，另邊背著與黑西裝相對的象牙白肩包，微笑說，「幸會，我是藍迪的母親溫蒂妮。」

「敝姓魏，」我暗暗吃驚，「您中文很好。」

「為了跟承慶在一起才學的，那時不知道他有家室。」

她沒有生氣或懊悔的意思。「藍迪說他不能跟妳見面。」

「洪家現在很亂，洪承浩院長要藍迪暫時跟我住，減少糾紛，」溫蒂妮笑容更盛，「我想院長是把奶奶的死怪在我倆頭上。」

我只怕也在洪院長的黑名單上。玉玫，哎……

我正要關門，卻發現還有第三個訪客，是漂浮在藍迪腦後的李亞，讓我嚇了一跳。藍迪看到我吃驚，緩緩說，「您也還看得見？」

我看清李亞跟以往不同，皮膚跟茶葉蛋一樣破破碎碎，肢體也殘缺不齊，鋼琴線般纖細的線路連結著殘破的玩偶，空洞處都是不見底的黑暗，星光流轉。我叫早雲準備飲料後，領著母子倆進辦公室，溫蒂妮與藍迪並肩坐在雙人沙發上，藍迪更取了枕頭抱。我取出一個裝錢的信封，「藍迪爸爸解雇了我，這是諮詢費的餘額。」

溫蒂妮回，「留著吧，他也不會要。」

「我不想給他任何可以告我的機會。」

溫蒂妮聽了莞爾，「承慶的確是這種人，但還是請你收著，我認爲藍迪需要更多諮商。」

「我瞭解，但現下有幾個難處。首先洪二是監護人，沒他同意我不能跟藍迪見面。」

溫蒂妮眨了眨她美麗的海灰色雙眸，「我跟他都有監護權，」兩位聽衆同時咦了一聲，「我將藍迪交給洪家照顧，是爲了醫療與教育上的方便，洪家則是爲了保密，這是雙方不成文的約定，因爲我不願放棄監護權。承慶多半是爲了獨斷做決定才騙你的。」

原來洪二害怕的不是僞造文書，而是怕私生子的事情曝光，害死政治生命。我肚裡有氣，藍迪卻很高興，「那我可以繼續來了？」

「當然可以，」溫蒂妮白皙的手指梳藍迪的頭髮，「看你跟魏醫生相處得很好。」

外國人對心理諮商果然開放多了，但他們的意願並非最大的路障，「很抱歉，我不能繼續跟藍迪做諮商。」

母子怔住，藍迪叫道，「爲什麼不能！」

他叫聲裡充滿被再次背叛的創痛，我穩住心情解釋，「我正在跟你堂姊交往，也認識你家的親友，容易在不知情的場合下遇到彼此的熟人，牽扯到私事，影響你我之間的獨立療程。」

藍迪漲紅臉，「我家跟玉玫姊家又不來往，這樣也不行嗎？」

「你們還是同一個家族的人，」這在藍迪耳裡聽起來或許會認爲是侮辱吧，「洪老太愛搞分裂，但血緣關係可是無法眞正切斷的。」

藍迪猛烈搖頭，「都不跟爸爸住了。」

「現在是那樣，以後如何不知道。我們已經好幾次狹路相逢，希望能避免再發生同樣的事情。」

藍迪冷笑，「講實話吧，你是怕我破壞你跟玉玫姊的感情。」

「不是，」雖然確實是發生了，「我怕『我自己』會因爲跟洪家的關係而縛手縛腳，那對你沒有好處。」

「我才不管他們，我要你當我的諮商師！」

「他們再討厭也還是你的家人。」

我眞的很想幫助藍迪，但私人願望對他沒好處，他對我的執著也沒好處，即便有正當理由，結束任何諮商關係都帶給我遺憾與罪惡感。藍迪滿臉委屈，眼睛都紅了，「醫生對不起，編故事騙了你，」他眼淚滾落，「你一定在生我的氣，才會想終止療程。」

「我沒生氣，」藍迪認定是自己的錯，「你覺得你是說謊被討厭了。」

「我討厭說謊的自己，」藍迪嗚噎，「我討厭一直說謊。」

「編故事是傾訴心聲的方式之一，並沒有錯。」

「可是我居然跟虛幻人物作朋友，太可恥了！」

「想像力豐富的人年輕時都有幻想友人，你不是第一位，」我擴展話題，「除了李亞外還有幻想過別的角色嗎？」

「有好幾個。嚴格的師長，對我示好的女生……」藍迪澀然笑，「也有心理醫生。」

我嘿嘿笑了幾聲，「他們現在怎樣了。」

「不同的故事互相穿插，跟連續劇一樣，」藍迪稍稍遲疑，加一句，「李亞是我第一個殺死的角色。」

相當有動力的講法，好現象。「所以其他人還活著。」

「對，但沒有李亞這麼鮮明，」藍迪又問，「所以我是瘋了，需要打針吃藥？」

「我不認為你有精神病。」

「可是我虛構那麼多人物，還看得見不應該存在的李亞。」

我不禁苦笑，「我也看得見啊，他現在好像有點……破？」

「嗯，」藍迪的應聲帶了點遺憾，「李亞到底是什麼？」

他說「是什麼」而非「是誰」，看來是接受了事實。「我認為他是幻想友人，『Imaginary Friend』，」我用中文跟英文講，好讓溫蒂妮知道我的意思，「年紀輕的人常有用來練習社交的虛構朋友，那是想像力的一種發揮，並非病症。」

「可是他如果是假鬼，你又怎麼能看得見？」

「我那位和尚朋友曾說，『人心即是鬼神』，心魔也會化作鬼魂般的存在。」我慚愧地搖搖頭，跟不少鬼魂打交道，輕率地以為李亞也是死者，我還有太多要學的了。看溫蒂妮平靜喝著法式煎培黑咖啡，很意外她如此平靜。「抱歉，這話題可能很怪。」

「不打緊，我是異教徒①，自己也有過靈異經驗，」她從肩包裡取出名片，「『溫蒂妮』就是一種水精靈，名字是圈子（Circle）裡的教友取的。」

這下又多一個人知道我的能力了。「藍迪有對妳說過我跟李亞的事嗎？」

「昨天第一次聽說，他父親很武斷，不喜歡跟人討論私事，包括我在內。」

我嘆，「教育子女是父母同體的責任。」

「也是整個家族與社區的責任，」溫蒂妮接口，「當初來台灣沒想到洪家這麼嚴格。」

「千里迢迢從歐洲來台灣是爲了跟洪二扶養藍迪？」

「歐洲對混血兒也不全然友善，但主要的原因是公司正好想擴充亞洲市場，用這機會到台灣發展。」她輕笑放下乾涸的咖啡杯，「沒遇上承慶我也不會對亞洲有興趣，你們東方人好像稱這個爲『機緣』。洪奶奶本想派人強制將我跟藍迪遣返回國，但我公司在德國有點地位，來台手續也辦得很完美，她才沒得逞。」

洪二的個性多半就是受洪老太薰陶才會這麼壓霸，溫蒂妮敢硬碰硬令我十分佩服，對藍迪說，「相信你看過爸爸與奶奶吵很多次。」

藍迪低聲說，「吵都是爲了我這個『雜種』。」

「人類幾乎全是非洲來的，」我用幽默的口吻說，「而且每兩百人裡就有一人是蒙古血統，我們都是雜種。」藍迪知識豐富，當然知道我在講什麼，聽得笑了起來，我偷偷鬆了口氣，「地球是個世界村，鎖國是教科書上的遺跡，你奶奶實在太看不開了。」

「也不只她，學校的人都瞧不起我，他們以爲我母親是媚外的亞洲女性，藉故欺負我，但當我說她是德國人，他們又說她一定是很醜很肥，要不就是爲了錢，才會找上亞洲男人。」

「那是他們自卑感作祟。」

「或許吧，」藍迪幽幽說，「但這沒有讓我日子更好過。」

溫蒂妮緩然說，「藍迪這麼痛苦，我也有責任。他是我第一個孩子，我跟他父親都事業有成，以爲打點好物質上的需求他就能隨心所欲的發展。」她輕撫兒子後腦，藍迪也靠上母親的身子，「實在不該讓他爸管理一切，尤其又是那麼歧視外國人的家庭。」

藍迪咬下唇，「爸爸有家人還搞外遇，都是他的錯。」

溫蒂妮抱緊兒子，「說傻話，我們沒碰面今天哪有你。」

藍迪讓母親抱，移開眼神，「我有時候覺得自己如果從未出生，世界會少很多糾紛。」

溫蒂妮摟得更緊，「但我會少了你。」

我身子前傾，「在李亞的故事裡你是受歡迎的朋友A，李亞則是被欺負的朋友B。你選擇幫助一位陌生同學，而不是跟其他人一起欺負他，這是很難得的善良。」

藍迪用力闔眼，眼淚又流了下來，「但我根本沒有那種本事，也沒有勇氣，我其實是朋友B，李亞才是那個我沒有的朋友A。」

「不管角色眞實身分爲何，你選擇了幫助人。很多年輕人的故事都是在講要如何報復耍帥，甚至殺死看不順眼的同學，你比他們好太多了。」我維持平穩的口氣，「世界上有你這種人，才能眞正減少糾紛。」

「但我殺了李亞，」藍迪呼吸微微急促，我感受到他的心痛，「想要那份特質，爲什麼還殺了他？」

「擁有幻想友人的小孩通常都知道那位朋友是幻想出來的，但他們不見得會對家人或對自己承認事實。」這是心理學，相信藍迪有能力聽得懂，「我猜你從頭到尾都知道李亞是假人，編出李亞的『死亡』是想替故事劃上休止符，只不過尚未有別的心靈慰藉，難以割捨掉他，現在才會破破爛爛的。」

我沒說的假設是：「你添加了『懷疑奶奶搶李亞的心臟』這設定，既滿足你對奶奶的恨，也讓李亞的故事得以延續下去。」藍迪不需要更多仇恨，那只會扭曲他的成長。

說出口的是，「你不認同被欺負的朋友B是因為有類似個性經歷，卻依然選擇去拯救他。你選擇了希望。」我稍微停頓讓藍迪消化，「你沒有精神病，只是一個非常聰明的人，孤獨地彌補自己缺少的愛。」

藍迪手腳縮緊在一起，抽噎問，「爸爸為什麼不理我？奶奶為什麼不理我？」他泫然，「我做錯了什麼？」

溫蒂妮眼一紅，掩面別過臉。帶藍迪來台灣的是她，將兒子交給洪家照顧的也是她，自責肯定不在藍迪之下。「你裝病引爸爸注意是希望他更關心你，也希望他聽聽李亞的故事。」

「李亞是假人沒錯，但他支持我活了下去啊，我的命不重要嗎？」藍迪仰天怒叫，雙手不斷擂著沙發，「聽我講心事有那麼難嗎！陪伴我有那麼難嗎！為什麼非逼我恨他們不可？」

溫蒂妮伸手抱緊藍迪，他身形便垮了，捲曲在母親懷裡。

「我想念李亞。」

藍迪的不捨讓我想起佛教某個故事，裡頭某男子想結婚，一位朋友便說，「給我一筆錢，我到國外找最美的女性與你成親。」

男子很高興，便依從朋友。朋友用那筆錢到國外做生意，回來對男子說，「我已經找到那女子，她答應跟你結婚。」

男子聽了很高興。朋友第二次回國又說，「那女子已經幫你生了一個胖兒子。」

男子聽了笑得合不攏嘴，在朋友第三次回國時說想見家人，朋友說，「你的妻兒得急病死了。」

男子泣不成聲，好幾天吃不下飯。這故事常用於比喻人被妄想纏身而苦惱，卻渾不知他家人是虛幻的。第一次聽到這故事時也覺得那男子好傻，後來卻很可憐他，幻想出的人物就算是假的，心傷卻實實在在。即使李亞是假人，也曾在藍迪最孤獨時陪伴過他，否定那傷痛等於否定藍迪本人。

「你父親對待你的方法就跟你奶奶對他的方法一樣，嚴格強勢。你奶奶壓迫他，不在乎他重視的東西。」

「奶奶根本是惡魔，」藍迪接口，「我流著她的血，也是惡魔。」

「我猜你父親也曾給自己貼過類似的負面標籤，」藍迪下巴繃緊，顯然對我拿他父子倆做比較感到噁心，「李亞的故事同時參考了你與父親的不安與痛苦，想給故事劃上句點，卻因爲父親跟奶奶，以及你跟奶奶之間衝突，而無法終止。」

洪老太的死雖然是洪二點火造成的，追根究柢卻是洪老太自己播的「因」，傳給了兒子，再傳給孫子，洪家的心靈基因成了藍迪創作的泉源。

洪二現在也創出了幻想，一個擬似洪老太的假鬼，但不是正面的幻想友人，而是罪惡感形成的「怨靈」。洪二以後會如何過活呢？我向來相信懲罰最多是讓人負起責任，並不能幫人改過，知道洪二有罪惡感，遠比看他自我毀滅來得有意義多了。

「我爲什麼要生在洪家？」藍迪自問，「如果不是在洪家，就不會有這麼多問題。」

如果藍迪沒有回台灣，他就不會是「洪家」的人，這標籤究竟是他家人給的，還是他在厭惡自己下給予自己同樣厭惡的標籤，用來懲罰自己？

「藍迪，我爸媽在我出生沒多久後就死了。」

我的坦白吸引了藍迪的視線。「怎麼過世的？」

「酒醉駕車，當時我在車上。」

藍迪倒抽口氣，「你當時也可能會死？他們怎能這麼可惡？」

「我爲此恨他們十幾年，」我稍微沉澱心情，「但父母也是人，也會犯錯。」

藍迪問，「你原諒他們嗎？」

「我想原諒他們，這是爲了自己的心安。我希望……我希望能快樂點。」眞奇妙，以前也對瑪麗說過類似的話，「沒有人能決定自己會在哪個家庭出生，但能選擇自己的歸所，知道自己有這權利時，對他們的憤恨就減輕了。」

「歸所是指一個家？」藍迪問。

「一個能安心的地方，你媽媽想幫你跟爸爸結緣，」我頓一頓，「還有你爸爸帶你去宴會，說不定也是為了趁奶奶心情好時幫你融入洪家。但洪家畢竟不是你的歸所。強迫自己住在別人的歸所裡，永遠只能當一個客人，勉強改變自己去加入他人，也不會感到眞正的快樂。」

「反正他們也不要我了，」藍迪這話又苦又甜，「跟媽媽住一定會快樂很多。洪家當我是怪物，我拒絕跟他們來往。」

「你不但不是怪物，還是個很値得愛的人。」

溫蒂妮微笑同意，「他是的。」

「我們都有憤怒的時候，但請不要誤把仇恨當成了自己的一切，我就是因為誤把自己的經驗跟你重疊，才會出現這麼多誤會。」想到牽涉到洪老太的死，心就很痛。我把自己的經歷與藍迪重複，想藉由彌補他來彌補我自己的缺憾，只是個急著想下班，懶得看門號送貨的郵差。「你爸爸失常，你奶奶往生，我要負很大的責任。」

藍迪趕緊說，「醫生請不要自責，你剛發現自己看得見鬼魂，犯錯是難免的，像我不也錯認了幾個朋友，」他哼聲自嘲，「但想想我既然能設計這麼多人物，以後說不定能當個作家。」

他長大了。「那是長遠的目標，當下的願望呢？」

藍迪沒有馬上回答，這次的沉默是專心思考，而非悲傷。

「能夠跟媽媽一起住，我眞的很高興，」他停頓，「我還是希望能跟爸爸好好相處，但這不是我能獨自主宰的。沒有洪家的保護，也不知道學校的生活會更好還是更壞。冀望被討厭的人保護，我眞膽小……」藍迪揚起笑容，「但，承認自己有不足的地方反而輕鬆多了，至少不用再假裝平安無事。我需要進步的地方好多，但有媽媽有醫生在，跌倒也有人扶我。目標願望什麼的不清楚，只知道……」

他抬頭。

「我不想再對自己說謊了。」

藍迪打開了我的心房，令我狂喜。

說出心底的意願，藍迪也有如釋重負的神情，長長吐出了口氣，「我想繼續做諮商，即使不是跟醫生也ＯＫ。」

「我就在等你這句話，」我從辦公桌上抽出早準備好的文件，「這份隱私合約你看過，我可以介紹認識的諮商師給你。最下面的簽名欄一個屬於監護人，另個屬於當事人。」我倒轉原子筆，「希望我幫忙介紹的話，就請簽名准許我與他人交談。」

藍迪瞪著原子筆，躊躇說，「我未成年，簽名沒效的。」

「相信你不簽的合約，你媽媽也不會簽，」我從母親的眼神裡取得了同意，「這次換我們大人支持你的選擇。」

藍迪望了母親，又望了我，接過原子筆簽下人生第一個合約，簽完拋下筆倒入沙發裡，一臉傻笑。

那瞬間，名爲「李亞」的沙堡也被看不見的海水沖刷殆盡。

我讓藍迪沉浸在勝利的餘韻裡，與他母親相視而笑，即使不能再做諮詢，我仍是打了場勝仗。

「可以教我讀合約嗎？」藍迪仰天問。

「那當然，」我笑答，「下次記得先讀再簽哦。」

註：

① Pagan，指非基督教的古歐洲宗教人士。

Chapter 22

我給藍迪母子講解心理諮商合約以及一些需要注意的地方，並與母親交換了電話，完美結案，送他們出門後早雲問，「談得可以嗎？」

「案子算失敗，所以轉介給別人，」看得出藍迪不懂雙重關係的危險，無可奈何，「我會繼續幫助藍迪，並歡迎母親隨時來電問我相關疑難，但不是以諮商師的身分。」

我把事情的經過說了，早雲問，「結果李亞只是幻想出來的假人。想像的事物能有這種影響力？」

「人心可是很有力量的。電影《王者之聲》的劇本家大衛．塞德勒曾經得過癌症，但靠想像力克服了。」我看早雲揚起秀眉，心裡不禁竊笑，想說終於找到讓妳驚訝的題目了。「他想像自己擁有健康的膀胱，身體系統一切良好，結果癌細胞自己消失了。」

我頓一頓，「在《自己就是治癒者》（*You the Healer*）這本書裡，也有紀錄某人用『希爾伐療法』（Silva Method）幻想白血球是《星際大戰》的反抗軍，打敗代表帝國軍隊的壞細胞，也成功改善病情。癌症專家歐卡爾．賽蒙頓（O. Carl Simonton）所使用的『賽蒙頓療法』（Simonton Method），也報導過用專一想像抑制癌細胞的實例。」

「這要如何解釋？」

「癌症本身是自己的一部分，這類療法依靠想像力與希望，然後全心顧好自己的飲食睡眠跟運動，痊癒的機會就大很多。焦慮憂鬱等症狀本來就會影響日常作息，這類療法可說是內外兼修，」羅傑斯派心理諮商也是相信人類天生有極強的自癒能力，才會以激發病患潛能爲療程宗旨，「心理醫生不該在療程裡扮演醫療者以外的角色，那只會妨礙病患想像更光明的未來。」

早雲若有所思，「聽說ＢＤＳＭ關係裡主人也不能對下僕寄予太多情感，不然會干擾兩人的尊卑，劃定界線的理由好像跟心理醫生差不多。」

「正是，」我微微一愣，「等一下，妳怎麼會知道這種事？」

「上網查過，」早雲邊打字邊說，「純粹探討可玩性。」

該問下去嗎？算了，沒膽。

我終究沒把榮哥的支票交給藍迪母子，也沒對他們提起。金錢的確是種補償，但我跟藍迪的關係不上不下，不願節外生枝，也不想代替他人做好事。榮哥是榮哥，我是我，他有種自己出面當好人，而不是躲在暗處操弄第三者。

台北這麼小，以後極可能還會遇到藍迪，到時候也得保持禮貌性距離。台灣醫學界不像美國那麼嚴，家庭醫生有時跟親人一樣，但心理諮商治療的是心而不是身體，醫生與病人的關係愈乾淨簡便愈好。病人最好能忘掉醫生的存在，老師如是說。

我把支票跟沈金城的錢鎖在一起，決定以後用來幫人，多少也期盼那刻永遠別到來。

「妳怎麼知道我會回診所？」

「你蹺班，卻從沒關手機，」早雲手指轉著保險櫃的鑰匙圈，「所以猜你還是想注意診所的動靜。」

「那當然，這裡是第二個家。」

「偶爾放個假也不錯，早點跟病人改時間就好。」

她是相信我會回來才去買了兩個便當，令人感動。「謝謝妳信任我。」

「我猜另個原因是你想撒嬌，等人打電話問候。」早雲不理我滿臉漲紅，「難怪跟貓咪處得來。」

「是妳喜歡的男友類型，對吧。」

我臊得咬舌頭，早雲卻從容說，「那只是最低限度的要求。」她停頓，「那天跟我講手機的不是沈金城，是洪小姐。」

「啊？」

「你以為我會給剛認識的人手機號碼？」早雲語氣暗示著不悅，「洪小姐那天打來問你的狀況，你蹺班這兩天都跟我保持聯絡。」

「怎麼不問本人？」

「或許她覺得不管問你什麼，你都會說沒問題。」

「的確如此，」我皺眉，「那妳怎麼回答？」

「我說你跟自己賭氣，過陣子就會後悔了。」

妳還可以更瞭解我一點嗎？

早雲又說，「洪家的事她不怪你。」

「她講的？」

「只是朋友間的瞭解，很多事情不講也能體會，這應該是常識吧？」

我嘆氣，「社交不是我的長項。」

「所以洪小姐很適合你，兩人正好互補。」

這話眞叫人尷尬，「一介窮大夫能補足她什麼，再說我們現在也未必能繼續交往了。」

眞是如此嗎？玉玫以前常說要私奔，我當成是玩笑話，現在卻大有可能了。她常形容自己「不能作夢」，所以跟我在一起才會覺得有趣味，總有一天會感到膩吧。洪家的打擊未嘗不是命運的魔法，讓玉玫重新檢討我倆的關係，甚至分手去找更適合她的人。

忽然間一綑書卷重重敲了我的頭，痛得我大叫，「妳幹嘛？」

「瑪麗要我打醒你。」

鏡子裡的女孩果然一臉關切。咦，早雲不是看不見她？看祕書漠然回到桌前打字才知道上了當，「別養成習慣啊。」

「爲什麼不？」我不敢問下去，早雲見狀又說，「有疑惑何不直接找洪小姐談。」

「她家因爲我變成那樣，哪好意思。」

但我心底隱隱覺得早雲說得沒錯。明明我跟玉玫認識得更久，爲何覺得早雲比我更了解玉玫呢？常聽人說女性之間的默契比男女情侶還深，莫非她們講幾次話已經比我十年以上的關係還要心有靈犀？同樣的動態似乎也出現在早雲對沈金城的觀察上，說不定只是我對人際關係特別遲鈍而已，哎哎。

無論如何，這不是我一個人能處理的事，而且我懷念她的聲音，但有件未了結的事必須先劃上句點。

傍晚，我回到中山北路的青雲網路咖啡廳，今天的掌櫃很幸運地是明河。「你師父在嗎？」

明河笑了笑，「師父在忙，但應該不介意朋友找他。」

反正那賊道所謂的忙也不是正經事。穿過一列列聲色誘惑到網咖底端敲了玻璃落地窗，等姚竹貞應聲後進了門，他正在審視茶几上半打文件夾，看到我起身招呼，「魏大夫。」

「幹嘛這麼客氣？」我瞧有幾份文件用硃砂打了圈，「原來你眞的在忙。」

「哪還有假的？」姚竹貞到辦公室角落的熱水器泡烏龍茶，「正想找你。」

「爲何不打電話。」

「你忘啦，你沒給電話地址，也不喜歡我到西門町尋人。」

「說的也是。」這傢伙今天全沒氣焰，甚至有點愁悶，好不習慣。「我能如何效勞。」

「你是客人，先說吧。」

「我想道歉。」

姚竹貞小指挖耳，以爲聽錯了。「道歉？」

「你以前說我是外行靈媒，容易看錯東西，」我撇撇嘴，「最近才相信你講的沒錯。」

姚竹貞學邵氏壞蛋仰天長笑，梳著不存在的長鬚。「不聽老道言，吃虧在眼前。」貞夠孩子氣，但理虧在我，就讓他得意一陣子吧。「的確是太自大才會看錯。」

姚竹貞止了笑，「你到底看錯了什麼？」

「我看到的鬼不是死人。」

「是妖？」

「可以這麼講吧。你說我被七個惡鬼纏上，可能不盡然是死者。」

「我也從來沒說過是死人，你又不讓我去診所檢查。」姚竹貞瞇眼，「你沒有養小鬼吧？」

「才沒有，我也不會。」但診所裡的確有兩隻鬼，希望姚竹貞永遠別發現。

「最好不是，外行人敢造次，瞧道爺拿木劍鞭你。」姚竹貞突然有點忸怩，「你，呃，是不是魂魄能出竅，還能用祂上網？」

我嘆口氣，「你發現了。」

「天若無情俠追求我女兒失敗時，道觀陰氣大盛，出去才看到你失了魂，螢幕上的『阿松』自己在動。」

也幸虧如此才被雜毛救了，「是你拉我回來的。」

姚竹貞嗯嗯幾聲，「你知道嗎，我有位師叔是風水界的權威，能聞到色彩的味道。」

我駭然，「色彩有味道？」

「他說有。你看你，身爲靈媒還懷疑圈內的事。」

「誰叫我是外行。」我打算多用這當藉口。

姚竹眞又說，「我想說既然有人能聞到色彩的味道，說不定也有人能看到道士看不見的業障，像用靈魂上網我們就做不到。」

「所以你領悟到我觀察的東西跟你相違，可能只是你看不見而已？」

賊道躊躇一會，「大概吧。」

我笑罵，「道歉就道歉，繞這麼個大彎子。」

姚竹眞怒喝，「誰道歉啦，只是陳述事實而已。」

「都承認理虧了還要帥，是想怎樣？」

「你本人都搞不清楚自己的能力，外人搞錯很正常吧？」

「所以就給我道歉啊，輸不起的雜毛！」

「你叫誰雜毛！隨便下個咒，包你每次擦屁股紙都會破！」

兩隻野貓差點要打起來，入口玻璃落地窗傳來叩叩兩聲，明河開門說，「師父，請您安靜些，客人都聽見了。」

我跟姚竹眞紅著臉答應，徒弟一走姚竹眞又哼聲，「都是你的錯。」

我也哼，「網咖設房間不設隔音，用來幹嘛的？」

「沒錢。」

「那少買一點模型！」

「頭次開業，能有多少經驗？」

姚竹眞的話令我恍然，「你……剛開竅時是不是也常搞錯？」

「那還用說，每個靈媒都有過那階段，有人被逼瘋，有人受不了一直被通信而自殺，還有走上邪路的傢伙，」姚竹眞咬了吐出的舌頭，「像我第一次施法就害死了人。」

我吃了一驚，「害死？」

「我師父說這不全然是厄運，因爲人只有在經過挫折才學得謙虛，害死一人，以後拯救一百人來彌補。」

「辦到了嗎？」

「去年達成目標，」姚竹眞露牙，「所以現在是自信實力都點滿了。」

「嘿嘿，你的驕傲絕對不是最近才有的。」

「所以你別氣餒，好好練習以後也能成爲獨當一面的靈媒。」

姚竹眞平時那麼囂張，以前卻也受過不少挫折，現在更當師父收徒弟了，那我是不是也可以別再折磨自己？藍迪的案子雖然很遺憾，的確不失爲一個教訓。「多謝安慰。」

「誰安慰你了，這是陳述事實。」

「死傲嬌。」姚竹眞櫝子微開，五顏六色的收藏隱約可見。「所以你找我有什麼事？」

「想請你找人。」

「堂堂茅山道士居然會請心理醫生找人？」他正經八百，繼續嘲弄有失風度，「想找誰？」

「天若無情俠。」

我的胃猛地抽緊。

「我激怒搶白，卻累得他被圍攻，」姚竹眞黯然說，「天下無敵，也會敗在流言流語下。」

「每個人說話都得算話。」

我這麼說代表同情姚竹眞的悔意，也代表不會幫他逃避在這事件裡扮演的角色。但看他神情肅然，我實是多此一舉。姚竹眞又說，「造了業只能盡力彌補，但他不但從朋友名單上消失，連伺服器都搜尋不到。」

「你覺得我找得到。」

「你的魂魄能跟網路連結，比我有機會多了。」姚竹眞頓一頓，「我把你當外行人，你卻踏入了我所不及的境界。」

「我通靈都看緣分，不是說想連就連。」

姚竹眞苦笑，「那你運氣比我好。面相差了點，手相說不定很棒。」

「嘿，認眞不了幾分鐘又開始挖苦人。」姚竹眞好像還不清楚我跟天若無情俠是醫生病人的關係，也不清楚對方的眞實身分。「不確定找不找得到，找到的話要我請他跟你聯絡嗎？」

「這個嘛……」姚竹眞雙手食指黏在一起彎了彎，「我怕他生氣，能否先幫我講幾句好話。」

我怒問，「生死有命，有什麼話都該親口講，等對方往生後就來不及了。」

姚竹眞認眞想了會，「甚好，那請你找他與我聯絡。」

我暗吁了口氣，「既然你苦苦哀求，就勉爲其難吧。」

「至於費用，」姚竹眞回辦公桌取了張信封大小的黃紙，「聽佘師兄說你好像沒個安穩所在。」

他沉吟半晌，咬破大拇指用鮮血迅速畫了張龍飛鳳舞的符，遞到我手上時還能聞到強烈的鐵鏽味，「貼在自家門簷上，可辟妖邪。」

我不懂道術，但這是姚竹眞用自己的血製成的禮物，心底不由得感到震撼，「太珍貴了，我不能收。」

姚竹眞笑說，「依你需求畫的符，別人也用不了。」

身爲靈媒能不讓鬼魂騷擾，這是多大的平安，感動之餘我低了頭，「謝謝道長，」我也取出名片給他，「想聯絡就打這號碼。」

「可以拜訪嗎？」

「可以，但不准掃鬼，以後請多教我通靈的常識。」

「先把兒子的臉換掉。」

「人妖也敢說我。」

姚竹眞大怒，頭都不回，反手精準地點了第二台電腦的開關，它立刻主動開機，連線，啓動遊戲軟體，「魏松言，今日要你爲無禮償命！」

「隨時候教，你這武俠廚，」轉念一想，「改天吧，我先去找人。」

我離開姚竹貞辦公室去櫃檯付錢包台，才回到上次靈魂出竅的電腦檯號，照常開機上網，用「阿松」登入遊戲。網路眞的很奇妙，閉眼時還在台北的水泥叢林裡，睜開眼睛後阿松已經浸沒在沙漠烈日下。不少宗教認爲只有神才能同時出現在世界每個角落，網路讓人類直逼此一境界。但神又有什麼了不起的？

我回到沙漠城鎭，問玩家扮演的老闆，「請問克蕾多在嗎？」

老闆抹著碗盤，長滿鬍渣的嘴往樓梯一撇，「她在樓梯下。」

酒吧樓梯底下是店裡最便宜的客房，是儲物間改裝的，老闆對住客的敬意還低過了房租。我謝了他，繞過三教九流之輩，開啓那間站得兩三人的房間，裡頭一張比椅子大不了多少的床上坐了一位枯燥的中年婦人，絲絲光線滲透腐爛的木頭地板，照射下顯得毫無血色，看到我時擠出一抹微笑，「嗨。」

「嗨，」我在婦人身邊坐下，「這陣子如何？」

婦人一會沒說話，「好一點點。」

我等對方補充，但她沒有再多說，「妳希望我稱妳『克蕾多』，還是『天若無情俠』？」

「隨你。」

「那就老稱呼吧。樓上還沒退房，爲什麼要待在這？」

「去那房間不就洩底了？」對方慘然說，「喪家犬只適合這種房間。」

「你覺得自己是喪家犬？」

「還能是別的嗎？人生第一次告白，卻在所有人面前被徹底討厭了。」他已經有皺紋的臉跟死人一樣欠缺表情，「你不知道人家那時候收到多少嘲諷挖苦的簡訊，沒有一個人同情我。我是全世界最強的玩家，又幫助過那麼多人，以爲自己很受歡迎，原來大家都是趨炎附勢，表面上吹捧我，底下其實都在嫉妒我，算計我。」

這時有人上樓，踩得樓梯咿咿叫，灰塵簌簌飄落。這純粹是視覺效果，我還是下意識想矇住口鼻，「『敬天愛人』團也沒聯絡嗎？」

「沒聯絡，」他在長長的沉默後答，「不過就是告訴一個人我喜歡她，眞的錯到需要被社會抹殺嗎？」

「你沒有做錯。」

「那我爲什麼會被霸凌！」天若無情俠的怒吼沒有實質聲音，在悶塞的空間裡卻格外震耳，「爲什麼不認識的人都來挑釁我！我怎麼招惹到他們了？」他抱頭，「我把朋友名單上的人都刪除了，還封鎖了幾百個煩我的玩家，但刪都刪不完，只能換名字換樣貌躲起來，可是我還能待在這嗎？每個人都知道我的醜事，走在路上多半也會聽到嘲諷，別的玩家還可以換角色，我就只有這隻，逃不走啊！」

我讓天若無情俠喘口氣沉澱心情，半晌後才問，「兩天前我出了點意外，所以你傳訊來時無法馬上回你。」

「本來你也被刪除了，但我想如果有一個人信得過，能談論心情的，就只有醫生你了。」

「謝謝你。」

天若無情俠唉一聲，「人家才該謝你，怎麼倒過來了？」

我微笑答，「我們上次見面時起了爭執，你依舊選擇信任我，讓我感到很光榮。」

「拍馬屁的人臨危全逃走，反而是講逆耳話的人留在身邊，」天若無情俠嘖聲，「現在才相信眞正關心我的人絕不會只講好話。」

「譬如家人，是吧？」

婦人吃了一驚，挺胸回望我。他期待嘲弄，我的眼神表白沒那意思。「你發現了。」

「也不算發現，只懷疑過，」我盡量不讓語氣有起伏，「你說你是活在《TRIAL》遊戲裡的鬼，而且不能下線，若是這樣應該也不能使用遊戲外的軟體寄訊息給我才是，但我們幾次聯絡都是用聊天室，你也能在遊戲論壇留言。」

「說不定我是活在網路上的鬼。」

「那你的活動範圍應該不受限於《TRIAL》，不會一直說自己被遊戲關住。」

天若無情俠沒有反駁，「還有呢？」

「你的『敬天愛人』團每次講話都聲援你，你用心做事情的時候卻都呆站在那默不作聲。」我抒展手掌，「我猜你是多箱操作①，全團五人都是你一個人扮演的。」

天若無情俠彈了手指，「Bingo。」

「再加上你能藉遊戲公司的服務改變名字容貌，答案很明顯了。」

他嘆氣，「你想得對，我不是死人，是張爺爺教我這麼說的。」

天若無情俠坦承作弊，口吻卻輕鬆了不少，我當然聽不見他的話聲，但經驗讓我能從對話裡猜到對方的心情，打開袋子遞一瓶飲料，鼓勵對方繼續說下去，他接過喝了。

「我住南投，已經有兩年沒離開房間，」天若無情俠句子一段一段打，「大學是文學系。」

「原來是才女。」

「哪裡，人家只是……」他句子中斷，「怎麼連這都知道？」

「妳常自稱『人家』，那是年輕女性用的謙詞。」

天若無情俠點點頭，「習慣改不過來。」

「克蕾多是真名？」

「自己取的，本想說去國外讀研究所會用得到。我期待地平線……得到的卻是幾尺大的白牆壁，大學畢業後找不到工作，常待在房裡上網，一開始只玩幾小時，接著一天，兩天，一星期……逐漸變得不敢出房。」

繭居族的症狀。「爸媽怎麼說？」

「他們很擔心，我推說是靠網頁找工作，其實都在玩社交跟遊戲。」天若無情俠淡然盯著老舊腐朽的木牆，「後來我訂購了一個夜壺，就再也沒出房門過了。」

「吃飯怎麼解決？」

「我媽可憐我，給我送飯清夜壺，每次到門口都會等在門外，求我開鎖，求我跟她見面，讓她抱一下，講一句話也好，我只能躲在棉被裡掩耳朵等她放棄下樓。」天若無情俠的故事斷斷續續，「我是個失敗者，丟他們的臉，不敢面對他們，連講話都用傳訊，幾次爸爸受不了想破門，都叫我用自殺威脅退步。聽他們跟朋友在樓下聊天，問起時都推說我出國深造，不敢說我躲在房裡。」

天若無情俠的角色始終面無表情，但面具下的「她」已經泣不成聲。「我真的好怕，怕爸媽的看法，怕社區的看法，也怕自己的看法，只有在網路上用假身分時才能自由自在。」

我點點頭，「非常孤獨的日子。」

「我死的時候爸媽在葬禮上會怎麼形容我？會慶幸我終於死了嗎？我的家人不需要我，這個世界也不需要我，死了算了。」

此地如果有認識天若無情俠的人在，絕不會相信這婦人跟他是同一人。有憂鬱症的人通常都很會演戲打扮，「天若無情俠」刻意的開朗與耍帥都是水面上的倒影，眼前的婦人低潮枯朽，才是心靈的眞實寫照。

日本有很多繭居族，在台灣倒還沒聽過，東方家庭庇護自己人的習慣沒有不同。社會普遍認為他們玻璃心，沒路用，卻沒想過他們經歷過什麼樣的挫折，也沒想過東方家庭因為較保守，家人寧可讓繭居族啃老，也不願讓別人知道，造成當事人更嚴重的幽閉心態。

繭居族不是不想出房門，他們恨不得能夠跟常人一樣出門交流玩耍，而是心理上沒接受過幫助，社會又如此殘酷，多批評少鼓勵，才會寸步難行。繭居族不需要「回歸社會」，他們本來就是社會的受害族群，需要的是鼓勵與幫助，而不是攻擊。

我給天若無情俠兩分鐘空白，讓她有機會重讀我們的對話。網路對談能夠回頭重讀，好處是能夠審視自己當時的心境，壞處是會加強那份心情的堅定性。我認爲她此刻需要調整心情，如果重讀能讓心底的悲苦發洩出來的話再好不過，即使心情惡化也有我扶持。

「妳角色的模樣是心情的寫照，」我打破沉默，「妳害怕到老都不能擁有值得珍惜的人際關係。」

「我想交朋友，」她答，「我想去登山，去游泳，去學跳舞。我想多寫作，多繪畫，想要談戀愛，可是有誰願意跟一個家裡蹲交往？有誰願意跟無業人士談話？就算有一百個學位，別人看我沒錢沒工作沒外貌，就絕不會給我好臉色。」

「妳想改變現狀，只是不知道有別的出路，並非心甘情願躲在房間裡，要不然也不會透過張爺爺找我。」

「我跟張爺爺是在一個角色扮演的聊天室認識的，熟識之後兩人改用私訊。我說想找心理醫生但不敢出門，他就說認識某位醫生願意配合我這種病人。」天若無情俠澀然笑說，「條件是我得先假扮成一個鬼，聽了覺得有趣就答應了。」

所以天若無情俠假扮死人，是爲了跟我在網路上做諮商。

網路上當然可以做心理諮詢，但最良好的療程需要兩人面對面，因爲人的行爲在網路上跟在現實生活裡很不同，網路代號會誘惑病人逃避拖延，而且不跟眞人接觸也會影響互動能力。一般病人我肯定不會這麼通融。但張爺爺知道我是個願意接受鬼魂不便之處的靈媒兼心理醫生，該說佩服他的機智嗎？

眞相大白，卻也有了新的疑問。我當初「僅僅」只是懷疑天若無情俠，是因爲張爺爺能跟他聯絡，認定靈魂可以藉網路殘留在陽世。天若無情俠是假鬼，張爺爺可是眞鬼，是如何上網找天若無情俠的？不但知道我聊天室軟體跟ＩＤ，貌似還通曉哪種病人能從我這獲得助益，他到底是誰？

「張爺爺後來還有跟妳聯絡嗎？」

「之後就沒有了，」天若無情俠扮個鬼臉，「他說得對，魏醫生明明猜到人家不是鬼，也知道我是人妖，卻還願意那樣配合我，甚至扮演『靈魂上網』，沒見過你這麼友善風趣的人。」她頓一頓，「爲什麼不揭穿我？你不氣我說謊嗎？」

「事實不重要，」我的回答出乎她意料之外，「只要妳能從故事中學習，那就算說自己是外星人，我也會照著妳的劇本走。」

就像我當時靈魂是眞的上了線，但被天若無情俠認爲是角色扮演反而更能與她連結，所以就決定繼續扮演這角色，再說人編織故事是爲了彌補心中的缺憾，對病人的成長而言，比數據化的資料來得更有幫助。「重點是我們該如何利用這故事來幫助妳成長。」

天若無情俠恍然大悟，「所以你才一直問人家是否眞的想要離開，用我自己的言語跟角度來考驗我。」

「妳想投胎轉世，其實就是想『離開遊戲世界』吧？無法下線是因爲在這兒擁有現實生活裡沒有的名利。」

天若無情俠點了頭，「我有很多遊戲跟傳媒的帳號，沒有一個有《TRIAL》這麼上手，這裡是我唯一能出頭的世界……」她攤手，「網上有那麼多朋友，下了線就只剩我一人，怎樣都不敢離開。」

「但妳沒有眞的交到朋友。」

「我沒有朋友，」天若無情俠語聲顫抖，「粉絲看到的都是虛擬的財富與實力，連我是什麼樣的人都不清楚，最了解我的只有自導自演的『敬天愛人』團，自始至終都是孤身一人。醫生說得對，我很寂寞，全世界有那麼多人，爸媽就在樓下，網上好幾千個粉絲，卻覺得孤零零的。你是我唯一能談知心話的人。你說不能當朋友時我好害怕，因爲我信不過別的人！」

她抓緊面目，指甲都嵌入了肌膚，「我名聲毀了，遊戲裡的財產救不了我，下線又不知道能去哪。我從來，從來沒有這麼想死過……」

我將阿松移得更近一些，讓天若無情俠記得身邊有人。物理上的距離跟心理上的距離能互補不足，許多看似孤僻的人其實都渴望能跟人接觸，接下來的話也需要天若無情俠做好心理準備。「其實我剛剛在鎭上混了一陣才來找妳。」

「知道，朋友名單有顯示位置。找朋友嗎？」

「是民調，」我半開玩笑的說，「妳的事已經沒人在談了。」

天若無情俠聽了一怔，「沒人？」

「沒人。」

「你說謊！」她吼，「怎麼可能沒人談了！」

「還記得妳提過遊戲要出新版本？那是目前最火的話題，」我對呆然的婦人說，「大家忙著破關，都沒在談之前發生的事，最多是討論妳會怎麼攻略。」

「不可能，」天若無情俠雙手亂揮，「那天大家明明在公幹我，連不認識的人都嘲笑我。」

「人是喜新厭舊的，網路話題跟過眼雲煙一樣，今天罵得爽，一個星期後就會忘記自己在爽什麼。」

天若無情俠喃喃自語，起身在窄小的房間裡來回踱步，有幾次還踩了我的腳（當然不會痛），手臂紛起紛落，講不出完整的話，好不容易坐回床上又靜了幾分鐘。

「這陣子……是個噩夢，」她看著雙掌說，「告白被拒絕，失去所有朋友名譽，不能用最喜歡的角色逃避，恨不得一死百了，結果這噩夢其實不存在？」她抬起頭，「我被一個不存在的東西折磨成這樣？」

「每個人都曾被無實際價值的東西折磨過。」

天若無情俠怔怔望著我，眼神似乎在變幻，一個被自己貼上高價碼的東西突然發現是贗品，其混亂是可以理解的。「你也有過嗎？」

「每天都有。」

「每天，」她重複，「你怎麼有勇氣活下去？」

「這是現實生活，」我將答案寫成幾個段落，「工作，交際，家人，再麻煩都得應付，差別在於現實生活無法『下線』。」

「我也無法下線。」天若無情俠立刻寫。

「妳是選擇不下線。」

我趁這時揮出寶刀，她聽了大怒，「你懂什麼！」

「證據在於妳想離開房間，」我答，「如果能跟朋友去登山游泳，寫作繪畫，甚至談戀愛，妳不會把自己鎖起來。」

天若無情俠無法反駁，「不能下線，那活著不是很危險嗎？我寧可在網上躲一輩子也不願過那種生活。」她語氣開始尖銳，「但我想出去！我想離開這個堆滿垃圾的白色囚牢！醫生你告訴我，我該怎麼辦，該怎麼辦才好！」

我沒有馬上回答。身心法的要訣之一是用行動影響心理症狀，減緩交談速度能讓對方消化資訊跟心情，有助於吸收下一段話，也能給醫生時間思考。「聽過『匿名戒酒會』嗎？」

「那是酒癮患者互相分享心得與成就的療癒聚會。」

「它們的療程借助宗教力量，不適合所有人，但主旨與其他心理療法共通，那就是『據實』，」我又暫停了十秒才打，「第一，當事人必須接受這條路不好走，不但會有很多痛苦，症狀還有復發的可能。」

天若無情俠苦笑，「所以我眞的是中了網毒？」

「我建議妳別給自己貼更多標籤。」這也是據實的看法，「第二，妳不是孤身走這條路，至少有我跟家人在。妳或許認爲家人很嫌惡妳，請相信他們是不知如何是好，才會額外擔心。」

「我相信是的。」天若無情俠遲了一會說。

「第三，我們可以藉由分享經驗來探討該如何幫助妳，」我頓一頓，「當醫生也跌過很多次，每次都痛，也才發現每個人應付危機的方法都不同，但危機正是『危險帶來的機會』，這次的經驗會幫妳踏出房門。」

「怎麼說？」

「妳體會到網路並非唯一的解答。」

天若無情俠移開視線，「但我沒理由離開房間。」

「登山、游泳、跳舞、寫作，跟繪畫呢？」

她聽了彎起嘴角，「人家說的話你記得那麼清楚。」她嘆氣，「我已經忘掉快樂的感覺了，快樂跟小時候聽的童謠一樣遙遠，一樣虛假。」

「會比他人跟自己嘴裡的負面想法更虛假嗎？」

天若無情俠淺笑，「我很傻，被自己編織的謊言害成這樣。」

「妳是個有創意的人，這從妳的角色扮演跟故事性可以看出來。」我徐徐說，「妳常常自審，無時無刻想辦法跟外頭接觸，甚至還查了『匿名戒酒會』的資訊，膽小的人是辦不到的。明知恐懼卻還願意嘗試自己沒做過的事，這是眞正的勇氣。」

天若無情俠看我像在看一頭怪物。不，她把自己當成了怪物，連帶的把他人的正面形容也當成了怪物。因爲我始終與天若無情俠保持職業關係，也沒有在她最低落的時候拋棄人。

即使不願意相信讚賞，天若無情也願意對我的善意寄予信賴。「謝謝，但我沒有你說的那麼好。」

「從一到十，一是最差勁，十是最優秀，妳覺得妳位在哪裡？」

「七。」

「所以是中上，」不用解釋，天若無情俠也看出自己的矛盾，「聰明人因為很會腦補，反而容易得憂鬱症。」

「你怎麼知道？」

「心理醫生也是個很會腦補的族群，」她聽到笑了出來，「把腦容量都用來想壞事，當然沒空間去想快樂的事。」

「快樂，」天若無情俠望穿破木牆，「不存在房間裡。」

「想離開嗎？」

「想。」她馬上答，「但我見不了人。」

「不是馬上離開房間，而是以它為目標，這段期間裡可以先回歸遊戲。」

天若無情俠很訝異，「我可以繼續玩？可是這樣不就戒不了網毒。」

「繼續玩沒關係，重點是調整長度，戒菸也是從減少菸量開始，而不是馬上中斷。」

天若無情俠曾問我對活著的執著是否類似上癮。人對標籤的執著與毒癮無異，把非必要的東西當成必要，身心當然就會出現偏差，網路是「天若無情俠」存在的世界，克蕾多把虛幻當成人生重心，只有玩電玩才有活著的感覺，某方面來說的確是對活著上癮，把標籤當成自己能源的指標，也是走上了叉路。

《TRIAL》畢竟是她最喜歡的遊戲，喜上眉梢，但隨即又冷淡了下來，「玩幹嘛？朋友名單是空的，裝備武器都丟掉了，這遊戲已經沒意思了。」

不出門就能交朋友，正是網路遊戲令人著迷的地方，也是其陷阱。「玉衡要我傳言給你，想為那天的失禮道歉，希望繼續當朋友。」

天若無情俠一愣，「他不怪我？」

「不怪。」

「可是人家……不能跟他……他是……」天若無情俠結結巴巴，「我以為玉衡是女生，外表不用說，人家是真的喜歡他的個性，結果居然是男生扮演的，只是把我當朋友，我卻以為……」

她低下了頭。

「我鼓勵妳嘗試看看。」我遞過一顆虛擬蘋果，「交友跟找心理醫生差不多，試過才知道合適不合適，至少妳知道玉衡對遊戲有興趣，絕對有辦法當朋友。」

「但不能談戀愛。」

我聽了一愣，「目前看起來不能。」

天若無情俠說完沉默了一陣，「不管現實虛幻，我都無法達成願望。」

「妳什麼時候知道的？」

「小學，對象是同學。沒非份念頭，只是想牽牽手而已，初高中時才感受到強烈的愛慕之意。我媽說她年輕時也有過這種感情，說那火花很快就過了，還補一句，『愈快愈好。』」天若無情俠乾笑幾聲，「眞是的，不接受就明講嘛，拐彎抹角反而顯得虛僞。」

「妳是因爲這樣才想出國嗎？」

「那是其中一個原因，我在台灣根本不可能被接受，如果裝成一個直女結婚生子，這樣交朋友，跟親人相處都容易多了。」

「但不能做自己，」我接口，「妳願意犧牲這麼多嗎？」

「不願意，所以只能躲在房間裡。在家，同時也不在家。」天若無情俠望向房間角落，樓梯下方愈來愈尖銳的空間，「那天眞的太心急了，因爲人家好害怕，怕玉衡會跟其他朋友一樣突然棄玩，那我投資的時間與心血豈不又沒了？每次剛深交他們就會消失，醫生你也說只會幫我到痊癒爲止，那我們是注定要說再見嗎？我怕別離，也怕跟人連結，」她回頭看我，「人家是這麼矛盾的存在，眞心不知道該怎麼辦才好。」

「有沒有透過網路跟彩虹團體接觸過？」

「有，但沒什麼用，我連房門都出不了，連在遊戲裡都不敢用自己的臉出現，是一枚不幸飛飄到海洋上的蒲公英種子，想落地生根都找不到土壤。」

但負面思緒已經生根了。「願不願意跟我練習心身法？」

「那是什麼？」

「有點像作白日夢，請開啓聊天軟體的語音功能。」天若無情俠的角色僵在那，看來玩家正在照做，我也取出了手機打字，「請用最舒適的姿勢躺或坐，然後聽指示在腦裡想像景色。」

我給對方時間準備。

「好了。」聊天室傳來訊息。

「請閉眼睛想像自己是一枚飛飄到海洋上的蒲公英種子，」我抹掉「不幸」兩個字，「底下是無盡的海域，上頭是碧藍的天空，海天同色，摸不著邊際，但妳既沒有飛昇也沒墜落，只是很安穩的浮在那。」

我寫得慢，每打一句都給天若無情俠足夠的時間聽。聊天室的機器人話聲能確切地傳達指令，只可惜不夠溫暖。

「逐漸地，海跟天空有了分界，天空沒變，海水則多了些許碧綠，可能是海草，可能是珊瑚礁，看似單調的海洋底下出現了各類動植物，充滿七彩生命，直到遠方一隻座頭鯨翻躍出海打破海平線，妳被吸引的目光才看到天空也多了海鷗，雲朵。

「雲朵有時聚集，有時分散，讓妳同時見證晴天與暴雨。但不管天氣如何，海鷗都能悠閒穿越其中，因為牠們目光落在比當下更遙遠的地方，海平線化為地平線，兩種綠色交集之處。

「海鷗飛得很高，卻永遠不會離故鄉太遠，附著在海鷗翅膀上發現自己也不再漂泊，跟鳥兒一樣有了方向，不疾不徐，一開始張手就能遮住的陸地，逐漸地變得比手掌還要巨大。

「海鷗找到了結實的大樹，著地休息，妳的旅程卻還沒結束，飛離了牠的翅膀。這兒有黃土山坡，有新綠樹林，回頭一看，原本大到無法形容的海洋現在用一隻手掌就能遮住。

「妳隨春風飛揚，想到哪，風就吹到哪，直到一片各色花草居住的平原，在那兒妳找到了千千萬萬的蒲公英，心知這裡即便不是妳出生之處，也能成爲妳的歸所。」

念畢，我也閉上了眼睛，數分鐘後打字問，「感覺如何？」

「醫生，我……」畫面上的婦人左右移身，「我離開了房間！」

「是輕鬆的感覺嗎？」

「比輕鬆還要輕鬆，」白字傳來激情，「是環遊世界的感覺，房間突然變得更小了！」

「不，是妳看見自己的心有多寬廣，」我回，「妳是個擁有豐富故事的孩子，現在不過是放長假，正在猶豫要不要回去上班，每個人都有這種過渡期。有一天妳將離開房間，在外面交很多朋友，一起工作玩耍，也會遇到意中人，現在只是著手準備更好的旅程。」

天若無情俠半晌不作聲。

「我想去看海，」她寫，「可是現在還走不出門。」

「慢慢來沒關係。」

「我不要慢慢來！」天若無情俠打斷我，「我受夠走一步怕一步的日子！」她脾氣來得快，緩和得也快，「我想跟玉衡談話，他聽起來不是壞人，而且眞的出問題你也會保護我吧？」

「我會的。」

「我就知道，」天若無情俠眼眶濕潤，「你爲什麼對我這麼好？我不配。」

「因爲妳値得我的幫助。我想再問一次……」我稍一停頓，「妳希望我怎麼稱呼妳？」

她開始發抖。

答案很久以前就知道了，一個代表願望的名字，隨著眞心上了鎖，墓碑也被假名取代，直到現在才又被發掘了出來。

「克蕾多，」她顫聲說，「我希望你叫我的眞名。」

「克蕾多，」我微笑以對，「請多多指教。」

她狂喜之下綻放了笑容，眼淚卻又簌簌而落，「醫生，我很幼稚，很不懂事，你願意，你願意再一次當我的心理醫生嗎？」

「克蕾多，我會陪妳走每一步，直到妳不再需要我的幫助為止，」我握住她的手，「我保證。」

註：

① 指一個玩家用多個帳戶以及電腦的手段，常用於網路角色扮演遊戲以增加人數優勢。

_Chapter 23

距上次跟玉玫見面已經過了兩個月。

我忙著將丟失的病人抓回來，還請早雲多找了五六個新病人，刻意讓自己忙碌，多少是希望自己不去想這陣子發生的事。等病人回流，新案子開好，今年的夏天已從我人生裡消逝。

「想吃冰嗎？」

「想。」

地點是我選的，第一站去東門站永康街吃刨冰，買了珍珠奶茶後才散步到大安公園中央的大舞台。公園午後通常人很多，今天舞台居然相當空曠，觀眾席空空如也，偌大天篷下前後左右不見人影，野狗飛鳥也沒半隻，只我倆穿T恤短褲，並肩坐在舞台上，恰如大學時代在波士頓公園野餐。

「生我的氣嗎？」玉玫問。

「怎麼可能。」從以前到現在心情不好時她都這麼問，我也都這麼回答。

「醫院檢查結果，阿嬤的死因是心臟痲痺，」玉玫不忌諱的說，「醫生們都嚇壞了，因爲她剛動完手術就能出院，見你的那天還做過檢查，一切完美得像是個奇蹟，居然就這樣走了。」

「妳事前知道眞相嗎？」

「不知道。心臟科不是我的科系，也幫不上忙，手術是家裡五位長輩準備的。」她眼睛泛紅，「醫生們怕洪家追究，好幾人主動離職，都叫我請了回來。榮哥他現在掌控醫院，熟人愈多愈好。」

尋常百姓不得窺見這種政治風暴，未嘗不是幸運。「妳恨我嗎？」

「早說過了，氣死的人都是活該，阿嬤地位再高也不過是個凡人，」玉玫取出菸盒，打響了火卻又將香菸收回盒子，「但她再怎麼任性都還是我阿嬤，我家人，也對我很好，她……至少走前不該受這種苦。」

玉玫眼淚簌簌滾下，捂面抽咽，我趕緊摟住她，任她發洩。我不想看玉玫難過，卻希望這一刻維持下去，讓我有藉口繼續緊擁她，保有她。

但，會浸淫在悲情裡就不是玉玫了，她短暫地，縱情地哭了一陣，西北雨般來去，開口時已不再哽噎，「藍迪現在跟媽媽住。」

我不但知道，早些時候還跟母子見過面。「發生這種事，你們家的司機保鑣有的聊了。」

「反正是二伯家的問題。羅主任簡直亂來，已經叫爸爸炒他魷魚了，現在精神科主任是我在當。」

「恭喜？」

「才不喜呢，有一堆人要教訓，羅主任離職後我才發現他跟多少外人勾結，不知道隨便給多少人開藥。」玉玫看我歪著眉毛，「怎麼？」

「沒看妳為病人的事這麼氣過。」

玉玫知道我不是在譏刺人，「我才不理病患自己的人生怎麼管，當醫生的有知識有訓練，就該表現得更有水準，怎麼能馬虎給病患打針餵藥，更別說是為了迎合外行人。」所以玉玫氣的是醫學被亂用，「妳二伯大概會封殺我的診所吧。」

「安啦，他怕你洩密，不會有動作的。」

我又好氣又好笑，「明明拿合約壓我，卻還怕我打小報告。」

「你就算切腹他也會質疑你的誠意。」

「洪院長一定也恨死我了。」

「是我們家自己造孽，跟你沒關係。」玉玫豐厚的丹唇下彎，「爸他也老了，說不定過幾年會叫大哥繼承爛攤子。」

「那我們之間怎麼辦？你爸本就不同意我們交往，以後的日子⋯⋯」

玉玫用她珍珠奶茶的吸管堵住我的嘴，「大不了私奔，反正我們這行在哪都找得到工作。就算不工作，我的積蓄也夠養活我們好幾年，先去歐洲還是澳洲旅行，之後在離台灣近的美國西岸定居，十年後孩子都長大後再回台灣，爸爸還能怎樣？」

「醫院呢？」

「爸若答應我們的婚事，留下來就沒關係了。」

充分的資源，果決的態度，一次十數年的計畫，真是個了不起的女性。玉玫總說需要跟有夢想的人在一起，但夢想對這麼有本事的人來說有何意義，我能補足她哪裡？

「玉玫，我曾夢想跟妳組一個家庭，」該說的話還是該說，「但我跟妳家……跟妳那圈子的人處不來，不能想像在鬥爭的夾縫裡能有任何快樂。」

「我們自己過自己的日子就好，交際由我負責。」

「但我不想那樣，我希望能跟自己伴侶的家人也處得來。」我站起，對空曠的觀眾席宣布，「永遠不跟妳家人見面，那樣只是逃避問題。」

「想見面再見面，不就好了？沒必要強迫自己跟不合的人相處。」玉玫見我迴避視線又問，「是不是有別的顧慮？」

舞台跟空白的畫布一樣，明明是個能縱情寬心的空間，我卻還是躲藏在重重標籤下，在自導自演的故事裡也不敢扮演英雄。

每個人都是觀衆，包括玉玫，包括我自己。

「我希望擁有輔助妳的能力。」

玉玫不懂，「你是心理諮商的博士，還有豐富的工作經驗，不是每次有問題都找你嗎？」

「這跟學歷工作無關，而是我跟妳之間的互補，」我捏緊拳頭說，「健全的關係應該是雙方互相輔助，妳忠於配合我，那反過來我能給妳什麼呢？」

「現實層面的東西我已經很多了。」玉玫還是這麼說。

「跟我在一起妳安心嗎？」

「我不奢求『安心』。」

「妳需要我嗎？」

「我們都是獨立自主的成年人，嚴格說起來不需要對方也能過得很好，交往是因爲『想要』跟對方在一起，也有本錢忠於自己的欲求，」玉玫撥開前額的秀髮，「跟你在一起我才能作夢。」

「那我只是寵物，不是男友，不是丈夫。」

玉玫沒回應我的憤怒，靜靜起身走到舞台正中央，我像隻呆頭鵝跟上她。

跟很久很久以前一樣，玉玫在中心對我伸出了纖手，我也和那時一樣伸指與她相觸。

玉玫牽起我僵硬的手臂繞我一圈，我跟著她起步迴轉，步伐太快，帶得玉玫一個踉蹌將重心轉到我身上，馬上環住她後腰支撐她，她也將手搭上我肩膀。一開始按部就班移動左右腳，很快地便不再去想，我配合她，她配合我，互相支持，互相引導。

以前在大學跳的多是有節奏的勁舞，社交舞是在畢業典禮前學的，爲的是跟玉玫一同出席畢業舞會。外國同學看亞洲人跳舞，視線裡多少帶了嘲弄，如今在這空曠舞台上，在無人注視下，我們有了最完美的演出。這兒我們不是醫生，不是草民與貴族，只是松言與玉玫，彼此過往的話語交織成心中唯一的樂譜，驅使我們貼近，分離，讓圈圈的舞步削去虛榮矯飾的蛇皮，舊時的記憶再次復甦發光。

樂章告一段落，身體貼近再無空隙，相擁下我看不見她，她看不見我，注視著清晰記憶中的彼此。

「我二伯強迫自己小孩讀醫，是爲了跟我家一爭長短。」

「妳說爺爺奶奶不喜歡他從政，」我恍然，「他希望被父母認同。」

「結局你也看到了。行行出狀元，何苦呢。」

「如果妳爺爺奶奶當初多稱讚他一點，或許也不會扭曲成這樣。」

「你心太好了，會去考慮這些事情，但這次的手術可是長輩們一起同意的。」玉玫梳我凌亂的馬尾，「二伯是成年人，得爲自己負責，與其冀望他人的尊重，不如先尊重自己。」

我閉上眼睛，將神經集中到後腦，感受玉玫手指撫摸我頭髮頭皮。我多半著了魔，居然連跟她一起回原座都沒發現。

「你啊，對二伯說教時眞帥，」玉玫刮我臉頰，「不想結婚爲何還挑逗我。」

「呃，我哪知道？」心中一股歉意油然而生，「妳求婚者那麼多，不必特地等我。」

玉玫笑說，「不是爲你，是爲我自己。不結婚，當我養的小白臉也可以喔。」

「開玩笑。」

「才沒有。」她搶喝我的珍珠茶，「這茶好喝。」

「妳不是討厭仙草，」吸管很快就嚇嚕嚇嚕的叫了，「再買一杯吧。」

「我只要你喝過的。」

玉玫靠上我胸口，用我發胖的肚子枕著頭。我見她久久沒動靜，「怎麼了？」

「再一下子，」玉玫悄聲說，「再一下下就好。」

我眞蠢。

洪家發生這些事，接下來幾個月恐怕都見不到面，急著約我出來是希望善用短暫的空閑與我溫存。說不奢求安心，是因爲我在這裡，我讓她安心，這麼單純的道理居然現在才發現。

我視線發燙，伸手抱緊玉玫與她依偎，即使是短短的幾分鐘，讓她做自己，讓她能夠享受自己隱藏的情緒，無條件體貼她。

狗也好，小白臉也好，我想看見玉玫的笑容，她值得我這麼做。

此時此地，是我的歸所。

我在車站與玉玫作別，回診所後早雲第一時間報告，「溫蒂妮剛打電話來，說替藍迪找到新諮商師了，是歸國的雙語人士。」

「那就好，」我吁了口長氣，這兩個月最擔憂的事總算有了結果。「昨天去醫院找老相識陳皓傑。」

「身體檢查？」

「不，是問跟婦女有關的問題，」我瞪祕書，「別想歪。還記得我說那洪水很像某種體液？我去形容給陳醫師聽。」對鏡裡的瑪麗眨了眼，「老陳說那很像『羊水』。」

「羊水？」

「質感微稠，提供胎兒恆溫的環境，生產時潤滑陰道，有時會帶有嬰兒身上脫落的皮質，」我搔著乾燥粗糙的鬍子，「我在水中時有很奇妙的安心感，而且還覺得跟其他人有著親人般的連結。」

「的確有胎兒藉羊水傳遞腦波與母親溝通的說法。」我梳腳邊的貓兒，「在水裡看見他人與水的交流，某方面來說是跟他們有了心靈上的溝通，況且我也藉它讓靈魂上線。」

「所以台北市是關在一個看不見的子宮裡？」

「我倒覺得那羊水不屬於哪個地點。常言『未來是構築在當下上』，換個說法，說『未來是培育於當下的子宮內』也沒講錯。」我注意到瑪麗相當沉默，這不是讓她愉快的話題。早雲打字的手停下，起身去廚房泡茶，「你爲什麼會突然看得見羊水，然後又看不見了？」

「不知道。」

羊水應該還在，可能是透過審視藍迪與克蕾多的魑魅魍魎，讓我一窺「培育未來的羊水」。老天爺讓我看見這些意象是期待我做些什麼事嗎？那麼髒的羊水又會誕生出什麼樣的未來？看早雲這時端茶過來，我說，「現在不需要怪味茶。」

「喝看看。」

我一手抓著膝蓋戰戰兢兢喝了，沒想居然是上等的龍井，純美十分。早雲問，「大稻埕買的，泡得還可以嗎？」

「很好喝。妳平常……」

「世上除了難受的味道，也存在著很多美好的味道，」早雲答，「可不能忘記這點。」

我對那面朝牆角的白板看一眼，無限感慨，「我想當心理醫生。」

「你是心理醫生。」

「我意思是，我突然又有了當年決定當醫生，那份對未來充滿期待的心情。我那時並非不知天高地厚，而是擁有不管遇到什麼困難都打算跨越的勇氣。」

今後不管發生什麼事，我都會繼續當個心理醫生。即使不斷受到打擊，診所還是最適合我的地方，像個在荒原上旅行的吉普賽車隊，只要有地圖，到哪兒都是當下的歸所。相信在行醫的路上還會遇到許多跟我類似的人，在連結過去與未來的綠之門前徘徊，心理醫生似乎正是那位站在門口的擺渡人，協助旅客決定要不要穿越它。睜眼看清楚現況，未來似乎也沒有那麼朦朧了。

「不管發生什麼事，我都會回來診所。」

「歡迎回來。」

不知道早雲如何在重重標籤下看見我的本質，但真的很高興她是我祕書。「妳有沒有去樓上看過？」

「很髒，怎麼了嗎？」

便。」

「我在想如果租金夠便宜，要不要搬來這兒住。」

早雲瞪我，「工作與私人生活應該分開，以爲你學到教訓了。」

「知道啦，但搬來這我就不用擔心車程，能安排更早或更晚的諮商，時間上會更方

早雲又說，「張先生沒解釋過爲何樓上租不出去，說不定有問題。」

「這騎樓爛成這樣，只有貪小便宜的人會想租。」

「我完全同意。」

「說不定還鬧鬼。」

這話自嘲多過於玩笑，這陣子我已經明白自己對魑魅魍魎的世界還是了解得太少了。瑪

麗卻說，「如果眞有鬼，記得帶下來給大家認識認識。」

「哈哈，交新朋友嗎，如果是惡鬼怎麼辦？」

「由你處理。」

「別逼我找道士，我不想讓姚竹眞來這鬧館。」

瑪麗聽了卻低頭沉吟，「醫生，如果那位道士朋友有辦法讓孤魂野鬼離開陽世，那我是

否也能因此離開鏡子？」

「妳想離開？」她的話讓我不知所措，「不是說喜歡這兒。」

「喜歡診所是因爲你、劉小姐跟彼得潘在這，你們走了後我說不定還得留在鏡子裡，早

點知道如何離開總是保險點。」

「姚竹眞說不定會讓妳魂飛魄散，永世不得超生。」

瑪麗幽幽說，「那樣也比待在空白的診所裡好。」

瑪麗也長大了，跟藍迪一樣探索著「鏡子外」的可能性，嘗試危險。這令我十分害怕。

「我……去看看就回來。」

出診所爬著跟樓下一樣陡峭的階梯，氣喘吁吁來到三樓。如果眞的搬到這，第一個就是要加裝逃生裝置，不然火災就算不被燒死也可能會跌死。

三樓房間的門跟診所一樣，是加裝了舊式壓花玻璃的木頭門，木頭顏色已經斑駁了，搖了搖還是十分堅固，可是沒鎖。打開一看，整個空間有著跟騎樓不襯的新漆白牆，一絲龜裂都看不見，而且地板居然從碎石地換成了木板，除了累積灰塵，滿地沒取走的雜物外光滑閃亮，可見保養有佳。

這樓的設計跟診所一樣，右手邊的兩個房間便是廁所與廚房。廚房用的是電磁爐而非瓦斯，而且有加裝洗碗機跟燦銀外殼的大冰箱，陽台有洗衣機跟烘衣機，都是兩年前的新品，怎麼想都不是吝嗇房東的功勞，而是上個房客的手筆。有這樣的投資，住戶當年多半打算長久住下去，怎麼會搬走？二樓的設備在我翻新前都是上個輩份的老舊事物，這兒卻跟全新的一樣，張先生會愁找不到住戶？回身望向浴室，想起那天在鏡子裡看到瑪麗的情景，難不成……

想到這，前往浴室的腳步便細碎多了，浴室地板還是磁磚，但有加裝杉木橫條，浴缸也換成了杉木，成了日式浴室，可想像在這泡澡有多舒服。我極緩極緩地移到那方正鏡子面前，就怕突然看到靈異景象。但出現在裡頭的沒有鬼，只有一隻鬍子大叔，引得我指著他哈哈狂笑。

回客廳觀察牆壁地板，都有傢俱留下的痕跡，告訴我這家人住了有段時間，地上的髒物包括文具、衣服、書本，還有……珠寶？掀起衣物，激起羽毛與灰塵的交響曲，連打了兩個噴嚏，想開窗透風，發現三個窗戶已經全開，看來鳥兒也曾把這當家過。堆積的衣物下我找到人偶跟玩具，從玩具推算年齡層介於零到三歲之間，而且是獨生。

從貼心的設備與遺下的優質事物來看，這戶人家境很好，應該不是莽撞粗糙之輩，搬家也會請人幫忙，不應該留下這麼多事物，而且有小孩的家庭，除非經濟上遇到困難，是不會突然搬家的。一年來我在二樓忙事業，付房租，居然對騎樓本身了解的這麼少，只知道麗華奶奶曾在這兒的二樓住過，除此之外還有多少故事？

好想知道！

這時我聽到左側，也就是三樓最後一個房間，房門忽然呀一聲自己打開了。

這裡有人？上樓這麼久，怎麼會沒聽到有人在？他/他們如果聽到有雜音，爲什麼沒出來？

但這兒不是應該沒人住嗎！

三樓構造跟二樓大同小異，最後一間房位於我辦公室正上方，有人住我怎麼會渾然不覺，張先生也會說吧？

種種推想都只有一個結論。

渾身血液都凍住了，連轉頭去看都不敢，求生本能終究強迫我扭曲著肌肉與骨節，逼我回過頭。

站在無光房間中的是一位穿白T恤的女孩，漆黑長髮跟黑暗融成一體，吸引了房中的晦暗遮住她的面目，白皙的皮膚幾乎跟衣服同樣顯眼，即視感強烈，卻想不起是在哪看過。那身影，那身影……

那女孩子稍稍抬起頭，遮住臉龐的長髮馬上往兩邊散開，露出秀麗端正的五官，乍看下跟電視上的視覺性明星一樣，也凸顯了發育完成的上半身，讓我一看之下心臟停頓，腳下無力差點跌倒，瞬間緊閉了眼耳口，拒絕了世界。

幾秒後，我定了神再看，才眞的相信沒看錯。

「瑪麗？」

本文完

——後記：Gnosis

「最常見的絕望，正是『無法做自己』。」

——索倫・奧貝・齊克果（Søren Aabye Kierkegaard）

五年前我跟朋友在他家觀賞《末代皇帝》，作品刻劃了中國最後一位皇帝溥儀，年輕時在紫禁城裡的生活，以及出城後的種種遭遇。這電影參考了溥儀的英國老師莊士敦所著的《紫禁城的黃昏》，書本身用文字敘述了莊士敦對溥儀的看法，電影則用兩人的互動來描繪年輕皇帝出眾的特質，成功表達了作者/導演的觀察。

電影裡有一句話令我動容，「陛下是全世界最孤獨的少年。」

書與電影裡的溥儀聰明，幽默，求知慾高，國際觀深，主動探索自然科學之餘，沒有忘記傳統滿漢文化。但他沒有朋友，沒有自由，人生一切目標都是他人賜予的，「只要待在宮裡，陛下就永遠是皇帝。」但他的權力甚至無法讓他離開皇宮，無法留住身邊親愛的人，老師回國後更是失去了唯一能談心的人。

溥儀最後終於離開了皇宮，九五之尊的他是被趕出去的，成為一般市民後又想要回復皇帝身分，想要有番作爲時，卻發覺自己不過是個演員，從一個鍍金舞台換到另一個，接著又再一次被貶爲草民。在溥儀無法掌控的人生裡，或許只有在他企圖自殺，自願承擔戰爭罪時，才能稍稍放下船錨。

其實當溥儀離開皇宮時，他是可以放下一切接受新的人生，但天底下沒有比「害怕自由」更堅固的牢籠，他周圍的人也沒有眞的教會他如何去利用這份自由。如果溥儀是個普通百姓，或許就不需要扮演一個他根本不想要的角色。他的孤寂與不甘心成了《魂歸大稻埕》的起點，讓我想描寫年輕人「沒有身分」，又或者有著「負面身分」時的處境。

現代人口比以往更加密集，人與人之間卻是愈來愈疏遠，對彼此的批判也是愈來愈嚴厲。相比之下，網路世界有用不完的資源，隨意改造的面具，可預知的危機，失敗還可以重來，是個延續「心靈基因」（Meme）的好地方。一句話或一個行動，引起夠多人注目，自己的心靈基因就永遠會在網路上流傳下去，網路社群更是讓「心靈播種」達到前所未有的速度。

人都想要屬於自己的歸處，一個無壓力做自己的場所，那只有志同道合的人可以提供。科幻作家法蘭克・赫伯特說過，「與朋友分離値得悲哀，而地點不過是個地點。」網路移除了地點的限制，讓人心能赤裸裸的接觸，只要能滿足對認同的飢渴，戴面具將自己暴露在危險下也無所謂。

史學家常用「黃金時代」形容完美世界，那現代人身處的，多少可以稱之爲「鍍金時代」吧。

如果溥儀的時代有網路，他又會選擇扮演什麼樣的角色？

這些都是個人決定，旁人無法干涉，唯一確定的是，行動與抉擇比「標籤」更能忠實地述說當事人的眞心。

第二集裡出現了不少新角色。設計姚竹眞時，我想呈現一個能跟主角對立的角色，「有道士屬性的宅男」符合網路的題材，同時也藉由道術呈現對靈異的另類看法。我朋友以前曾用北歐符文給我算命，其中最強大的一張「奧丁符」也是空白的，代表尙無定論的可能性，其他符文都是引子。道術裡的符咒也是爲了強調身分的重要性與拘束力。

天若無情俠的點子來自於瑪麗・雪萊所著的《科學怪人》。瘋狂科學家弗蘭肯斯坦用屍體創造了一個新生命，事成後卻開始畏懼這位通稱「科學怪人」的怪物，進而想消滅它。網客用虛擬身分詮釋潛意識的分身，是否也是在製造自己的「怪物」？

而藍迪他製造了幻想友人，爲的是有人能與他對抗心房中的怪物。尼采說，「與怪物戰鬥的人，應當小心自己不要成爲怪物。當你遠遠凝視深淵時，深淵也在凝視你。」藍迪最大的敵人除了家人，也包括了自己的黑暗面。

榮哥不是魏松言的病人，但面對事業與衰老的難題，其掙扎未必比年輕人尋求標籤來得容易。他想當台灣茶，最後卻發現自己更適合當西洋茶，決定繼續當個黑道，同時找尋繼承人，延續他的心靈基因。

寫《魂歸大稻埕》時，公視正在籌備將系列第一集的《魂囚西門》拍成六集電視劇。公視曾在ＨＢＯ協助下拍了《通靈少女》此一作品，拿過不少獎項。第一本書就能受到青睞，既高興又惶恐，希望能夠不負讀者期望，寫出更好的作品。

國家圖書館出版品預行編目（CIP）資料

魂歸大稻埕 / 九色夫 著. -- 初版. --
臺北市 : 商周出版 : 家庭傳媒城邦分公司發行, 民107.03
368面 ;14.8*21公分
ISBN 978-986-477-400-5（平裝）

857.7　　　　　　　　107000346

魑魅魍魎檔案

魂歸大稻埕

作　　者 / 九色夫
企劃選書 / 何宜珍
責任編輯 / 劉枚瑛
編輯協力 / 蕭秀琴
版　　權 / 吳亭儀、翁靜如
行銷業務 / 闕睿甫、黃崇華
總 編 輯 / 何宜珍
總 經 理 / 彭之琬
發 行 人 / 何飛鵬
法律顧問 / 元禾法律事務所 王子文律師
出　　版 / 商周出版
臺北市中山區民生東路二段141號9樓
電話：(02) 2500-7008　傳眞：(02) 2500-7759　E-mail：bwp.service@cite.com.tw
發　　行 / 英屬蓋曼群島商家庭傳媒股份有限公司城邦分公司
臺北市中山區民生東路二段141號2樓
讀者服務專線：0800-020-299　24小時傳眞服務：(02)2517-0999
讀者服務信箱E-mail：cs@cite.com.tw
劃撥帳號 / 19833503　戶名：英屬蓋曼群島商家庭傳媒股份有限公司城邦分公司
訂購服務 / 書虫股份有限公司客服專線：(02)2500-7718；2500-7719
服務時間：週一至週五上午09:30-12:00；下午13:30-17:00
24小時傳眞專線：(02)2500-1990；2500-1991
劃撥帳號：19863813　戶名：書虫股份有限公司　E-mail：service@readingclub.com.tw
香港發行所 / 城邦(香港)出版集團有限公司
香港 灣仔 駱克道193號東超商業中心1樓
電話：(852) 2508-6231　傳眞：(852) 2578-9337
馬新發行所 / 城邦(馬新)出版集團
Cité (M) Sdn. Bhd. (458372U)
11, Jalan 30D/146, Desa Tasik, Sungai Besi, 57000 Kuala Lumpur, Malaysia.
電話：(603)9056-3833　傳眞：(603)9056-2833
商周出版部落格 / http://bwp25007008.pixnet.net/blog
行政院新聞局北市業字第913號

封面設計 / 黃聖文　內頁編排設計 / 蔡惠如
印　　刷 / 卡樂彩色製版有限公司
經 銷 商 / 聯合發行股份有限公司
新北市231新店區寶橋路235巷6弄6號2樓　電話：(02)2917-8022　傳眞：(02)2911-0053

2018年（民107）03月06日初版
2022年（民111）05月05日初版3刷
Printed in Taiwan
定價320元

ISBN 978-986-477-400-5

城邦讀書花園
www.cite.com.tw